D0840132

JAMAIS TROP TARD

ŒUVRES DE DANIELLE STEEL
AUX PRESSES DE LA CITÉ

Album de famille
La Fin de l'été
Il était une fois l'amour
Au nom du cœur
Secrets
Une autre vie
La Maison des jours heureux
La Ronde des souvenirs
Traversées
Les Promesses de la passion
La Vagabonde
Loving
La Belle Vie
Kaléidoscope
Star
Cher Daddy
Souvenirs du Vietnam
Coups de cœur
Un si grand amour
Joyaux
Naissances
Le Cadeau
Accident
Plein Ciel
L'Anneau de Cassandra
Cinq jours à Paris
Palomino
La Foudre
Malveillance
Souvenirs d'amour
Honneur et Courage
Le Ranch
Renaissance
Le Fantôme
Un rayon de lumière
Un monde de rêve
Le Klone et Moi
Un si long chemin
Une saison de passion

Double Reflet
Douce-Amère
Maintenant et pour toujours
Forces irrésistibles
Le Mariage
Mamie Dan
Voyage
Le Baiser
Rue de l'Espoir
L'Aigle solitaire
Le Cottage
Courage
Voeux secrets
Coucher de soleil à Saint-Tropez
Rendez-vous
À bon port
L'Ange gardien
Rançon
Les Échos du passé
Seconde chance
Impossible
Éternels célibataires
La Clé du bonheur
Miracle
Princesse
Sœurs et amies
Le Bal
Villa numéro 2
Une grâce infinie
Paris retrouvé
Irrésistible
Une femme libre
Au jour le jour
Offrir l'espoir
Affaire de cœur
Les Lueurs du Sud
Une grande fille
Liens familiaux

(Suite en fin d'ouvrage)

Danielle Steel

JAMAIS TROP TARD

Traduit de l'anglais (États-Unis)
par Marion Roman

Les Presses de la Cité

L'édition originale de cet ouvrage a paru en 2020 sous le titre THE NUMBERS GAME chez Delacorte Press, Random House, Penguin Random House Company, New York.

Le Code de la propriété intellectuelle n'autorisant, aux termes de l'article L. 122-5, 2ᵉ et 3ᵉ a), d'une part, que les « copies ou reproductions strictement réservées à l'usage privé du copiste et non destinées à une utilisation collective » et, d'autre part, que les analyses et les courtes citations dans un but d'exemple et d'illustration, « toute représentation ou reproduction intégrale ou partielle faite sans le consentement de l'auteur ou de ses ayants droit ou ayants cause est illicite » (art. L. 122-4). Cette représentation ou reproduction, par quelque procédé que ce soit, constituerait donc une contrefaçon, sanctionnée par les articles L. 335-2 et suivants du Code de la propriété intellectuelle.

Les Presses de la Cité, un département Place des Éditeurs
92, avenue de France   75013 Paris

© Danielle Steel, 2020, tous droits réservés.
© Les Presses de la Cité, 2023, pour la traduction française.

ISBN : 978-2-258-19189-1
Dépôt légal : juin 2023

À mes chers enfants,
Beatrix, Trevor, Todd, Nick,
Sam, Victoria, Vanessa,
Maxx et Zara.

Que le temps n'ait jamais prise sur vous !
Peuplez votre vie de livres édifiants,
d'amis au cœur tendre et de grandes joies.

Je vous souhaite à chacun
longue vie, amour et bonheur infinis.

Avec tout mon amour,

Maman/D S

La sagesse des années

À 17 ans : On trépigne, on ronge son frein. Quand sera-t-on enfin adulte et traité comme tel ? À 18 ans ? Autant dire jamais !

À 27 ans : La vingtaine, quelle plaie ! On est adulte mais comment faire pour être pris au sérieux ? Faut-il donc franchir le cap des 30 ans ?

À 39 ans : Alors, ça y est ? La fête est terminée ? Envolées, la jeunesse, les plus belles années de la vie ? 40 ans, c'est la fin… à moins que ce ne soit un âge pour entreprendre ? Le meilleur serait-il à venir ? On a toutes les cartes en main. Faites vos jeux !

À 56 ans : Bon sang, mais tout prend l'eau, ou quoi ? La carrière, la beauté… Où sont passés les hommes, les opportunités, les emplois, le plaisir ? Cette fois-ci, ça sent le roussi. Reste-t-il encore le temps, et si oui, combien ? Et le temps de faire quoi, au juste, avant de souffler ses 60 bougies ? Mystère. Après tout, peut-être n'en est-on qu'aux deux tiers. Il est urgent de profiter !

À 92 ans : On a tout compris à la vie, ou bien on y travaille. En tout cas, on a les idées claires, on sait ce qui est important. Chaque instant compte. On sait qui l'on veut côtoyer, on sait reconnaître la vraie beauté. On n'a jamais été aussi clairvoyant, aussi inspiré. On dégage une telle sérénité intérieure qu'il paraît qu'on resplendit ! On sait se montrer doux quand il le faut, intraitable quand c'est nécessaire. On détient les réponses et on les partage volontiers, car on est pétri d'expérience et d'un discernement glané au fil des ans, d'un humour enrichi par toute une vie. On a engrangé un courage immense pendant ce long cheminement. On arbore fièrement ses années, comme une couronne, car on a de la sagesse à revendre et qu'on se sait digne d'amour, d'hommages et même d'envie ! Digne d'être vénéré comme il se doit. Alors en route, jusqu'au centième anniversaire, sans faillir, sans faiblir, sans désemparer !

D S

1

C'était la fin de l'année scolaire et Pennie Jackson venait d'achever son année de première dans l'un des meilleurs lycées privés de Greenwich, dans le Connecticut. L'établissement avait un impressionnant taux d'admission dans les prestigieuses universités de l'Ivy League, telles que Harvard, Yale ou Princeton. Pour conserver cette place au palmarès, on exigeait des élèves rien de moins que l'excellence : des bulletins de notes irréprochables, bien sûr, mais également un investissement personnel au sein d'associations culturelles, caritatives et sportives.

Pennie avait fêté ses 17 ans en décembre. Son petit ami, Tim Blake, avait un an de plus. Le bac en poche, il devait s'envoler dès la fin du mois d'août pour l'université de Stanford, en Californie, à l'autre bout du pays. Pennie savait depuis longtemps ce qui l'attendait car Tim avait de très bons résultats et des appréciations élogieuses dans toutes les matières, il était capitaine de l'équipe de basket du lycée et avait même fait un stage chez un sénateur de Washington deux étés de suite. Pour autant, cela attristait la jeune fille. Cela faisait des années qu'elle sortait avec Tim. Sans lui, l'année suivante promettait d'être longue et le quotidien morose.

La jeune fille était pourtant de nature indépendante. Elle n'avait jamais sacrifié ses multiples engagements et activités à sa vie affective. Tous les samedis, notamment, elle faisait du bénévolat dans un centre pour enfants en difficulté ou issus de milieux défavorisés. Elle adorait les petits et s'investissait beaucoup pour eux – elle avait même créé une collecte de jouets qui avait lieu chaque année à Greenwich. Et les enfants le lui rendaient bien. Même ses canailles de frères, Seth et Mark, des jumeaux de 11 ans, trouvaient grâce à ses yeux.

Toutefois, lors de la cérémonie de remise des diplômes, ce fut le cœur gros qu'elle regarda Tim lancer sa toque dans les airs avec les autres bacheliers. La fête était lourde de sens pour son couple. Quand le jeune homme avait reçu son courrier d'admission à Stanford, ils avaient eu une longue conversation. Ni l'un ni l'autre n'avaient envie d'une relation à distance avec tout ce que cela supposait de peine et de difficultés : le manque et la solitude, les retrouvailles, rares et brèves, lors des vacances universitaires, et la perspective quasiment inéluctable de craquer tôt ou tard. Ils avaient donc choisi la voie de la raison et s'étaient résolus à rompre avant le départ de Tim. Ce dernier devait passer l'été à sillonner la Chine (c'était son cadeau de fin d'études) et Pennie, pour sa part, faisait ses débuts en tant qu'animatrice dans la colonie de vacances de son enfance. Bientôt, l'été s'achèverait, Tim quitterait le Connecticut, et Pennie, l'âme en peine, retrouverait les bancs du lycée avec pour seules distractions ses petits protégés du week-end et ses dossiers de candidature.

Tim et Pennie tinrent donc leur résolution et se séparèrent. Il leur restait deux semaines avant de se quitter, mais à quoi bon repousser l'échéance ? Mieux valait crever l'abcès. Ils versèrent bien des larmes, sans toutefois revenir sur leur décision. Lorsque Pennie regarda Tim s'éloigner au volant de sa voiture, elle crut que son cœur allait se déchirer. À peine se quittèrent-ils que le manque se fit sentir. Tim et Pennie espéraient conserver leur amitié, mais ils tâchèrent dans un premier temps de s'habituer à l'absence de l'autre, s'interdisant de se voir, de s'appeler ou même de s'envoyer des SMS. Pennie en souffrait. Pendant trois ans, Tim et elle avaient été inséparables, et voici qu'elle se retrouvait seule. Elle perdait son amoureux, mais aussi son confident et son meilleur ami. Renoncer à lui constituait la décision la plus adulte et la plus douloureuse qu'elle ait jamais dû prendre.

Dire que Pennie Jackson était belle n'était pas suffisant. Elle était la copine que tout le monde rêvait d'avoir. Avec ses yeux verts, ses longs cheveux blonds comme les blés, ses jambes interminables, sa poitrine rebondie et sa taille si fine que Tim arrivait presque à en faire le tour de ses mains, elle était littéralement renversante. Elle lui avait tapé dans l'œil dès le jour de la rentrée, trois ans plus tôt. À Noël, ils se déclaraient leur flamme. Et peu après le quinzième anniversaire de Pennie, ils faisaient l'amour pour la première fois.

Grand et bien bâti, Tim était un jeune homme fort séduisant. Il affichait déjà une belle carrure et un visage bien dessiné, ce qui lui donnait un air plus mûr que les autres garçons de son âge. Il avait les yeux bleus et les cheveux du même blond que ceux de Pennie, si bien qu'on les croyait parfois frère et sœur.

Au cours de leur relation, il leur était arrivé d'évoquer la question du mariage, mais il s'agissait surtout de jouer à imaginer à quoi ressemblerait leur couple dans dix ou vingt ans, ou de se demander si leur amour résisterait au temps et à la vie conjugale. Or, voilà que Tim avait dû faire un choix de vie important. Son départ à Stanford les avait rappelés à la réalité. Fils unique trop couvé par des parents envahissants, Tim brûlait de voler de ses propres ailes. Et, selon lui, Pennie méritait d'en faire autant. La jeune fille avait envisagé de candidater à Stanford afin de se rapprocher de lui, mais Eileen et Paul, ses parents, étaient fermement opposés à l'idée qu'elle s'en aille aussi loin. Du reste, Pennie avait toujours rêvé d'étudier dans l'une des grandes universités de la côte Est et, pour cela, elle avait mis toutes les chances de son côté : ses excellentes notes et ses nombreux engagements extrascolaires lui permettraient aisément d'intégrer l'une d'elles.

Tim allait suivre une licence d'économie avant de faire une grande école de commerce. Le jeune homme se destinait à marcher dans les pas de son père, banquier d'affaires à New York. Pennie, de son côté, n'avait pas encore trouvé sa vocation. Elle aimait particulièrement l'histoire et la littérature, et on la disait même douée d'une belle plume, aussi hésitait-elle entre des études de lettres et une formation d'enseignante. Toutefois, l'avenir était encore bien trop flou pour elle. Alors se marier n'était vraiment pas à l'ordre du jour. Tim et Pennie le savaient bien et ne s'étaient jamais fait trop d'illusions. Ils avaient chacun des études à suivre, une carrière à construire, et comment savoir où la vie les mènerait ces prochaines années ?

La rupture fut loin de déplaire à tout le monde. Les Blake, un couple assez âgé et surtout très vieux jeu, n'avaient jamais vu d'un bon œil l'idylle de leur fils. Ils appréciaient Pennie (qui était, concédaient-ils, « sympathique et brillante »), mais trouvaient sa relation avec Tim trop sérieuse, voire potentiellement néfaste. Ils craignaient qu'elle n'affecte les résultats scolaires de leur fils. À tort : très responsable, il avait su mener de front sa vie amoureuse et ses études sans que ses notes en pâtissent. Ce qui n'avait pas empêché ses parents de l'encourager, timidement et sans succès, à fréquenter à l'occasion d'autres filles.

Car les Blake avaient nourri des années durant une autre inquiétude. Ils craignaient que le couple ne fasse « une bêtise ». Barbara, très conservatrice, était restée vierge jusqu'à sa nuit de noces. Sur le sujet, elle pratiquait la politique de l'autruche. Bill, par pudeur, se gardait bien de questionner son fils, mais il lui avait fait un jour un sermon sur les dangers des rapports sexuels non protégés et la catastrophe que représenterait une grossesse non désirée « pour toutes les parties concernées » (le moment avait été d'autant plus gênant que M. Blake n'avait pas su se résoudre à nommer Pennie une seule fois au cours de son discours). Aussi, quand Tim avait fait part à ses parents de sa séparation, ils l'avaient félicité pour cette « sage décision ». Tout était bien qui finissait bien : la « bêtise » n'avait donc pas eu lieu et la relation s'achevait avant d'avoir pu devenir trop sérieuse.

Les parents de Pennie étaient nettement plus ouverts d'esprit. Eileen savait que sa fille n'était plus vierge et avait des relations sexuelles avec son petit ami depuis plus de deux ans. Pennie n'avait jamais rien su cacher à sa mère. Eileen en avait profité pour lui faire une confidence, elle aussi : elle lui avait révélé la vérité sur son propre mariage.

Eileen avait connu Paul Jackson lorsqu'ils étaient étudiants. En ce temps-là, elle était en dernière année de fac à Boston et lui faisait des études de commerce à la Harvard Business School dans l'espoir de conquérir un jour Wall Street puis de monter son entreprise. Il avait de l'ambition, et Eileen n'était pas en reste : son diplôme en poche, elle avait réalisé son rêve en intégrant l'équipe d'une grande maison d'édition new-yorkaise. Elle habitait Greenwich Village avec trois colocataires, adorait son travail... La vie était douce. Seule ombre au tableau : New York se situait à plus de trois heures de route de Boston et la distance ne réussissait pas au couple. La relation de Paul et d'Eileen s'était étiolée. Certes, il n'y avait jamais eu ni coup de foudre ni passion entre eux, mais ils s'aimaient bien et passaient de bons moments ensemble. De toute manière, Eileen était bien plus motivée par sa prometteuse carrière que par une quelconque histoire de cœur !

Elle travaillait depuis quelques mois quand elle s'était rendu compte qu'elle était enceinte. Dans le déni, elle était restée aveugle devant tous les signes précoces de sa grossesse. Le week-end venu, elle avait sauté dans le premier train pour Boston afin d'aller annoncer la nouvelle à Paul.

Cela lui avait fait l'effet d'une bombe. Remis du choc initial, ils en avaient parlé à leurs parents respectifs. Ceux d'Eileen étaient effondrés, ceux de Paul furibonds. De son propre chef, Paul avait décidé de se conduire en gentleman : contre l'avis de ses parents et sans la moindre cérémonie, il avait épousé Eileen à New York. Il avait 24 ans, elle deux de moins. Puis Paul avait interrompu ses études pour se faire embaucher dans une agence de publicité. En cumulant les deux salaires, le jeune couple était parvenu à louer un petit meublé déprimant dans le Queens. Eileen avait travaillé jusqu'au bout, ne s'arrêtant qu'une semaine avant son accouchement. L'arrivée de Pennie avait bouleversé leur vie à tous les deux. Leurs rêves avaient volé en éclats. Pire, ils s'étaient retrouvés seuls, sans personne sur qui compter, car leurs familles respectives les considéraient dorénavant comme des parias, sinon comme des criminels. La mère d'Eileen, une femme pleine d'amertume et perpétuellement déçue par son mari et par la vie en général, s'était fait le devoir de rappeler régulièrement à sa fille à quel point « son erreur » les avait déshonorés. Et s'ils peinaient à joindre les deux bouts, ils n'avaient que ce qu'ils méritaient !

Paul et Eileen avaient découvert avec effroi les dépenses que l'arrivée d'un bébé engendrait. Une nounou coûtait les yeux de la tête. Le salaire de la jeune maman n'était pas mirobolant et, financièrement, il s'était vite avéré plus rentable qu'elle démissionne afin de s'occuper elle-même de Pennie. Aussi était-elle devenue une mère au foyer dont les projets de carrière partaient en fumée. Elle aimait tendrement Pennie, mais ses amis, son insouciance et son travail lui manquaient beaucoup. Ils avaient également dû déménager. Paul n'était guère plus épanoui, car son métier ne lui plaisait pas. Cependant, il était bourré de talent, et surtout très travailleur – et il le fallait, avec trois bouches à nourrir désormais ! Il avait vite pris du galon et ses revenus avaient augmenté d'autant. Eileen, de son côté, acceptait de petites missions éditoriales en tant que freelance. Avec une enfant à élever et une maison à tenir, cela était cependant resté occasionnel. Les difficultés avaient mis le couple à l'épreuve, mais le temps était passé et, en dépit du manque de soutien, Paul et Eileen étaient parvenus à s'en sortir très honorablement. Et jamais ils ne se reprochaient mutuellement ce qui leur était arrivé.

Suite à cette confession, Penny avait compris bien des choses. Ses parents ne menaient pas la vie dont ils avaient rêvé. Sa naissance avait chamboulé l'existence de deux jeunes gens pleins d'avenir. Quel prix à payer pour une unique erreur de jeunesse !

Une seconde « erreur », survenue quand Pennie avait 6 ans, avait eu pour conséquence la naissance de jumeaux. Elle avait signé la fin des missions éditoriales d'Eileen. Elle languissait après sa carrière sabordée mais, avec les trois enfants à gérer, elle n'avait plus une seconde à elle. Quatre ans plus tard, un changement majeur s'était produit lorsque les Jackson avait pu emménager à Greenwich, dans la belle demeure de style colonial avec chambres ensoleillées, pelouse et jardin où elle habitait depuis. Paul avait toujours trimé sans relâche pour subvenir aux besoins de sa famille. De promotion en promotion, il était devenu manager puis avait intégré le comité de direction de l'entreprise, et son salaire avait gonflé en proportion. Paul Jackson assurait aux siens une existence plus que confortable et il en tirait de la fierté, ce qui ne l'empêchait pas de se laisser parfois rattraper par les regrets. Sa vie ne ressemblait pas à l'idée qu'il s'en était faite. S'il n'était pas resté auprès d'Eileen voilà dix-huit ans, il aurait pu mener sa barque comme il l'entendait. Ces rêves s'étaient évaporés dans les brumes de l'âge adulte.

Malgré leurs débuts houleux, et comme pour faire mentir leurs parents – qui leur avaient prédit d'une même voix le naufrage de leur couple dès les premières années de vie commune –, Paul et Eileen avaient bâti une relation basée sur la confiance et le respect. Eileen était reconnaissante envers son mari, qui travaillait dur, et Paul lui savait gré d'être une mère aussi dévouée. Quant aux enfants, désirés ou non, ils n'avaient jamais manqué d'amour. (Tout de même, Eileen s'était fait ligaturer les trompes après la naissance des jumeaux.) Les Jackson s'étaient accoutumés à leur vie calme et sans surprise. Du moins, ils s'en contentaient.

Pourtant, à 39 ans, Eileen appréhendait son prochain anniversaire. Il lui semblait n'avoir rien accompli, ne pas avoir fait grand-chose de sa vie, si ce n'est élever ses enfants et faire le taxi. Tout cela avec pour compagnon un homme qui ne l'avait épousée que par sens du devoir, songeait-elle parfois. Jamais il n'y avait eu entre elle et Paul la moindre étincelle de passion. Eileen savait qu'elle n'était pas à plaindre : Paul était un bon époux, un bon père. Grâce à lui, la famille ne manquait de rien. Et Eileen se plaisait à Greenwich. Elle y avait des amies avec des enfants du même âge, son couple tenait la route, la maison était belle. Elle désirait seulement que sa fille puisse, elle, aspirer à bien plus. Pennie méritait une carrière et un homme qui la comblent et la fassent vibrer. Aussi Eileen l'avait-elle prévenue qu'en tombant enceinte et en se mariant trop jeune, elle risquait de jeter son avenir aux orties. Sans détour, elle lui avait conseillé d'éviter à tout prix de reproduire le modèle de ses parents, si paisible que puisse lui sembler leur existence. Elle lui avait donné le goût d'explorer le monde, de suivre ses rêves et de n'y renoncer pour personne. Comme les Blake, Eileen ne put s'empêcher de ressentir du soulagement après la rupture des amoureux. Ils étaient trop jeunes pour s'engager et sa fille avait besoin d'espace et de liberté. Elle serait désormais libre de déployer ses ailes. Alors les portes s'ouvriraient pour elle, avec plus de perspectives que la jeune fille n'était même en mesure de l'imaginer.

Mais pour l'heure, la pauvre Pennie n'arrivait pas à se projeter.

— Qui sait ? Peut-être que Tim et toi, vous vous retrouverez dans quelques années, quand vous aurez tous les deux avancé dans la vie ? lui glissa Eileen pour la consoler après leur rupture.

— Ça ne me paraît guère probable, maman, lui répondit tristement Pennie.

Tim avait un plan de carrière tout tracé. Après ses études, il voulait travailler à Londres, voire à Pékin ou à Hong Kong – depuis deux ans, suivant les recommandations de son père, il apprenait le mandarin, « à toutes fins utiles ». Pennie ne voyait pas aussi loin. En revanche, elle se sentait prête à aborder le chapitre suivant de sa vie. Elle était lasse d'être traitée comme une enfant. Son histoire avec Tim l'avait rendue bien plus mature que les filles de son âge et elle commençait à se sentir en décalage avec ses camarades du lycée, qui voyaient la fac comme un prétexte pour faire la fête et rencontrer des garçons.

Pour le plus grand bonheur de ses parents, Pennie était ambitieuse. Eileen croisait les doigts pour qu'elle se marie le plus tard possible, en tout cas pas avant de s'être découvert une vraie vocation ; quant à Paul, il serinait à sa fille de ne pas se marier avant ses 30 ans et que pour les bébés, rien ne pressait. À l'entendre, le mariage était un piège à éviter par tous les moyens ! Pennie avait retenu la leçon : sacrifier sa carrière sur l'autel de la domesticité était un très mauvais calcul, et une grossesse non désirée faucherait tous ses rêves.

Message reçu. Ce qui n'empêchait pas la jeune fille de déplorer cette vision des choses. Elle comprenait le point de vue de ses parents, évidemment, et se savoir la cause de leur amertume lui pesait, mais il lui semblait que leurs regrets empoisonnaient leur couple, empêchant l'amour de fleurir. Ses parents s'épaulaient toujours mais n'avaient jamais de gestes tendres l'un pour l'autre. Elle trouvait leur relation dénuée de chaleur. Chez des amis, elle avait vu d'autres parents échanger des regards énamourés qu'elle n'avait jamais surpris sous son propre toit. Elle était convaincue que ses parents s'aimaient, à leur manière, mais étaient-ils amoureux ? Non, en aucune façon. Et Pennie se demandait s'ils l'avaient jamais été. Ils ne semblaient pas heureux, mais résignés. Pennie, elle, n'entendait pas se contenter de cela.

Si Tim et elle avaient été plus vieux, pensait-elle parfois, ils auraient pu former une union solide et durable. Hélas ! C'était fini. Ils devaient se quitter, malgré trois années de pur amour. Quel déchirement ! Elle était abasourdie et comme blessée dans sa chair à l'idée de renoncer à tout cela. Elle vivait pour la première fois de sa vie une perte douloureuse. Une semaine après les adieux, sa souffrance ne s'était guère apaisée.

— Il t'a larguée ? lui demanda Mark avec tout le tact d'un ado de 11 ans, en remarquant l'absence de Tim au bout de quelques jours.

— Bien sûr que non, idiot, rétorqua Seth. Ils vont se marier après la fac, comme papa et maman.

Pennie quitta la table, saisie d'un haut-le-cœur. Elle n'avait pas la force d'annoncer la rupture à ses frères, ni même à ses amies. Il était trop tôt, c'était trop douloureux, même si la décision avait été mûrement réfléchie.

Pennie n'avait qu'une hâte : que la colo commence, pour pouvoir s'abrutir de travail et tourner le dos au passé, loin des siens. Les jumeaux y seraient aussi, mais en vacances et côté garçons, donc leurs interactions seraient limitées. Comme toutes les animatrices, Pennie allait être en charge d'un groupe de six à huit fillettes dont elle partagerait le bungalow : elle serait tellement débordée qu'elle n'aurait pas le temps de ressasser ses regrets. Et surtout, elle ne sentirait plus peser sur elle le regard apitoyé de sa mère. Il l'insupportait. Quel bien pouvait donc lui faire sa commisération ? Les ruptures faisaient partie de la vie, elles constituaient même des rites de passage, se rappelait vaillamment Pennie, et elle s'en remettrait, comme sa mère s'était remise de ses propres déboires de jeunesse. Devenir mère à 22 ans ! Et pas d'un bébé facile, pour autant que Pennie savait : elle pleurait sans discontinuer, tourmentée par de violentes coliques. S'étaient ensuivies des années difficiles pour ses parents : trop de responsabilités, trop peu d'argent… Pennie connaissait la chanson, puisque sa mère lui avait tout raconté par le menu afin qu'elle ne commette pas les mêmes erreurs.

Depuis des mois, Eileen voyait donc son quarantième anniversaire se rapprocher avec une angoisse croissante. 40 ans ! Elle avait toujours considéré les quadras comme des vieillards. Où était passée sa jeunesse ? Elle était désormais entre deux âges. Autrement dit : elle avait vécu la moitié de sa vie. Or, qu'en avait-elle fait ? Rien, ou si peu ! Élever des enfants lui paraissait insignifiant en comparaison de ce qu'elle aurait pu accomplir. À l'heure qu'il était, elle aurait pu être éditrice ! Elle aurait travaillé avec des auteurs de renom et contribué à leur œuvre. Au lieu de quoi... Bon, aux fourneaux, elle se défendait bien. Elle aimait cuisiner et savait recevoir. Et après ? Certes, des amies lui téléphonaient souvent pour lui demander ses recettes. C'était flatteur, mais pour Eileen Jackson la cuisine ne requérait pas de compétences particulières. Paul la complimentait fréquemment, lui aussi, sur les rares repas qu'il prenait à la maison (dîner avec ses clients dans des restaurants gastronomiques new-yorkais faisait partie de ses obligations, et il arrivait même qu'il doive coucher à l'hôtel lorsqu'il ratait le dernier train). Mais il n'y avait pas de quoi se pavaner.

Le week-end, quand les enfants dormaient chez des copains, Paul et elle sortaient parfois, mais presque toujours avec des amis. Seuls, ils n'avaient pas grand-chose à se dire. Il lui parlait vaguement de ses clients, elle des enfants... Puis ils se trouvaient à court de sujets de conversation avant même d'avoir terminé leur plat.

Dire que dans moins d'un an Pennie allait quitter le nid ! Puis ce serait au tour des garçons. Au-delà, le temps s'étirait comme un désert. Eileen s'était retirée du marché du travail depuis trop longtemps pour espérer retrouver un jour un emploi ; en plus, elle n'avait pratiquement aucune expérience à faire valoir. Depuis ses 22 ans, elle n'avait pas ajouté une ligne à son CV. Elle avait le sens pratique, était très organisée et savait assurer l'intendance d'un foyer, mais ces qualités ne risquaient pas de l'aider à décrocher un poste – à 40 ans, qui plus est ! Elle se trouvait terne. D'ailleurs, quand Paul la priait de l'accompagner à ses dîners d'affaires avec ses clients, elle se sentait immanquablement dépassée, moche, périmée. Pourtant, elle faisait des efforts pour rester à la page. Elle lisait volontiers... quand elle en avait le temps, c'est-à-dire rarement. Les jumeaux étaient accaparants, et lorsqu'elle entamait un best-seller au lit, elle piquait du nez au bout de deux pages.

Elle s'épanchait parfois auprès de Jane Ridley, sa meilleure amie. Le seul conseil de celle-ci était en général de prendre un amant. « Tu verras, tu te sentiras rajeunie ! », affirmait Jane. De deux ans l'aînée d'Eileen, elle était mariée à un septuagénaire très généreux dont les enfants avaient son âge. Le bridge et le shopping constituaient ses passe-temps favoris. Eileen l'avait rencontrée en faisant du bénévolat des années auparavant. Elles se voyaient rarement (leurs modes de vie étaient diamétralement opposés !) mais, au téléphone, elles se parlaient de tout sans fard. Elles avaient de nouveau cette conversation ce soir-là.

— Un amant ? répéta Eileen. C'est un peu radical, tu ne trouves pas ?

— Tu ne serais pas la première ! répondit Jane, qui en avait eu plus d'un. Je t'assure que c'est bon pour le couple.

Eileen renâclait :

— Tu me vois avec le prof de golf ou de tennis ? Bonjour le cliché ! Non, très peu pour moi.

— Moi, je maintiens que ça te ferait du bien ! Sinon, il te reste le lifting ou la chirurgie mammaire... Si tu te sens vieille, ce ne sont pas les solutions qui manquent.

Eileen savait que Jane ne s'en refusait aucune. Et, de fait, elle se sentait un peu insignifiante à côté d'elle. À Greenwich, on pouvait classer les femmes en deux catégories : les ménagères sans histoire telles qu'Eileen, et les femmes de la trempe de Jane, plus tape-à-l'œil, adeptes de la chirurgie esthétique ou des aventures extraconjugales. Eileen était déprimée à la seule idée d'être infidèle ou de passer sous le bistouri. Elle ne voyait pas bien ce que cela pourrait lui apporter.

— De toute façon, je ne veux pas tromper Paul. Je me sens coupable rien que d'y penser. On s'aime, tu sais, à notre façon. Paul n'est pas très démonstratif, mais je sais qu'il tient énormément à moi. Cela fait tout de même plus de dix-huit ans qu'on se supporte !

Leur couple n'était pas parfait, mais la fidélité était une valeur qu'ils partageaient.

— Mouais, fit Jane, sceptique. Qu'est-ce qui te prouve qu'il ne te trompe pas ? À moins que tu cautionnes...

Eileen n'ignorait pas que certaines femmes fermaient les yeux sur les incartades de leur mari et se vengeaient sur sa carte de crédit. Ainsi, tandis que monsieur, frustré dans un couple au désir érodé, se payait des parties de jambes en l'air avec de jeunes femmes, madame renouvelait sa garde-robe, et chacun y trouvait son compte. Mais pas Eileen.

— Bon, si c'est ton dernier mot, je ne vois que le laser ou le collagène, déclara Jane, qui y avait recours régulièrement et était resplendissante.

— Je suis si flétrie que ça ? s'alarma Eileen.

— Mais non, pas du tout, voyons ! Physiquement, tu ne fais pas ton âge. Ce qui flanche, c'est ton état d'esprit. Il faut te ressaisir, et vite, sinon tu vas nous faire une déprime ! Tu devrais sortir plus souvent. Sans Paul. Histoire de flirter un peu, de te sentir à nouveau femme...

Eileen eut un petit rire et secoua la tête. Cette idée l'épuisait d'avance ! Et, après tout, elle pouvait bien se contenter de sa situation. Elle ne tenait pas à se couvrir de ridicule. Surtout pas à son âge !

— Bon, c'est quand la dernière fois que tu t'es acheté de la lingerie ? Une belle parure affriolante ?

— Oh, tu sais... Il y a longtemps que Paul ne remarque plus mes dessous. Il n'est jamais là quand je m'habille le matin, et le soir, quand il rentre, je suis déjà couchée. M'acheter de la lingerie fine, ce serait jeter de l'argent par les fenêtres.

Eileen avait débité sa tirade sans aigreur. Elle avait l'habitude. Son couple ne gravitait plus qu'autour des enfants. Paul et Eileen ne faisaient plus vraiment l'amour, sinon machinalement.

— Tu devrais revoir tes priorités, insista Jane, soudain sérieuse. Dans pas si longtemps, vous allez vous retrouver en tête à tête à vous regarder dans le blanc des yeux, Paul et toi. 40 ans, ce n'est pas la mort ! Allez !

Eileen acquiesça sans conviction. Elle ne se sentait plus désirable ni même féminine aux yeux de son mari. Leurs rapports se raréfiaient. Ils étaient occupés, l'un par le travail, l'autre par les enfants et les tâches ménagères. Paul ne lui proposait même plus de le rejoindre à Manhattan pour dîner avec ses clients. Soi-disant que ceux du moment étaient ennuyeux comme la pluie et qu'il préférait lui épargner cette corvée. Eileen ne parvenait pas à se rappeler la dernière fois qu'elle s'était rendue à New York. Elle se sentait plus à son aise à Greenwich, où nul ne s'offusquait de la voir faire ses courses en jogging et sans maquillage. Les robes élégantes et les escarpins avaient depuis longtemps disparu de sa penderie (elle en avait fait cadeau à Pennie, pour la plus grande joie de la jeune fille).

Pourtant, Eileen restait une femme très séduisante. Jeune, elle avait fait tourner bien des têtes, comme Pennie, qui était son portrait craché. Seulement, à l'épreuve du temps, du quotidien et de l'usure du couple, ses efforts s'étaient émoussés. Peut-être parce que Paul semblait pour le moins indifférent quand d'aventure elle se pomponnait. Il ne le remarquait même pas. Les compliments, cela n'avait jamais été son fort, même au début ! Quoi qu'il en soit, Eileen avait cessé de prendre soin d'elle. Quant à Paul, tiré à quatre épingles toute la semaine, il se relâchait le week-end, réservant ses efforts pour les personnes étrangères à son foyer. Il restait bel homme, pourtant, et Eileen s'étonnait parfois de le trouver charmant, intéressant, drôle même, lorsqu'il bavardait avec d'autres femmes. Mais le constat était implacable : son couple ressemblait de plus en plus à une bonne vieille paire de pantoufles.

La semaine qui précéda son départ en colo, Pennie passa toutes ses matinées à vomir. Elle crut d'abord à une gastro-entérite ou à une intoxication alimentaire.

L'après-midi, toutefois, les symptômes disparaissaient. C'est alors qu'un détail la frappa. Ses règles avaient toujours été irrégulières, mais plus particulièrement ces deux derniers mois. À peine la jeune fille avait-elle eu quelques saignements, et le lendemain, plus rien. L'idée d'une grossesse lui semblait tellement incongrue que, dans sa détresse, elle se persuada qu'elle s'inventait des prétextes pour recontacter Tim.

Tout de même, quand elle se rendit à la pharmacie pour y acheter un test de grossesse, elle n'en menait pas large. Ce n'était pas la première fois – Tim et elle étaient prudents mais il y avait eu quelques accidents et ils s'étaient fait des frayeurs. Pennie se concentra. Oui, elle se souvenait qu'ils avaient fait l'amour sans préservatif, juste une fois, quelques mois plus tôt ; la date exacte lui échappait. Cela lui paraissait de l'histoire ancienne. Et puis, elle avait eu ses règles, depuis, quand bien même elles avaient été brèves.

Pennie rentra chez elle, le test bien caché au fond de son sac. Sa mère et les garçons étaient partis faire des courses en vue de la colo. Pennie en profita pour s'enfermer dans la salle de bains et, les mains tremblantes, elle déballa le petit paquet. Pendant un instant de folie, elle espéra que le test serait positif. Elle n'avait pas envie que son histoire avec Tim se termine. Elle voulait garder une part de lui à jamais auprès d'elle. L'adolescente avait beau savoir qu'elle n'était pas prête à devenir maman, elle se persuadait qu'elle en avait envie. Mais elle secoua la tête. Un bébé à 17 ans, ce serait un désastre. Il n'y avait qu'à voir sa mère !

Elle fit le nécessaire. Ensuite, elle patienta quelques minutes, les yeux fermés, avant de consulter le résultat. Non, impossible ! Et pourtant... Elle fixait, incrédule, le test. Elle n'en croyait pas ses yeux. Il devait y avoir une erreur ! Elle ne pouvait pas être enceinte, pas maintenant, alors qu'ils venaient de se séparer ! Elle brûlait de devenir une adulte, certes, mais pas comme ça !

Hélas, le résultat était formel. Pennie était enceinte.

Les larmes aux yeux, Pennie remit le test dans sa boîte et fourra le tout dans son sac, puis elle s'assit sur les toilettes, hébétée, le regard vague. Avait-elle provoqué cette grossesse par sa seule volonté ? Avait-elle pris des risques exprès, inconsciemment ? Peu importait. Ce qui est fait est fait et maintenant, il allait falloir assumer.

Elle éclata en sanglots et tâcha d'échafauder un plan. Comment allait-elle annoncer la chose à ses parents ? Et Tim, comment allait-il réagir ? Pennie allait devoir l'appeler pour le prévenir. Retomberait-il amoureux d'elle, ou serait-il hors de lui ? Ils étaient trop jeunes pour élever un enfant. Tim devait partir en Chine la semaine suivante, avant de commencer ses études en Californie, à l'autre bout du pays ! Une vague de panique la submergea. C'était la chose la plus terrifiante qu'elle ait jamais eu à affronter. Elle aurait donné cher, soudain, pour pouvoir renoncer à ce statut d'adulte qu'elle avait appelé de ses vœux. Elle n'était pas prête ! Elle voulait redevenir une petite fille. Elle n'aspirait qu'à une chose : se jeter dans les bras de Tim et fuir la réalité. Mais il était trop tard.

Pennie resta encore une heure enfermée dans la salle de bains. Elle avait beau réfléchir, c'était sans issue. Elle ne pouvait pas téléphoner à son médecin de famille : il vendrait la mèche, à coup sûr. Mieux valait qu'elle se rende au planning familial. Mais d'abord, elle allait appeler Tim. Il saurait quoi faire. Tant pis pour le silence radio qu'ils s'imposaient, c'était un cas de force majeure. Elle lui envoya un SMS pour lui demander où il était. Quelques minutes plus tard, la réponse du garçon lui parvint. Tim se trouvait chez lui, il préparait son voyage et lui demandait poliment comment elle allait. Le ton du message était bienveillant, mais neutre. Pennie lui proposa de se voir.

Il faut que je te parle. Dispo pour un café ?

Pourquoi ? Tu as oublié notre accord ?
Mes parents m'emmènent au restau.

On se voit avant. Juste cinq minutes. Stp.

C'est pas une bonne idée.
Ça sera trop douloureux.

Tim était vraiment loin de s'imaginer ce que Pennie avait à lui dire. Celle-ci ignorait de combien de mois elle était enceinte mais, d'après ses estimations, il se pouvait que le second trimestre soit déjà entamé.

Je serai brève. C'est important.

Quelque chose ne va pas ? C'est grave ?

Elle botta en touche :

RDV où ?

Il suggéra leur café préféré, estimant que mieux valait éviter de l'inviter chez lui. Ils se manquaient et se désiraient terriblement, la tentation aurait été trop forte. À moins qu'il ne voulût épargner une scène larmoyante à ses parents.

Une demi-heure plus tard, à son arrivée au café, Pennie le trouva attablé, en jean et mocassins et plus séduisant que jamais. La voyant approcher, il s'illumina. Elle était si belle et il l'aimait encore tellement. Le cœur du jeune homme se serra dans sa poitrine. Elle n'avait pourtant pas pris la peine de soigner son apparence : sandales, short rose, tee-shirt blanc, queue-de-cheval et pas une trace de maquillage.

Elle s'assit en face de lui.

34

— Que se passe-t-il ? lui demanda-t-il sans détour.

Elle palpait nerveusement son sac – le test était à l'intérieur, au cas où Tim douterait de sa parole. Le souffle court, elle répondit d'une voix étranglée :

— Je viens de me rendre compte... d'un truc qui te concerne.

— Quoi ? Il y a un problème ? Tu n'es pas malade, au moins ?

Il semblait si soucieux qu'elle secoua vivement la tête et les larmes qu'elle retenait perlèrent au coin des yeux. Pennie essaya tant bien que mal de maîtriser ses émotions, respira calmement et se jeta à l'eau.

— Tu te souviens, il y a trois ou quatre mois, quand on ne s'est pas protégés... ? Je crois que je suis enceinte, déclara-t-elle en soutenant le regard de Tim.

Ils avaient fait l'amour, sans préservatif – ils avaient oublié d'en acheter, et Pennie ne prenait pas la pilule car les effets secondaires l'indisposaient trop. Mais ils s'étaient dit que pour une fois, « juste une fois », rien ne leur arriverait.

— Attends... Quoi ? Ce n'est pas possible ! bredouilla Tim, sous le choc.

— Je viens de faire un test. Qu'est-ce qu'on fait maintenant ?

— Mais nos parents vont nous tuer ! lâcha Tim, tel un gosse effrayé.

Il paraissait plus affligé encore que lorsque Pennie et lui avaient décidé de rompre.

— On ne peut pas avoir un enfant ! Et puis je pars en Chine la semaine prochaine ! Je commence mes études à la rentrée...

— Je sais.

— Tu es enceinte de combien, exactement ? Il faudrait consulter...

— Je vais passer au planning familial.

— Il faut qu'on trouve une solution !

Tim se leva. Il aurait voulu être seul, là, maintenant, pour digérer ce qu'elle venait de lui apprendre.

— Comment est-ce qu'on a pu être aussi débiles ? murmura-t-il.

Les yeux brillants, il ajouta tristement :

— Pennie, je t'aime, mais on n'est pas prêts pour ça. Je n'ai pas envie de te laisser dans... dans cet état, mais je ne peux pas annuler mes vacances. Mes parents ont déjà tout payé... Et les copains...

Il partait avec quatre camarades. Cela faisait des mois qu'ils préparaient ce voyage. S'il annulait à la dernière minute, ses parents lui feraient une scène d'anthologie.

— Bon, demain tu vois un docteur. Tu veux que je t'accompagne ? gémit-il, la mine défaite.

La jeune fille serra les dents et secoua la tête.

— Pas la peine, lâcha-t-elle. Je t'appellerai en sortant.

Ils quittèrent le café sans échanger un mot de plus, chacun perdu dans ses propres pensées. Le monde s'écroulait autour d'eux. On venait de les catapulter dans l'univers impitoyable des grandes personnes, sans boussole ni parachute. Ils se séparèrent devant la voiture de Pennie. Tim l'embrassa sur la joue, chastement, comme s'il n'osait plus la toucher. Dans le rétroviseur, en s'éloignant, elle le vit à travers ses larmes, planté sur le trottoir, lui aussi en pleurs.

2

Le gynécologue-obstétricien qui examina Pennie le lendemain au planning familial lui annonça qu'elle était enceinte de quatorze semaines. Il lui expliqua que, selon la loi en vigueur dans l'État du Connecticut, l'avortement était permis jusqu'à la viabilité du fœtus, soit entre la vingt-quatrième et la vingt-huitième semaine de gestation, mais qu'au nom de l'objection de conscience, il se refusait personnellement à le pratiquer au-delà de quatorze semaines. Si Pennie s'engageait dans cette voie, elle devrait se trouver un autre médecin. La jeune fille entendit battre le cœur de son enfant grâce au doppler et le vit à l'échographie. Tout paraissait normal. Hormis le fait qu'elle avait 17 ans, bien sûr, que Tim en avait à peine un de plus et qu'ils n'étaient pas mariés. Le médecin ne posa pas de questions indiscrètes ; pourtant, Pennie n'avait pas pu s'empêcher de déclarer, en entrant, qu'elle était majeure et fiancée.

Elle appela Tim dès qu'elle sortit de la clinique, un flacon de vitamines dans son sac. Ils convinrent de se retrouver en terrain neutre, sur un banc du parc qu'ils avaient fréquenté au temps où ils sortaient ensemble.

— Alors ? l'interrogea le garçon. Tu comptes faire quoi ?

Non loin, des enfants lançaient des miettes de pain aux canards, sous la surveillance de leurs mères.

— Je n'en sais rien, lui répondit doucement Pennie. On n'a pas beaucoup d'options. Le gynéco du centre refuse de pratiquer l'avortement quand la grossesse est aussi avancée. Mais de toute façon, maintenant que j'ai vu le bébé, je ne crois pas que je pourrais...

Tim opina.

— Je n'ai pas dormi de la nuit, Pennie. J'ai bien réfléchi. Il va falloir qu'on se marie. C'est la seule solution. Tu ne peux pas affronter cette épreuve toute seule, et d'ailleurs, je ne le permettrai pas. Ce ne serait pas correct. Tu es enceinte de trois mois, donc le bébé devrait naître vers Noël. Voici ce que je te propose : je fais mon premier trimestre à Stanford, puis je demande un transfert à la fac du coin. Rien ne m'empêche de poursuivre mes études ici, dans le Connecticut. Mes parents pourront nous aider avec le bébé...

— Pas question ! lui répliqua Pennie. Stanford, c'est ton rêve ; ça fait trois ans que tu me bassines avec ça ! Tu ne vas pas te sacrifier à cause de ce qui nous arrive. C'est ce qu'ont fait mes parents et ça leur a pourri la vie – alors qu'ils étaient plus vieux que nous, en plus ! Se marier parce qu'on n'a pas le choix, c'est moche. Je ne te ferai pas ce coup-là.

C'est aussi parce qu'elle l'aimait profondément qu'elle refusait qu'il sacrifie ses rêves. Pourtant, ces mots furent pour elle un véritable déchirement.

— Et toi, alors ? s'emporta Tim. Tu vas faire quoi ? Plaquer le lycée avant même de passer ton bac ?

Il semblait furieux, en colère contre elle, pour la première fois, mais surtout contre lui-même et les conséquences de leur acte. Un instant d'imprudence, et tous leurs projets d'avenir s'effondraient !

— C'est notre enfant à tous les deux, poursuivit-il. On va devoir être à la hauteur. Tant qu'on est encore étudiants, on sollicitera nos parents. Pas le choix. Moi, je pourrai trouver un job à mi-temps, bosser de nuit... On n'a qu'à se marier tout de suite. J'annule mon voyage en Chine, je reste avec toi jusqu'à la fin du mois d'août, puis je pars pour le premier trimestre et je reviens t'épauler. Et le bébé, au fait ? s'enquit-il en retrouvant son calme. Il va bien ? Il est en bonne santé ?

— Je crois que oui, marmonna Pennie, morose.

Une grossesse aurait dû être un motif de réjouissance. Au lieu de quoi, la jeune fille avait l'impression de piéger son compagnon en lui volant sa vie. Tim était peut-être disposé à renoncer à ses rêves par sens du devoir, mais Pennie y répugnait pour lui. Quant à ses propres envies... elles étaient mortes et enterrées.

— Tu sais déjà si c'est une fille ou un garçon ? demanda-t-il.

Pennie secoua la tête.

— Non. Mais on m'a fait une prise de sang, les analyses nous le diront dans quelques jours.

Tim acquiesça. C'était bien réel. Ils allaient se marier et avoir un bébé.

— Je ne t'épouserai pas, Tim. Ce n'est pas juste. Ce n'est pas ta faute, ce qui nous arrive. Enfin, si, mais pas que. N'annule pas ton voyage. On se verra à ton retour. De toute façon, je pars bientôt pour la colo. Je leur ai promis que je serais là.

— Mais tu ne peux plus y aller ! lança le jeune homme en fronçant les sourcils.

— Bien sûr que si ! J'ai signé. Je ne vais pas leur faire faux bond à la dernière minute, ça ne se fait pas. Et si je veux avoir une chance d'intégrer une bonne université...

L'université, elle n'y mettrait peut-être jamais les pieds. En attendant, il s'agissait de son premier vrai boulot et ça représentait beaucoup pour elle.

— Ton ventre ne se verra pas, d'ici là ? s'inquiéta Tim.

— Je n'en sais rien... Peut-être. Mais je n'aurai qu'à porter des tee-shirts amples et me plaindre d'avoir grossi. Par contre, à la rentrée, je ne pourrai plus tricher. Peut-être que je serai virée du lycée. Tant pis, je m'inscrirai dans le public.

Ses parents allaient en faire une syncope. Plus Pennie y pensait, plus elle mesurait l'ampleur des dégâts.

— C'est vraiment la cata ! lâcha Tim en se prenant la tête à deux mains.

Il planta son regard dans celui de la jeune fille.

— Je suis désolé, Pennie.

— Moi aussi. Mais on va s'en sortir. Quand est-ce que tu vas l'annoncer à tes parents ?

— Ce soir. Tu devrais en faire autant. Ils ont le droit de savoir. Surtout qu'on va avoir besoin d'eux. Pour la Chine... je maintiens que je ferais mieux d'annuler, mais si tu pars de ton côté...

Il laissa sa phrase en suspens.

Ils restèrent longtemps assis sur leur banc. En décembre, prêts ou pas, mariés ou non, ils seraient parents. Et d'ici là, ils avaient beaucoup de choses à gérer.

Ensuite, ils marchèrent ensemble d'un pas traînant, repoussant l'échéance. Pennie redoutait la réaction de ses parents, et Tim n'était guère plus serein. Le cours tranquille de leur existence venait d'être bouleversé, et le pire, c'était que tout le monde les avait prévenus.

— Tu n'es pas obligé de finir tes études ici, insista Pennie dans un nouvel élan de générosité. Si on reste ensemble après la naissance, je pourrais venir habiter en Californie avec le bébé.

Ce serait un saut dans l'inconnu. Mais Tim rêvait de voler de ses propres ailes, et Pennie ne voulait pas être celle qui les lui couperait.

Ils se séparèrent et Pennie reprit le volant, direction la maison. Pendant tout le trajet, elle ébaucha différentes conversations plus ou moins houleuses. Comment allait-elle le dire à ses parents ? Comment réagiraient-ils ? La soirée promettait d'être pénible pour tout le monde.

Eileen venait de rentrer avec les jumeaux quand Pennie arriva. Son père, apprit la jeune fille, avait un dîner d'affaires à New York. Soit, elle attendrait son retour. Au fond, cela valait mieux ainsi : Seth et Mark seraient couchés et, avec un peu de chance, endormis.

Elle monta dans sa chambre et s'allongea sur son lit en pensant à Tim et au bébé. Pour la première fois, elle comprenait ce que ses parents avaient dû ressentir avant sa propre naissance et une vague de compassion la submergea. Elle s'apitoyait sur son sort, sur le leur. Si bien que, quand sa mère l'appela pour le dîner, elle prétendit avoir déjà mangé avec des copines. Eileen n'y vit que du feu – elle devait se réjouir de voir sa fille, déprimée depuis sa rupture, retrouver une vie sociale. Et dans une semaine, elle partirait pour la colo, et n'aurait plus le temps d'y penser.

Les garçons étaient couchés depuis une heure quand Pennie entendit s'ouvrir la porte d'entrée. Elle entrebâilla celle de sa chambre et vit ses parents monter l'escalier en échangeant quelques mots à mi-voix. Son père revenait d'un repas vraisemblablement arrosé :

cela l'aiderait peut-être à encaisser la nouvelle. Toute la soirée, la jeune fille avait répété ce qu'elle allait leur dire et comment. Elle patienta encore jusqu'à ce qu'ils se soient retirés dans leur chambre à coucher puis, prenant son courage à deux mains, elle alla frapper à leur porte.

— Coucou. Je peux vous parler ?

Son père s'avança et la prit affectueusement par les épaules.

— Ça va, ma grande ? Qu'est-ce que tu as fait de beau, aujourd'hui ?

J'ai fait une échographie, j'ai vu mon bébé, je me suis promenée avec Tim, songea Pennie.

Elle paraissait amère et, devant le sourire triste qu'elle affichait, Eileen se décomposa. Elle avait déjà compris que quelque chose clochait.

— Assieds-toi, murmura-t-elle.

Nerveuse, Pennie s'installa dans le fauteuil sous le regard intrigué de ses parents.

— J'ai quelque chose à vous dire, se lança la jeune fille d'une toute petite voix.

Ils s'installèrent en face d'elle. Son père restait jovial mais sa mère la scrutait, visiblement alarmée.

— Je suis enceinte, lâcha-t-elle dans un souffle.

Ce fut encore pire qu'elle ne l'avait craint. Pendant plusieurs secondes, ses parents se contentèrent de la dévisager, abasourdis.

— Oh mon Dieu ! lâcha son père, choqué.

Il la toisait comme s'il venait de lui pousser deux têtes.

— Enfin, Pennie, mais comment vous vous êtes débrouillés ? Enfin, vous ne vous protégiez pas ? La pilule, les préservatifs, ça ne vous dit rien ? Je suppose que Tim est le père ?

— Bien sûr ! s'indigna Pennie. C'est un accident... Nous venons tout juste de l'apprendre, j'ai vu un docteur aujourd'hui.

— Bon, mais tu sais ce que tu vas devoir faire, n'est-ce pas ? Tu ne peux pas garder cet enfant. Tu es bien trop jeune, affirma-t-il, péremptoire.

Dans sa panique, il ne laissait personne en placer une. Eileen, par contraste, restait transie. Elle avait été propulsée dix-huit ans en arrière.

— Je ne veux pas avorter, papa, déclara Pennie. De toute façon, j'ai dépassé le délai des trois mois. D'après le gynéco qui m'a auscultée, c'est trop tard. En tout cas, lui, il refuse de le faire. Et pendant l'échographie, je l'ai vu... C'est... c'est comme un vrai petit bébé, papa. Je ne peux pas.

— Tim est au courant ? Il en dit quoi ?

— Il m'a proposé de m'épouser, mais je ne veux pas, avoua-t-elle piteusement.

Sa mère l'écoutait en silence, et avait du mal à la reconnaître. Elle avait soudain l'air d'une femme, plus d'une adolescente. Le bébé l'avait déjà changée.

— Pardon ? demanda Paul en haussant la voix. Comment ça, tu ne veux pas ?

— Je ne vais pas l'obliger à renoncer à Stanford et à tous ses projets pour devenir papa à 18 ans. Ce ne serait pas juste.

— La vie n'est pas juste ! s'emporta Paul. J'en sais quelque chose ! J'ai assumé mes erreurs de jeunesse, moi, et ton Tim va en faire autant ! Lui, il continuerait de vivre comme si de rien n'était, et toi, tu deviendrais mère célibataire ? En vertu de quoi ?

— Il a 18 ans, papa. Tu en avais 24, ce n'était pas la même situation, fit observer Pennie. Tim n'a aucun diplôme, à part le bac ! Et moi, je suis trop jeune pour me marier...

— Ça, jeune fille, il fallait y penser avant ! tonna Paul. Si tu refuses d'avorter, il va falloir passer devant Monsieur le maire.

— Il existe d'autres options, intervint Eileen d'une voix forte et ferme. Pennie, te sentirais-tu capable de faire adopter ton enfant ?

Des larmes montèrent immédiatement aux yeux de l'adolescente.

— Non, je crois que ce serait au-dessus de mes forces. Depuis que je l'ai vu... Je vais l'élever. Je resterai au lycée jusqu'à Noël, si possible, et après... si vous m'aidez à payer une nounou, je pourrai rester habiter chez vous le temps de passer un diplôme professionnel à la fac la plus proche...

— Alors Tim ferait Stanford, et toi, tu te contenterais d'un diplôme au rabais, un bébé dans les bras, à 18 ans ? Et il s'en tirerait comme ça sans même te passer la bague au doigt ? Il a joué, il a perdu, il doit payer, ce sont les règles – crois-moi, je les connais ! Si tu veux garder ce bébé, tu te maries, un point c'est tout. Rien ne t'empêche de divorcer plus tard. Mais pas question que Tim se défile ! Il a sa part de responsabilité, et je ne le laisserai pas s'y soustraire !

Paul était fou de rage, comme s'il ne supportait pas l'idée qu'un autre « papa malgré soi » s'en tire à meilleur compte que lui.

— On ne va pas obliger Pennie à se marier si elle n'en a pas envie, affirma stoïquement Eileen.

Elle avait une douloureuse sensation de déjà-vu.

— Elle n'a pas à prendre les mêmes décisions que nous, poursuivit-elle. Pennie, ma chérie, idéalement, qu'aimerais-tu faire ?

Mais pour sa fille, depuis la veille, le mot « idéalement » n'existait plus. Désormais planait sur elle la menace d'un mariage de raison fait de rancœur et de concessions.

— Peut-être que Tim et moi, on se mariera un jour, commença doucement Pennie. Si on en a envie. Mais je ne veux pas qu'on le fasse par obligation. Tim finirait inévitablement par m'en vouloir, et peut-être par me détester.

Un silence pesant tomba sur la chambre à coucher. Nul ne chercha à nier la sombre prédiction de Pennie.

— Je ne déteste pas ta mère, la détrompa Paul, enfin calme. Est-ce qu'on s'est mariés le couteau sous la gorge ? Oui. Est-ce que les débuts ont été difficiles ? Certainement ! Et au moment où Eileen aurait pu retravailler, elle est tombée enceinte des jumeaux et a dû garder le lit pendant des mois. Mais on n'est pas à plaindre, ta mère et moi. On s'aime.

Cependant, tout en prononçant ces derniers mots, il ne regarda pas une seule fois sa femme.

— Tim et toi, vous êtes jeunes. T'épouser lui en coûtera assurément. Mais je ne vois pas pourquoi tu serais la seule à faire des sacrifices dans cette histoire !

— Les temps ont changé, objecta Eileen. De nos jours, grossesse ou non, on ne se marie plus forcément. Et je suis d'accord avec Pennie : elle est trop jeune. Mais pour ce qui est du bébé... Réfléchis bien, ma chérie. Peut-être que l'adoption n'est pas une option à écarter si vite. Devenir mère va bouleverser ta vie.

Elle jeta à sa fille un regard plein d'empathie et reprit son plaidoyer :

— T'avoir à 22 ans, c'était déjà jeune, alors imagine devenir mère à ton âge ! Songe à tous ces couples qui ne peuvent ou n'arrivent pas à avoir un enfant. Ils pourraient offrir au tien un foyer stable et aimant. Soyons francs : les chances que ça dure entre Tim et toi sont faibles. Déjà adulte, devenir parent, c'est rude, alors adolescent... Ce serait un trop lourd fardeau.

— Est-ce que vous accepteriez que j'habite ici avec le bébé ? persista cependant Pennie, les yeux baignés de larmes. Même si on se marie, on aura besoin d'un toit, et si Tim part sur la côte Ouest...

Elle éclata en sanglots. Aussitôt, Eileen alla la prendre dans ses bras et la jeune fille se lova contre sa mère et laissa libre cours à sa détresse. Paul les fixait, impuissant et médusé. On devinait sur son visage un mélange d'appréhension à l'idée de devenir grand-père à seulement 41 ans et d'infinie tristesse devant le parcours du combattant qui attendait sa fille. Il savait de quoi il parlait.

— Bien sûr que tu peux rester habiter ici ! s'exclama Eileen, en pleurs elle aussi. Mais promets-moi de réfléchir pour l'adoption. Parles-en avec Tim. Je pense qu'il serait soulagé.

— Non, maman, je ne pourrai pas.

Pennie était inébranlable. L'amour maternel germait déjà en son sein.

— Ils doivent se marier, répéta Paul, sinistre, tel le chœur d'une tragédie grecque.

Mais Pennie n'était pas d'accord. Elle avait besoin de soutien, pas de conseils, encore moins de reproches. La nouvelle était fraîche et il était normal que ses parents soient dans tous leurs états, mais la jeune fille espérait vivement qu'avec le temps ils renonceraient à lui imposer leur vision des choses. Car la décision lui appartenait et ils n'avaient pas à s'en mêler. Pennie était peut-être jeune et inexpérimentée, mais elle était maintenant une adulte. Que cela leur plaise ou non.

Les parents de Tim firent front face à la catastrophe comme ils le faisaient en toutes circonstances. Leur mariage était solide, ils étaient tous les deux issus de la bourgeoisie conservatrice, partageaient les mêmes valeurs et, sans surprise, réagirent à l'annonce de la grossesse de la même façon : par la fureur et les accusations. Selon eux, Pennie n'était pas innocente dans l'affaire. Ils allèrent jusqu'à la soupçonner d'avoir manigancé cette grossesse dans le but de mettre le grappin sur leur fils. Bill Blake défendit formellement à Tim de l'épouser, pleinement soutenu par sa femme Barbara.

— Il est hors de question que tu l'épouses sous prétexte qu'elle est enceinte, tonna Bill. Si elle fait une fausse couche dans deux mois, tu seras coincé avec elle. D'ailleurs, qu'est-ce qui te prouve qu'elle attend vraiment un bébé ? Si ça se trouve, elle te manipule !

Bill ne prenait jamais rien pour argent comptant. Il n'avait jamais vu d'un bon œil la relation des deux adolescents. Son épouse et lui avaient une petite cinquantaine, et ils avaient eu du mal à concevoir leur fils. Bien sûr, Barbara était vierge au moment de leur union. L'idée que Tim puisse devenir le père d'un enfant illégitime, né hors des liens sacrés du mariage, leur paraissait abjecte, mais cela valait mieux que de le voir se faire embobiner par une intrigante. Sa femme et lui parvinrent naturellement à la même conclusion : il fallait faire adopter le bébé. Mais, comme Pennie, Tim se braqua à cette suggestion.

Le débat tourna en rond pendant deux heures. Quand, enfin, Tim regagna sa chambre, il avait la tête farcie. Il n'eut pas la force de téléphoner à Pennie ainsi qu'il le lui avait promis. Il se borna à lui annoncer par SMS que ses parents souhaitaient rencontrer les siens le lendemain afin de « discuter » et parvenir à une décision raisonnable.

Pennie relaya son message. Le rendez-vous fut fixé à 18 heures, chez les Jackson. Paul partirait plus tôt de son bureau. Eileen conduirait les jumeaux chez un copain.

Pennie, en robe de coton bleu toute simple, se rongeait les sangs quand on sonna à la porte. Eileen alla ouvrir et Bill et Barbara Blake pénétrèrent dans le salon, la mine sépulcrale. Tim prit brièvement la main de Pennie et leur emboîta le pas. Paul proposa un verre à ses invités, qui refusèrent d'une même voix. Il ne s'agissait pas d'une visite de courtoisie. Ils avaient une mission à mener : sauver leur fils des griffes d'une manipulatrice déterminée à détruire sa vie. Tim avait renoncé à les raisonner sur le sujet. Ils avaient beau avoir côtoyé la jeune fille trois années durant, ils n'en démordaient pas : elle avait tout calculé.

Dans le salon, l'atmosphère était électrique. Paul rompit le silence.

— On peut dire que nos enfants se sont mis dans de beaux draps !

Bill Blake hocha la tête. Eileen esquissa un sourire à l'intention de Barbara, sans en tirer la moindre réaction.

— J'irai droit au but, décréta Bill. Nous sommes d'avis qu'un mariage constituerait une regrettable et gravissime erreur. Ces jeunes gens ont la vie devant eux. Tim s'apprête à commencer ses études et nous ne souhaitons pas qu'il y renonce. Cela dit, nous sommes bien sûr disposés à participer dans une certaine mesure aux frais relatifs à la... hum... grossesse ainsi qu'aux soins, si votre fille choisissait de garder l'enfant.

Le message était clair : Pennie ne s'enrichirait pas sur le dos des Blake.

— L'argent n'est pas le sujet, répliqua vivement Paul. C'est l'avenir de nos enfants qui est en jeu, et bien sûr la vie de celui qui a été conçu par accident. Un enfant a besoin de ses deux parents pour s'épanouir. Pennie et Tim sont jeunes, concéda-t-il, mais ils doivent assumer les conséquences de leur conduite irresponsable. Pour ma part, je suis en faveur du mariage.

Il n'y allait pas par quatre chemins, lui non plus, sans toutefois évoquer son propre vécu. Il jeta un coup d'œil à sa femme, mais elle détourna le regard.

Les Blake ne desserraient pas les mâchoires.

— Nous ferons tout ce qui est en notre pouvoir pour l'empêcher, avertit Bill. Nous financerons les études de notre fils s'il n'épouse pas Pennie. Dans le cas contraire... nous lui couperons les vivres.

Tim se décomposa ; visiblement, il tombait des nues.

— Dans ce cas, gronda Paul, il sera le bienvenu chez nous.

Les deux pères se toisaient tels des lions prêts à s'affronter. Barbara intervint.

— Nous estimons que Pennie devrait faire adopter l'enfant. Tim et elle sont trop jeunes, ils ne se rendent pas compte de ce que cela représente que d'en élever un ! Il sera toujours temps de s'en préoccuper plus tard, quand ils auront trouvé l'âme sœur. Mais, en l'occurrence, ce serait prématuré. Eux-mêmes sortent à peine de l'enfance ! Tim, Pennie, si vous ne le faites pas pour vous, faites-le pour le bébé...

— Je suis d'accord avec vous, renchérit Eileen. Contraindre nos enfants à se marier serait une bêtise que tous deux regretteraient plus tard.

— Désolé, mais ce n'est pas ce que nous souhaitons, l'interrompit Tim. Je tiens à épouser Pennie dans les plus brefs délais.

Paul s'assombrit, apparemment perdu dans ses souvenirs. Il avait jugé important de se conduire en gentleman, lui aussi, à l'époque. Le doute et les regrets ne s'étaient insinués que plus tard.

— Je refuse, rétorqua Pennie, prenant les autres à témoin. Je refuse de détruire les perspectives d'avenir de Tim. Je vais garder le bébé et habiter chez mes parents. L'argent, je m'en fiche. Mes études, je les ferai plus tard, et je trouverai du travail pour couvrir mes dépenses. L'adoption, je suis contre. J'aime Tim, j'aime notre enfant, et je refuse de l'abandonner.

Le silence retomba sur l'assemblée. Tim sourit à Pennie. Malgré la peur et les interrogations, elle restait entière, fidèle à elle-même et à ses principes. Elle avait un sens des responsabilités particulièrement développé, et elle affronterait l'épreuve toute seule s'il le fallait.

— Voici mon plan, reprit-elle. Tim part en Chine et moi à la colo. À la rentrée, Tim intégrera Stanford tandis que moi je resterai ici jusqu'à l'accouchement. Après… on verra. Mais une chose est sûre, c'est qu'on ne se mariera pas.

Elle fixa Tim avec défiance.

— On en reparle à mon retour, lui dit-il, rembruni. Parce que si c'est comme ça, je ne partirai pas à la fac. Tu sais qu'il y a des logements prévus pour les étudiants mariés ? Tu pourrais me rejoindre à Stanford en janvier avec le bébé. Sinon, je finirai mes études ici, que tu m'épouses ou non.

Il campait sur ses positions. Paul pivota vers sa fille, l'air furibond.

— Et toi, tu vas jeter ta vie aux orties sur un coup de tête ? Renoncer à la fac, voire à passer ton bac ? Et tout ça sans même la sécurité du mariage ? Est-ce que tu imagines seulement le genre d'avenir que tu te réserves ? Tu comptes faire quoi, plus tard ? Être serveuse, pour le reste de ta vie ? Sans compter que ta mère et moi, on ne peut pas élever cet enfant à ta place. On a nos propres responsabilités.

— Alors je me passerai de votre aide. Mais je ne permettrai pas que Tim gâche sa vie.

— Et la tienne, bon sang ? Décidément, tout cela prouve juste que vous êtes trop immatures, tous les deux. Vous ne savez pas ce que vous faites !

— C'est bien pour ça qu'il ne faut pas qu'ils se marient, grommela Bill entre ses dents.

— J'ai 18 ans, papa, riposta Tim. Je me marie si je veux, tu ne peux pas m'en empêcher.

— Mais moi, si, lui signala Pennie. Tu ne peux pas me forcer la main !

Paul leva les yeux au ciel et traversa la pièce avec furie jusqu'au bar. Pendant qu'il se servait un verre, Eileen se racla la gorge.

— Bon. Nous sommes tous d'accord pour dire que, malgré cet accident de parcours, nous avons élevé deux jeunes gens responsables, honnêtes et droits. Ils se disent tous deux prêts à assumer les conséquences de leurs actes : Tim est disposé à sacrifier ses études en épousant Pennie, et Pennie voudrait l'en dispenser par amour pour lui. Nous devrions d'abord être fiers de nos enfants au lieu de les bombarder de reproches et de conseils. Ils sont très jeunes, oui, mais la décision leur appartient. C'est de leur vie qu'il est question.

— Tu as perdu la raison ? lança Paul. Tu veux que notre fille élève un enfant illégitime suite à une décision qu'elle aura prise à 17 ans par grandeur d'âme, des étoiles dans les yeux ? Tu veux que Pennie finisse encore plus mal que nous ? Nous avons dû nous marier nous aussi, tu te rappelles, et tu n'as pas pu faire de carrière, ni moi d'ailleurs. Cela fait 18 ans que je croupis dans cette agence. Mais que serais-tu devenue si je t'avais laissée tomber ? Ils en sont au même point que nous, ils n'ont pas le choix. Et le sacrifice de Pennie n'arrangera rien.

Les Blake en restèrent comme deux ronds de flan, mais ils comprenaient mieux la réaction de Paul. Eileen, de son côté, était mutique, visiblement mortifiée que son mari ait étalé leur histoire devant les parents de Tim.

Bill se radoucit un peu.

— Vous venez de décrire l'avenir que nous souhaitons éviter à Tim... et à votre fille, bien entendu. J'espère qu'ils finiront par se raviser avant de commettre une nouvelle bêtise. Et je suis navré de ce que vit Pennie, mais nos femmes ont raison : si elle décide de mettre au monde cet enfant, il faudra envisager l'adoption.

— Je ne veux pas en entendre parler, répéta posément Pennie.

Elle ne cédait pas un pouce de terrain.

— Moi non plus, l'appuya Tim. Je me suis renseigné : Pennie a besoin de mon accord pour faire adopter l'enfant. Et je ne signerai rien du tout. C'est mon enfant, à moi aussi.

Tim alla rejoindre Pennie sur le canapé et lui prit tendrement la main.

— Je sais que c'est difficile pour vous, reprit-il en regardant leurs parents. On sait que vous voulez ce qu'il y a de mieux pour nous. Nous aussi, on vous aime. Mais c'est notre vie. Pennie et moi, on poursuivra notre réflexion pendant l'été. J'espère de tout cœur qu'elle acceptera de m'épouser à mon retour de Chine. De mon point de vue, c'est ce qu'il y a de mieux à faire, au vu des circonstances.

Pennie pinça les lèvres, mais Tim poursuivit :

— Si vous me coupez les vivres, je travaillerai le soir et le week-end. Je subviendrai moi-même aux besoins du petit. Voilà, je crois qu'on s'est dit tout ce qu'on avait à se dire pour le moment.

Il se leva et, à contrecœur, ses parents l'imitèrent. Les Jackson raccompagnèrent les Blake sur le perron. Ceux-ci prirent congé de leurs hôtes poliment, mais il était clair qu'ils n'étaient pas pressés de les revoir, et encore moins de faire un jour partie de la même famille.

Alors que ses parents regagnaient leur voiture, Tim s'attarda sur le pas de la porte et glissa à Pennie :

— Tu sais que j'ai raison. Ton père a des regrets, mais s'il n'avait pas épousé ta mère, il n'aurait pas eu Seth et Mark ! Pourquoi voir le verre à moitié vide ? Marions-nous en août, à mon retour...

— Non, dit-elle simplement, avant de l'embrasser.

Il lui rendit son baiser.

— Je t'aime, ajouta-t-elle. Je ne gâcherai pas ta vie. Tu as vu comme mes parents sont tristes. Je ne veux pas qu'on devienne comme eux.

— Mais cela n'arrivera pas ! Tu sais, il y a des gens qui se marient jeunes et qui restent amoureux toute leur vie. On a déjà passé trois ans ensemble. Ce n'est pas comme si on venait de se rencontrer ! Nous ne sommes pas tes parents.

— Tu es cinglé, lui chuchota tendrement Pennie. J'espère que le bébé sera un garçon et qu'il tiendra de toi. Comme ça, je t'aurai toujours un peu à mes côtés, quoi qu'il arrive.

Ses yeux brillaient.

— Peut-être que c'est un mal pour un bien, tout ça, murmura Tim. Et tu sais, si tu veux m'avoir à tes côtés toute la vie, on pourrait aussi... par exemple... se marier ! Bon, je t'appelle avant de partir. Et prends soin de toi à la colo. Tu es vraiment sûre que ce n'est pas contre-indiqué, dans ton état ?

Pennie n'avait pas posé la question au médecin, mais elle était jeune et en pleine forme. Il n'y avait pas de raison que ça se passe mal.

— Tâche de t'amuser en Chine, d'accord ? répondit-elle, laconique.

Tim secoua la tête.

— Quand je pense qu'on était censés se séparer !

Il souriait. Après tout, peut-être que c'était le destin.

Pendant le trajet du retour, Bill et Barbara Blake revinrent sur cette rencontre. Barbara avait trouvé Paul « aigri » et « sanguin », Eileen « dépressive » ; sur Pennie, elle n'émit aucun commentaire. Tim, pour sa part, ne participa pas à la conversation, perdu dans ses pensées. Il se préparait mentalement à devenir papa. Ce n'est pas ce qu'il avait prévu, mais il aimait Pennie. Son voyage en Chine revêtait désormais un sens nouveau : il s'agirait de ses derniers instants d'insouciance et de liberté. Bientôt, il serait un homme marié. L'idée était écrasante mais, pour Pennie, il serait fort. Pourvu qu'elle accepte de l'épouser ! Peu importait ce que ses parents en pensaient, c'était la meilleure chose à faire, et qu'ils aient 17 et 18 ans n'y changeait rien : en l'espace d'une journée, leur vœu s'était réalisé. Ils faisaient une entrée fracassante dans le monde des adultes.

3

Les parents de Pennie remirent plusieurs fois le sujet sur le tapis avant son départ pour la colo, mais elle demeurait intraitable. Il n'était pas question qu'elle épouse Tim, comme le souhaitait son père. Elle ne perpétuerait pas la tradition familiale des mariages forcés. Quant à faire adopter le bébé, ainsi que le souhaitait sa mère, elle ne voulait même pas en entendre parler. Pennie et Tim se revirent une seule fois avant le départ du jeune homme. Leur relation n'était déjà plus la même. Mariés ou non, ils étaient dorénavant liés pour la vie puisqu'ils allaient devenir ensemble les parents d'un petit être. Ce lien, rien ne pourrait le dénouer. Mais Tim n'en démordait pas : Pennie devait l'épouser. Pour la suite, ses projets demeuraient inchangés. À la rentrée, direction Stanford, après on verrait... Pendant le premier trimestre de cours – le dernier de la grossesse de Pennie –, il viendrait la voir aussi souvent que son emploi du temps le lui permettrait. Puis elle pourrait s'installer avec lui en Californie. Si l'avenir était incertain, une chose était sûre : en décembre, ils auraient un bébé. Ils peinaient à y croire, tant l'idée leur semblait saugrenue. Eux, parents !

Tim s'envola pour Pékin et, deux jours plus tard, Pennie partit à la colo. Elle ne reçut plus guère de nouvelles de lui, à peine quelques SMS envoyés au gré du réseau chinois fluctuant, sans doute. Elle espérait qu'il s'amusait avec ses amis et se changeait les idées. De son côté, ses fonctions de monitrice se révélèrent bien plus prenantes et éprouvantes qu'elle ne les avait imaginées. Gérer une troupe de fillettes de 10 ans surexcitées, ce n'était pas de tout repos, et Pennie n'avait pas une seconde à elle. Il y avait les petits bobos à soigner, bien sûr (ampoules, échardes, maux de ventre et de tête, coupures, piqûres d'abeille, etc.), mais aussi les gros : l'une des petites fut prise de crampes d'estomac si violentes que, craignant une appendicite, l'infirmière la fit envoyer en urgence à l'hôpital... où il s'avéra qu'elle souffrait tout simplement d'indigestion, s'étant goinfrée des bonbons envoyés par sa mamie. Et il y avait bien sûr les multiples activités sportives de ces demoiselles à encadrer : équitation, natation, tennis, badminton, volley, baseball, canoë-kayak et même une initiation à l'aviron ; mais aussi les travaux manuels, qui permettaient aux filles de rapporter à leurs parents de jolis cadeaux. Bien entendu, chaque soir était rythmé par les feux de camp – et les indispensables chamallows grillés –, sans oublier les traditionnelles chansons et histoires de fantômes à raconter à la veillée. À cela s'ajoutaient des randonnées au clair de lune, des concours de tir à la corde, des courses de relais, la rédaction hebdomadaire de lettres aux parents... Et il fallait encore border chacune de ces demoiselles tous les soirs, leur faire réviser leur texte pour le spectacle de fin de colo... Non, Pennie ne s'ennuyait pas ! À peine croisa-t-elle ses petits frères, de loin, entre deux ateliers. Cela les amusa d'ailleurs beaucoup de la voir dans son rôle de monitrice.

La dernière semaine de juillet, les moniteurs organisèrent une petite compétition d'athlétisme. Toute la semaine, Pennie avait entraîné dur ses protégées. Elle était elle-même douée pour le sprint et prit plaisir à jouer les coachs pour les fillettes. Son investissement porta ses fruits, mais elle avait donné de sa personne !

Un soir, elle assista à un terrible accident. Alors qu'elle profitait du crépuscule pour souffler cinq minutes, seule, au bout de la jetée, elle vit une fille s'avancer, glisser et tomber dans le lac. Dans sa chute, sa tête heurta un poteau et l'enfant, assommée, coula comme une pierre. Sans hésiter, Pennie plongea, la repêcha et un moniteur qui avait assisté à la scène l'aida à hisser la petite sur la jetée. Elle était inconsciente et le moniteur se démena longuement pour la ranimer. L'enfant finit par vomir toute l'eau qu'elle avait ingérée et reprit ses esprits. L'homme examina ses pupilles et, craignant un traumatisme cérébral, appela les secours. La fillette éplorée fut emmenée en ambulance, et l'homme félicita Pennie.

— Sans ton aide, je n'aurais rien pu faire, lui rétorqua celle-ci, modeste.

Elle souriait, mais elle était secouée. En quelques secondes, la vie pouvait basculer. Si elle n'avait pas été là, la petite se serait noyée. Quand elle en fit l'observation au moniteur, celui-ci lui retourna un regard étrange.

— Tu te sens bien ?

Au même instant, une douleur fulgurante la plia en deux. Son short et ses jambes étaient trempés de sang.

— Je... Oui... ça va, dit-elle, en proie à un mélange de gêne et de panique.

Pennie détala en direction de son bungalow. Par chance, les filles étaient parties dîner dans le réfectoire. Quand elle se déshabilla dans la salle de bains, elle mit du sang partout. Une femme vint toquer à la porte, sans doute dépêchée par le moniteur. Il se passait à l'évidence quelque chose de grave. Alertée par l'hémorragie, la femme devina rapidement la vérité.

— Tu peux tout me dire, Pennie, dit-elle en aidant la jeune fille à éponger le sang avec des serviettes qui s'imbibaient presque instantanément. Tu es enceinte ?

— Oui, avoua faiblement Pennie. De quatre mois.

Elle avait tellement mal qu'elle tenait à peine debout.

La femme enveloppa Pennie dans une couverture, chargea une collègue de la remplacer et la conduisit à l'hôpital. L'hémorragie semblait impossible à arrêter. La journée avait été harassante pour la jeune femme, entre la compétition d'athlétisme et l'accident au bord du lac. Sa douleur redoubla et elle fut saisie de contractions violentes.

Aux urgences, les médecins la mirent sous perfusion et la conduisirent immédiatement au bloc. Quand elle émergea, bien plus tard, on lui apprit que l'enfant, un garçon, n'avait pas survécu, et qu'elle-même avait frôlé la mort – elle en était à sa deuxième transfusion sanguine. Pennie téléphona à ses parents et, entre deux sanglots, elle leur annonça la nouvelle. Sa mère sauta dans la voiture et, peu après, elle se trouvait à son chevet.

Pâle comme un linge et encore sonnée par l'anesthésie, la jeune femme éclata en sanglots à la vue de sa mère.

— Je ne l'ai pas fait exprès, maman… Je me suis surmenée… Je suis tellement triste… Je le voulais, ce bébé…, bégaya-t-elle, ravagée de chagrin et de culpabilité.

— Je sais, ma puce, je sais, lui répéta sa mère en la serrant dans ses bras.

Pour d'autres, c'eût été un soulagement, mais pas pour Pennie. Une petite vie, promesse de joies immenses, s'était éteinte, et tant d'espoirs s'évanouissaient avec elle. Cet enfant avait été le fruit et la concrétisation de son amour pour Tim, quand bien même les conditions de sa venue n'étaient pas idéales.

Il n'y aurait plus de décisions difficiles à prendre : le sort avait tranché.

Pennie passa trois jours à reprendre des forces à l'hôpital, sa mère à ses côtés. Les médecins lui prescrivirent trois semaines de repos. Après des échanges discrets avec la directrice de la colo, il fut convenu qu'on dirait que Pennie avait eu l'appendicite ; ses protégées seraient déçues, mais c'était déjà arrivé à une autre monitrice par le passé et elles ne poseraient pas de questions. La seule à connaître la vérité était la monitrice qui avait sauvé la vie de Pennie en la conduisant aux urgences, et elle s'était engagée sur l'honneur à garder le secret.

Eileen alla récupérer les effets personnels de sa fille dans son bungalow avant sa sortie de l'hôpital. Les petites avaient réalisé une grande banderole fleurie pour lui souhaiter un prompt rétablissement. Elles avaient également acheté pour elle à la boutique de la colo un volume des aventures de *Madeline*, racontant les péripéties d'une fillette en pension chez les sœurs à Paris et qui avait, elle aussi, l'appendicite ; elles avaient toutes écrit sur la première page de petits mots affectueux.

Pendant le trajet du retour, Pennie resta muette. Elle avait trouvé le courage d'envoyer un SMS à Tim pour le mettre au courant. Il lui avait téléphoné de Shanghai alors qu'elle était encore hospitalisée, et tous les deux avaient pleuré. Bien sûr, la fausse couche leur simplifiait l'existence, mais leur peine n'en était pas moins sincère. Tim avait promis de passer la voir dès son retour de Chine. Rien ne s'opposait plus à ce que chacun poursuive ses projets : Stanford pour lui, le bac pour elle. Quand Pennie revit son père, elle fondit en larmes. Il était navré qu'elle ait eu à vivre cette épreuve, mais quel soulagement qu'elle ait survécu ! Mark et Seth, qui n'étaient au courant de rien, étaient encore en colo ; Pennie avait un mois de tranquillité devant elle pour récupérer.

Elle ne téléphona pas à ses amies. Elle n'avait pas envie de les voir. Aucune d'entre elles n'avait été au courant de sa grossesse. Quant aux Blake, bien qu'informés par leur fils de la fausse couche de Pennie, ils ne lui envoyèrent même pas un mot de condoléances – à croire qu'ils étaient enchantés de cette nouvelle. À vrai dire, ils remerciaient la nature de leur avoir ôté cette épine du pied, sans quoi leur fils aurait commis une erreur monumentale en vertu de sa noblesse d'âme. Bill et Barbara étaient persuadés que les conséquences d'un mariage et d'un enfant auraient été calamiteuses. En ce qui les concernait, ils se lavaient les mains des Jackson. Pennie s'en moquait. Elle ne tenait pas spécialement à entendre parler d'eux. En revanche, les nombreux SMS de Tim lui mirent un peu de baume au cœur.

Le jeune homme devait faire escale à Greenwich quarante-huit heures à peine avant de s'envoler pour la côte Ouest. Il avait fort à faire en vue de son déménagement mais il prit néanmoins le temps d'effectuer une longue promenade avec Pennie. Ils pleurèrent ensemble leurs rêves brisés. Une page venait de se tourner ; chacun devait désormais écrire le prochain chapitre de sa vie.

Septembre arriva et ce fut une Pennie métamorphosée qui fit sa rentrée au lycée en classe de terminale. Après cet été pour le moins initiatique, elle se montrait plus réservée que par le passé, et surtout plus mûre. Rien n'était plus comme avant. Ses parents la traitaient désormais en adulte. Les portes de l'enfance s'étaient irrémédiablement refermées. Pennie Jackson était devenue une femme, avec tout ce que cela supposait de plaisirs et de peines.

L'été avait mis Paul et Eileen à rude épreuve. Ils avaient passé des nuits blanches à débattre de la meilleure façon de gérer la situation. Surtout, Eileen avait pris la pleine mesure du ressentiment que Paul gardait contre elle. Il n'avait pas digéré les sacrifices qu'il lui avait fallu consentir dix-huit ans plus tôt. La grossesse de Pennie leur avait fait revivre ce cauchemar, révélant au passage les fissures de leur couple bancal. Paul aimait sincèrement ses enfants, cela, Eileen n'en doutait pas, mais il ne lui avait jamais pardonné les circonstances dans lesquelles il avait été contraint de l'épouser. Ce qui consternait Eileen, c'était l'obstination qu'il avait mise à infliger à Tim le même destin que le sien. Quant à sa tirade humiliante dans le salon en présence des Blake, elle ne pouvait l'effacer de sa mémoire. Eileen ne pouvait plus rester aveugle en ce qui concernait la rage muette qui consumait son mari depuis des décennies, tel un feu de forêt maîtrisé mais pas complètement éteint.

En septembre, les dîners d'affaires de Paul se multiplièrent. Les tensions de l'été ne s'étaient pas encore dissipées. De toute façon, Eileen était débordée : Seth s'était cassé le bras à l'école dès la première semaine de la rentrée. Un grand lui avait fait un croche-pied et, aussitôt, son frère Mark, pour le venger, avait collé son poing dans la figure de la brute, lui cassant les deux dents de devant, ce qui valut aux bagarreurs deux semaines d'exclusion. Paul et Eileen avaient été convoqués par le proviseur et sermonnés dans les règles de l'art. Mark fut privé de sortie. Ce fut l'occasion de nouvelles disputes entre Paul et Eileen, car s'ils ne cautionnaient ni l'un ni l'autre l'usage de la violence, Paul louait les motivations du garçon, tandis qu'Eileen condamnait radicalement son geste. Pour ne rien arranger, Seth, droitier, s'était cassé le bras droit : Eileen devait l'aider du matin au soir. Puis il y avait Pennie. Ses notes dégringolaient. Déprimée par les événements de l'été, elle repoussait le moment d'attaquer ses dossiers de candidature. Sa mère devait constamment la rappeler à l'ordre : il fallait absolument qu'elle reste au niveau si elle voulait intégrer une bonne université, sans négliger ni son bulletin ni ses activités de bénévolat. Eileen s'épuisait à tenter de la remotiver et se rongeait les sangs. En un sens, elle se félicitait des absences de son mari : elle avait bien assez à faire avec les enfants ! D'un autre côté, il n'était jamais là pour la dépanner lorsqu'il fallait conduire l'un des garçons ici ou là ni pour rappeler les enfants à l'ordre. Le mois fut si intense qu'elle ne trouva même pas un moment pour papoter avec Jane au téléphone.

Un point, toutefois, la réjouissait : Pennie était sans nouvelles de Tim depuis la rentrée. C'était préférable ainsi. Il devait aller en cours, se faire de nouveaux amis. Chacun devait reprendre le cours de sa vie. La rupture, cette fois-ci, était bel et bien consommée. Peut-être, sait-on jamais, leurs chemins se recroiseraient-ils un jour. Mais, pour l'heure, il fallait aller de l'avant.

Tout était calme ce soir-là au domicile des Jackson. Pennie, qui ne sortait plus depuis l'été, se retirait dans sa chambre pour regarder un film ou une série sur son ordinateur sitôt son dîner avalé et se couchait de bonne heure. Les jumeaux allaient également au lit tôt.

Le silence régnait dans la maison et Eileen, au lit, feuilletait sans grande conviction un livre intitulé *Les Joies de la quarantaine* que lui avait prêté une mère du quartier. Paul n'était pas encore rentré. C'était la troisième fois cette semaine qu'il dînait à New York et Eileen avait l'impression qu'ils ne se voyaient plus jamais. Même le week-end, c'est à peine s'ils se croisaient, car Paul profitait de son temps libre pour jouer au golf ou au tennis. Elle ne trouvait même plus la force de refuser cette situation.

Il rentra peu après 23 heures, sentant l'alcool. Souvent, au restaurant, Paul régalait ses clients de grands crus. Il paraissait de bonne humeur.

— Tu ne dors pas encore ? s'étonna-t-il.

— Je t'attendais, lui répondit-elle en souriant.

— Pourquoi ? Tu me surveilles ?

Il y avait une note de tension dans sa voix.

— Non. Je devrais ? plaisanta Eileen. Tu t'es bien amusé ce soir ?

— Beaucoup. Mes nouveaux clients sont australiens, et je peux te dire qu'ils savent prendre du bon temps !

Il se pencha pour l'embrasser et, lorsqu'il se redressa pour aller se déshabiller, Eileen crut sentir sur sa chemise un parfum étrange. Elle haussa les sourcils.

— Il y a des femmes parmi ces nouveaux clients ?

Paul plissa les yeux.

— Qu'est-ce qui te fait dire ça ?

— Tu sens le parfum.

— Pour l'amour du ciel, Eileen, je rentre du boulot. Tu es vraiment obligée de me faire subir un interrogatoire ? Oui, il y avait une femme. L'épouse d'un des gars. Tu veux connaître sa pointure, aussi ? Son groupe sanguin ?

En un clin d'œil, son ton s'était fait fielleux. Parfois, quand Paul buvait un peu trop, il devenait mauvais, voire agressif, même s'il niait tout le lendemain. Eileen l'interrogeait rarement sur ses fréquentations. Elle n'en avait jamais éprouvé le besoin, car elle n'était pas de nature jalouse et qu'elle faisait confiance à son mari. En sa présence, il ne flirtait jamais avec d'autres femmes. Il était bel homme et charmeur à ses heures, et Eileen ne doutait pas que des femmes s'intéressaient à lui, mais Paul était un homme intègre et droit : jamais il n'aurait cédé à leurs éventuelles avances.

Paul s'engouffra dans la salle de bains dont il claqua la porte avec humeur. Il reparut peu après, en pyjama, et se glissa sous la couette. Le parfum flottait toujours dans l'air. Eileen se retourna pour embrasser son mari et constata que ce même parfum lui collait à la peau. Elle recula vivement et le fixa : elle ressentit la drôle impression de partager son lit avec un étranger.

— J'ai des raisons de m'inquiéter ? lui demanda-t-elle sans détour.

— Bien sûr que non. J'ai signé le foutu contrat il y a dix-huit ans. Tu ne vas pas en plus me harceler !

Il y avait tant de haine dans son regard, et son ton était si vénéneux qu'Eileen tressaillit. *In vino veritas*, songea-t-elle tristement – « Dans le vin, la vérité »...

— Tu es blessant.

— Que veux-tu que je te dise ? Dans la vie, il faut faire des choix, et après, il faut les assumer. Et c'est ce qu'on a fait, n'est-ce pas ? On a tous les deux renoncé à plein de choses en se mariant.

Eileen prit son courage à deux mains. Peut-être s'apprêtait-elle à ouvrir la boîte de Pandore, mais elle avait besoin de savoir.

— Tu regrettes ? lui demanda-t-elle frontalement.

Il ne nia pas.

— Parfois. Pas toi ? Tu ne te demandes jamais ce qu'aurait été ta vie si tu ne t'étais pas retrouvée enceinte ? Si tu avais pu te consacrer à ton boulot, et tomber follement amoureuse sans être dans l'obligation de te marier ?

Eileen tombait des nues : ces regrets avaient l'air d'être une véritable obsession pour son mari. Contrairement à lui, elle évitait soigneusement de trop se poser ce genre de questions.

— Non, pas vraiment, lui répondit-elle. On ne s'est pas mariés uniquement par obligation. On s'aimait et, en ce qui me concerne, c'est toujours le cas. Je ne regrette rien.

Elle pensait à ses enfants en le disant, ainsi qu'à la vie confortable que menait sa famille.

— Pourtant, ça ne fait pas de mal de fantasmer un peu, lâcha Paul, désinvolte. C'est ce que font les hommes.

— Et, par curiosité, tu fantasmes sur ta carrière ou sur d'autres femmes ? s'enquit Eileen.

Jamais Paul ne lui avait parlé de ces choses-là. Visiblement, la grossesse de Pennie avait fait remonter à la surface toutes ses frustrations.

— Ma foi... les deux. Parfois, je me demande comment ce serait de mener une vie un peu moins... rangée. On est le couple plan-plan par excellence. Tu passes ton temps à gérer les enfants, et moi au boulot et dans les transports en commun... Ça ne laisse pas beaucoup de place au couple, tout ça.

La nostalgie voilait son regard.

— Peut-être qu'on pourrait se dégager un peu de temps pour nous, suggéra Eileen. On pourrait se réserver un soir par semaine. On se ferait beaux...

Elle n'avait en effet guère soigné son look ces derniers temps. Elle entortillait ses cheveux en un chignon brouillon, enfilait un sweat, un jean, et il lui arrivait même de sortir au restaurant en baskets tant elle était habituée à privilégier le confort aux apparences. De toute façon, Paul n'avait pas l'air d'y prêter attention. Et il ne faisait pas plus d'efforts qu'elle !

— On est très bien comme on est, va ! lui répliqua-t-il en bâillant.

Il lui tourna le dos et éteignit sa lampe de chevet. Dans la pénombre, Eileen le fixa, perplexe. L'odeur du parfum chatouillait toujours ses narines. Pour la première fois, elle se demanda s'il la trompait. Et quand bien même ce serait le cas ? Si Paul s'était épris d'une autre femme, comment réagirait-elle ? Peut-être bien que cela la laisserait de marbre. S'il couchait avec une autre, elle le prendrait mal, bien sûr, mais aurait-elle le cran de le quitter ? Ou fermerait-elle les yeux comme tant d'autres femmes trompées, pour la paix des ménages ? Une boule au ventre, elle éteignit sa lampe et arrangea son oreiller. Mais pas moyen de trouver le sommeil. Un nouveau parfum féminin était entré dans leur maison, ouvrant aussi pour la première fois la porte au doute et à la suspicion au sein du foyer. La maison était plongée dans un silence absolu, mais dans sa tête les interrogations se bousculaient. Eileen connaissait-elle réellement ce mari, qui ronflait tout à son aise à ses côtés ? Que faisait-il vraiment de ses soirées ? Paul et elle étaient-ils donc devenus deux colocataires vieillissants ? Elle finit par fermer les yeux et sombrer en s'imaginant seule dans le grand lit.

Au petit déjeuner, Eileen se montra taciturne. Paul et elle n'étaient pas du matin. Ils lisaient les journaux, chacun de son côté, en attendant qu'il soit l'heure pour lui de partir à la gare et, pour elle, d'aller réveiller les enfants. Ce jour-là, Paul informa Eileen qu'il rentrerait une fois de plus tard : un nouveau repas d'affaires. Eileen ne creusa pas le sujet. Une fois les enfants partis pour l'école, cependant, elle téléphona immédiatement à Jane.

— Tu vas peut-être me prendre pour une folle, mais je suis inquiète... J'ai l'intuition que Paul me trompe.

Elle se sentait un peu bête en prononçant ces mots. Pourtant, depuis la veille, ses soupçons n'avaient fait que se renforcer.

— Qu'est-ce qui t'a mis la puce à l'oreille ? Un string en dentelle rouge dans la poche de sa veste ? plaisanta Jane.

De toutes les amies d'Eileen, Jane était l'experte en vie conjugale. Non seulement elle avait de l'expérience à revendre, mais elle possédait une sorte de sixième sens qui lui permettait de décrypter avec beaucoup de flair les relations hommes-femmes.

— Non, c'est un peu plus subtil que ça, la détrompa Eileen. Hier soir, quand il est rentré, il empestait le parfum. Et je ne parle pas de ses vêtements, mais de sa peau. De son cou, pour être exacte. C'était la première fois.

— Hum, c'est un peu maigre…

— Je sais. Mais il passe toutes ses soirées à New York, soi-disant avec des clients.

— Tu soupçonnes quelqu'un en particulier ?

— Je ne connais même plus les gens qu'il fréquente ! Je sais qu'il a une nouvelle secrétaire, mais je ne l'ai jamais rencontrée. Avec les enfants, tu comprends, je suis coincée ici.

— Tu devrais peut-être te « décoincer » un peu, histoire de te faire payer quelques dîners new-yorkais, toi aussi.

— Oh, j'ai l'impression qu'il déteste dîner avec moi à New York. S'il m'invite, c'est seulement ici, et à

Greenwich on n'a pas besoin de se mettre sur son trente et un...

En s'écoutant parler, elle s'aperçut qu'elle était devenue effroyablement pantouflarde. Elle eut un petit rire sans joie.

— Oh, Jane ! Je suis devenue le cliché de la bonne mère au foyer qui vit dans sa banlieue pavillonnaire. Paresseuse et ennuyeuse !

— Ne dis pas n'importe quoi, la rabroua gentiment Jane. Tu es magnifique ! Tu devrais peut-être le rappeler à Paul. Pour commencer à raviver la flamme, pomponne-toi !

Jane le lui avait déjà dit, mais Eileen avait ignoré son conseil. Cette fois, elle était tout ouïe.

— Je ne sais pas si je saurais...

— Robe moulante, dessous sexy, parfum, dîner aux chandelles dans un restau chic... Et pas de baskets ni de bottines fourrées, c'est compris ? Ensuite, tu lui fais du charme. En mode rencard.

— Il va penser que je perds la tête. Ce n'est pas du tout notre style !

— Tu préfères rester les bras croisés et risquer de le perdre ? C'est lui que tu veux, non ?

Il faut dire que Jane n'avait jamais trouvé Paul très séduisant.

— Oui, c'est lui.

— Dans ce cas, il faut réagir. Avec les hommes, rien n'est jamais acquis, surtout si une rivale se met en tête

de le séduire. Ajoute à ça une petite crise de la quarantaine… C'est un traumatisme, pour eux comme pour
nous ! Imagine qu'une jolie fille lui donne l'illusion
de retrouver sa jeunesse perdue. Comment résister ?

L'idée de devoir reconquérir son propre mari était
pour Eileen tout aussi ridicule qu'insensée.

— Après tout, peut-être que je me fais des films…

— Sincèrement, c'est peu probable, lui assura Jane.
Quand une femme soupçonne son mari de la tromper, statistiquement, c'est le cas. Nous, les femmes,
on a un vrai flair pour ce genre de choses ! Certaines
préfèrent faire la sourde oreille. Mais moi, mon flair,
je te garantis que je lui fais confiance ! Allez, Eileen.
Tout ce qu'on te demande, c'est de te mettre en valeur
pour prouver à ton mari que tu n'as pas lâché l'affaire.
Qui sait ? Peut-être que ça fera ressortir le don Juan
qui sommeille en lui. 40 ans, c'est l'âge idéal pour
remettre un peu de piment dans son couple. C'est
un peu comme mettre un verrou à sa porte d'entrée !
Parce que crois-moi, si tu veux garder ton homme, il
va falloir donner de ta personne.

Eileen eut le sourire toute la journée en repensant
aux conseils de son amie. Si bien qu'elle finit par se
laisser persuader. Le jeudi après-midi, elle téléphona
à Paul qui était au travail et lui proposa de sortir en
amoureux le lendemain.

— C'est pour ça que tu m'appelles ? Tu es sûre
que tout va bien ? lui répondit Paul, amusé et surpris.

— Eh bien... oui ! Je me disais que ça nous ferait du bien.

— Je crois que c'est la première fois que tu me téléphones au bureau pour me parler d'autre chose que d'un bras cassé ou d'une convocation chez le directeur ! Bien sûr, pourquoi pas ? Où est-ce que tu as envie d'aller ?

Il évoqua quelques-unes de leurs tables préférées, mais Eileen proposa un autre restaurant, plus chic, où ils avaient dîné cinq ans auparavant, invités par un couple d'amis.

— D'accord, je réserve, dit Paul. Mais dis-moi, tu as une mauvaise nouvelle à m'annoncer ? Tu as embouti la voiture ?

L'espace d'un instant, elle se sentit ridicule, mais elle ne flancha pas.

— Mais pas du tout ! Un bon restau, ça nous changera.

— Tu as raison. Je dois mettre une cravate, alors ?

— Seulement si tu en as envie...

— Ouf ! Dans ce cas, on fera sans. Le costard au boulot, ça me suffit ! Allez, à ce soir. J'essaie de ne pas rentrer trop tard, je suis libre, finalement : mes clients se sont décommandés.

Mais il était 22 heures passées quand il franchit le seuil de la maison. Les dialogues d'un film filtraient par la porte de la chambre de Pennie. Dans celle des garçons, tout était silencieux, et Eileen s'était endormie au lit, son livre à la main, la télé allumée.

Le lendemain, Paul partit si précipitamment au travail qu'Eileen n'eut pas le temps de lui rappeler leur rendez-vous du soir, mais elle se rassura : l'événement était si rare qu'il ne risquait pas de l'oublier. Elle avait demandé à une autre maman de conduire les enfants à l'école pour pouvoir se rendre chez le coiffeur et l'esthéticienne. Ensuite, elle passa en revue le contenu de sa penderie. Elle choisit avec soin une robe noire qu'elle n'avait pas mise depuis trois ans et des escarpins Dior portés deux fois (une des rares paires dont Pennie n'avait pas encore hérité). Elle se parfuma et mit des boucles d'oreilles.

Sa fille la surprit en pleine séance d'essayage.

— Waouh, maman, t'es canon ! Qu'est-ce que tu fêtes ?

— Je sors avec ton père, on va dîner au restaurant, Chez Julien.

— On ne se refuse rien ! Ces chaussures, tu me les donneras quand tu ne t'en serviras plus ?

— Mes Dior ? Pas question ! En plus, c'est ma dernière paire de chaussures à talons.

— Mais elles m'iraient tellement bien ! implora Pennie en battant des cils.

Après cela, Eileen attendit nerveusement le retour de son mari. Il lui avait envoyé un SMS la veille pour l'informer qu'il avait réservé une table pour 20 h 30. C'était un peu tard pour Paul et Eileen, mais il s'agissait de la seule disponibilité et Eileen n'en était pas mécontente :

autrefois, ils avaient l'habitude de dîner tard et en tête à tête. Cela leur rappellerait des souvenirs.

À 19 h 30, Paul n'était pas encore rentré. Il arriverait certainement par le prochain train. Il lui faudrait se changer à la hâte, ou rester habillé comme il l'était, mais cela irait.

À 20 heures, Eileen était toujours sans nouvelles de son mari.

L'heure de la réservation arriva et passa. Bientôt, 21 heures sonnèrent, puis 21 h 30. Eileen bouillait de rage. À 22 heures, elle pleurait de dépit. Chaque fois qu'elle tentait de le joindre, elle tombait sur son répondeur. Quant aux SMS dont elle le bombardait, ils restaient sans réponse. Paul lui avait posé un lapin, purement et simplement. Cela ne lui ressemblait pas. Et s'il lui était arrivé malheur ? Eileen avait l'impression d'incarner cette femme qui, dans un roman ou un film, est celle qui attend son mari alors que celui-ci agonise sur le bord d'une route... Elle tâcha de se ressaisir. On n'était pas au cinéma ! Mais si Paul avait été pris en otage par des terroristes dans le train ? Elle alluma les infos : rien.

Enfin, à minuit, il lui téléphona.

— Oh mon Dieu, Eileen, j'en reviens pas de t'avoir fait ce coup-là ! s'exclama-t-il, contrit. Un nouveau rendez-vous est tombé en début d'après-midi et ça s'est tellement éternisé que le client n'est parti qu'à 22 heures – on n'a même pas dîné. J'ai raté le dernier train, alors j'ai pris un hôtel. J'avais prévu de te téléphoner pour te prévenir mais je me suis écroulé dès que j'ai mis un pied dans la chambre. Je viens de me réveiller et de me rappeler notre rendez-vous... Je te jure que j'avais fait la réservation ! Je crois que cette proposition était tellement inhabituelle que je n'y ai pas vraiment cru, ce qui explique que ça me soit sorti de la tête... On va se reprogrammer ça, promis.

Quand elle l'entendit honteux et paniqué, Eileen sentit toute sa colère retomber comme un soufflé. Elle ne ressentait plus qu'une profonde tristesse.

— Ne te fatigue pas, lui dit-elle d'une voix lasse. Les restaus chics, ce n'est pas pour nous.

Elle avait retiré sa robe noire et offert ses escarpins Dior à Pennie deux heures auparavant.

— J'arrive demain par le premier train. Je me ferai pardonner, promis !

Mais c'était impossible, et du reste, c'étaient des paroles en l'air. Eileen s'en voulait de sa naïveté. Si Paul n'était pas fichu de se rappeler qu'il dînait en amoureux avec sa femme dans un restaurant chic, il n'y avait sans doute plus rien à faire.

— Rentre quand tu voudras, lui dit-elle d'une voix éteinte. De toute façon, demain matin, je conduis les garçons au foot.

— J'essaie de venir assister au match, alors. Au moins à la deuxième mi-temps.

— Je ne leur dirai rien, pour ne pas qu'ils soient déçus, au cas où, lui répondit-elle sans méchanceté.

— OK, c'était mérité, reconnut Paul avec humilité.

— Au fait, tu loges à quel hôtel ? lui demanda Eileen. En cas d'urgence. S'il y a le feu.

— Le Crosby, à Soho. C'est pas mal, il faudra que je t'y emmène un de ces jours. Bon, on se voit demain. Encore désolé d'avoir manqué notre dîner.

Sa contrition semblait sincère, mais Eileen ne se laissa pas ébranler.

— Aucune importance, riposta-t-elle froidement.

Et elle raccrocha. Elle resta allongée sur son lit, la lumière allumée, pendant une trentaine de minutes. Elle ressassait la journée. Son mari l'avait tout bonnement oubliée. Dire qu'elle s'était motivée à le reconquérir ! Soudain, elle se redressa et, piteusement, elle téléphona à l'hôtel Crosby.

— La chambre de M. Jackson, s'il vous plaît.

Elle patienta le temps que le réceptionniste parcoure le registre.

— Je regrette, nous n'avons pas de M. Jackson parmi nos clients ce soir.

Eileen bredouilla une formule de politesse et coupa la communication. Elle s'y était attendue, sinon elle n'aurait pas passé le coup de téléphone, mais entendre un tiers confirmer ses soupçons, c'était brutal. En un éclair, ses craintes s'étaient vérifiées. Elle se figea, comme pétrifiée. Paul ne l'avait pas oubliée : il lui avait menti. Il ne restait plus qu'une seule inconnue dans l'équation : de qui partageait-il le lit cette nuit ?

4

Le lendemain, Eileen accomplit les gestes du quotidien tel un automate. Elle prépara le petit déjeuner des jumeaux, passa s'assurer que Pennie était levée et travaillait à ses dossiers de candidature, puis emmena les garçons au foot. Par chance, Paul ne vint pas. Eileen n'était pas pressée de le revoir. Mais, quand elle rentra à la maison, vers 17 heures, il était là, dans son bureau, à classer des factures et à remplir des chèques. À la vue de sa femme, il prit un air de chien battu mais, quand il se leva pour l'embrasser, elle s'écarta.

— Écoute, je t'ai dit que j'étais désolé, et c'est vrai, lui lança-t-il, nerveux. Ce n'est pas ma faute si la réunion s'est éternisée ! J'ai oublié... Ça peut arriver à tout le monde.

Elle coupa court à sa litanie.

— Où as-tu passé la nuit ? lui demanda-t-elle, intraitable.

— Je te l'ai dit : au Crosby Street Hotel !

L'espace d'un instant, Eileen vacilla. Avait-elle téléphoné au bon hôtel ? Mais elle connaissait la réponse.

— J'ai appelé la réception, affirma-t-elle. Tu n'y étais pas.

— Parce que je suis parti aux aurores ! J'ai traîné un peu au bureau avant de...

— Pas ce matin. Hier soir. Moins d'une demi-heure après t'avoir parlé.

Il demeura un instant interdit. Il semblait chercher ses mots. Comme s'il se savait en terrain glissant.

— On en parlera plus tard, tu veux bien ? On se remet à peine de la grossesse de Pennie, ce n'est pas le moment...

— Pennie a perdu le bébé il y a trois mois. Je ne vois pas le rapport avec le fait que tu découches.

Eileen résolut de ne pas prendre de gants :

— Je sais qu'il y a une autre femme dans ta vie. Alors, qu'est-ce qu'on fait ?

Elle entendait sa voix comme si une autre personne s'exprimait par sa bouche. Comment en étaient-ils arrivés à avoir cette conversation après dix-huit ans de mariage, trois enfants, et combien d'épreuves affrontées ensemble ? La vie qu'ils avaient bâtie n'était-elle donc qu'un château de cartes, réduite à néant à la moindre bourrasque ? Paul en était-il seulement à son coup d'essai ? Eileen avait le vertige.

Paul n'avoua rien, mais il ne nia pas non plus. Il baissa les yeux vers son bureau, cherchant ses mots. Enfin, il releva la tête et, dans un soupir, déclara :

— Je crois qu'on a besoin de faire une pause. Je pourrais m'installer quelque temps à New York.

— À New York ? Où ça ? Chez qui ? Je crois que je suis en droit de savoir.

Eileen tremblait. Paul était censé s'efforcer de la rassurer, pas confirmer ses inquiétudes !

— Je prendrai un studio meublé, lui répliqua Paul.

— C'est qui ? insista Eileen.

— C'est... sans importance. Et je tiens à ce que tu saches qu'il s'agit de la première fois.

Mais comment le croire, maintenant qu'il reconnaissait les faits ? Eileen, sous le choc, ne sentait plus battre son cœur.

— Tu l'aimes ?

— Je ne veux pas en parler. Je vous aime, toi et les enfants. Est-ce qu'on peut en rester là pour le moment ? Je ne tiens pas à ce qu'on prenne des mesures radicales...

— C'est un peu tard pour dire ça, lui fit remarquer Eileen, acerbe. Depuis combien de temps ça dure ?

— Je... Quelques mois. J'étais bouleversé à cause de Pennie et j'ai... dérapé.

— Ne rejette pas la faute sur notre fille ! s'emporta Eileen.

— D'accord. La vérité, c'est qu'on s'éloigne depuis des années, toi et moi. On n'aurait jamais dû se marier. Qu'est-ce qu'on a en commun, à part les enfants ? Et que nous restera-t-il quand ils quitteront la maison dans sept ans ? Nous aurons 46 et 48 ans. Je ne sais pas ce que j'ai envie de faire du reste de ma vie, mais tu tiens vraiment à continuer de payer notre erreur de jeunesse ces prochaines années ?

Eileen chancela, sidérée.

— Il me semble que les garçons ne partent pas avant un moment. Mais toi, si ?

Et elle, dans tout ça ? Il aurait pu lui faire part de ses ruminations au lieu de la mettre devant le fait accompli ! De quel droit Paul lui imposait-il sa décision, de façon unilatérale et non négociable ? La panique l'assaillit. À l'aube de ses 40 ans, son mari la trompait et s'apprêtait à la quitter. Ce n'était pas, une fois de plus, ce qu'elle attendait de la vie ! Le monde d'Eileen s'écroulait.

— Et tu pars quand ? s'entendit-elle demander.

Elle se sentait curieusement calme, tout à coup, comme étrangère à elle-même. Elle ne reconnaissait même pas sa voix. Ou peut-être était-elle morte sans le savoir, tuée la veille par son mari, qui partait en rejoindre une autre.

— Demain matin, dit-il doucement. Ou ce soir, si tu préfères.

Elle réfléchit un instant avant de lui répliquer :

— Puisque tu as une maîtresse, je ne veux plus de toi dans cette maison.

Quatre mois de mensonge, ce n'était pas un dérapage d'un soir. D'ailleurs, qu'est-ce qui lui prouvait que la liaison n'avait pas commencé avant ? Eileen ne pouvait plus rien croire de ce que Paul avançait. Peut-être l'avait-il trompée pendant des années.

— D'accord, je vais faire mes valises, murmura Paul d'une voix blanche.

Tandis qu'il montait rassembler quelques affaires, Eileen, chancelante, resta seule dans le bureau. Quand son mari reparut, il ne tenait à la main qu'un petit sac de voyage.

— Je repasserai prendre le reste plus tard, affirma-t-il. Et les enfants ? Qu'est-ce que tu vas leur dire ?

— Je ne sais pas. Qu'est-ce qu'on est censés dire dans ce genre de situation ? persifla Eileen.

— On en dit le moins possible jusqu'à ce qu'on y voie plus clair...

— Il me semble que c'est tout vu, maugréa Eileen.

— Je t'ai dit que c'était un dérapage.

Elle enrageait. Paul traitait l'affaire avec froideur et pragmatisme. Ce n'étaient pas les remords qui l'étouffaient ! Il semblait même soulagé d'avoir pu tout avouer.

— Tu es prêt à la quitter ? demanda-t-elle.

C'était la question clé. Paul était-il prêt à renoncer à sa maîtresse pour sauver son couple ? Eileen en doutait.

— Je ne vais pas te mentir : je n'en sais rien. J'ai déjà essayé, plusieurs fois. Mais ce n'était jamais le bon moment. J'ai besoin de temps pour réfléchir.

Elle vit de la compassion voiler son regard. Elle était au plus mal et cela devait se voir. En même temps, il semblait heureux de ne plus avoir à mentir, tiraillé entre deux femmes.

— Tu veux bien ne rien dire aux enfants en attendant que je sache où j'en suis ? la pria-t-il.

C'était beaucoup demander, mais Paul savait qu'Eileen était quelqu'un de bien et qu'elle chercherait à les préserver.

— Cela dépendra d'eux, décida-t-elle. S'ils me posent des questions, je ne leur mentirai pas.

Paul acquiesça et quitta la pièce sans esquisser le moindre geste vers sa femme. Sur le seuil, il se retourna, murmura un laconique « Désolé », et se sauva. Déjà, elle entendait ronfler le moteur de sa voiture. Il n'avait même pas dit au revoir aux enfants, laissant Eileen se débrouiller pour leur expliquer son absence.

Elle monta dans sa chambre, se coucha sur le lit et s'absorba dans la contemplation du plafond. Que lui réservaient les jours, les mois à venir ? Elle naviguait en plein brouillard. Cette autre femme, qui était-elle ? À quoi ressemblait-elle ? Une curiosité malsaine dévorait Eileen. Si Paul envisageait de tout plaquer pour elle, c'était qu'il l'aimait, forcément. Peut-être ne reviendrait-il jamais. En avait-elle d'ailleurs envie ?

Elle broyait du noir quand Pennie vint lui poser une question, une heure plus tard environ. L'adolescente s'étonna de la trouver alitée.

— T'es malade, maman ? lui demanda-t-elle, soucieuse.

Eileen n'était pas du genre à s'accorder des pauses.

— Non, je me repose un peu, c'est tout, affirma-t-elle en se redressant.

— Il est où, papa ?

— Au travail. Une urgence.

Pennie hocha la tête et tendit une copie double à sa mère.

— C'est un brouillon de dissertation pour mes candidatures. Tu veux me dire ce que tu en penses ?

— Bien sûr.

Aucun des enfants ne dînait à la maison ce soir-là, et Eileen s'en félicita : cela lui donnerait l'occasion de digérer les événements de la journée. Les pensées se bousculaient dans sa tête au point qu'il lui semblait perdre pied avec la réalité. Aurait-elle dû exiger que Paul lui révèle l'identité de sa maîtresse ? Non, têtu comme il l'était, il aurait refusé. Elle erra sans but dans la maison, accomplissant machinalement sa routine quotidienne jusqu'à ce que les enfants soient partis chez leurs copains. Sa vie était en ruine, et c'était arrivé si vite ! Elle se rejouait la scène, tâchant de comprendre, en vain. Comment son mari avait-il pu se muer en inconnu du jour au lendemain ? Et elle, qui était-elle sans lui ? Autant de questions sans réponse... Le pire, c'était que la séparation s'était déroulée dans le calme, sans larmes, sans suppliques. Leur couple était donc vraiment en bout de course ? Essoufflé, exsangue depuis des années ? Comment Eileen ne l'avait-elle pas remarqué ? Telle une ombre, elle se leva, monta l'escalier et alla se coucher en s'interdisant de se demander où était son mari et avec qui. Paul avait déserté sa vie.

Olivia Page était une ravissante petite rouquine à l'énergie incendiaire. Sa crinière bouclée servait d'écrin à ses grands yeux émeraude, et elle débordait de vitalité. À seulement 27 ans, pleine d'entrain et de créativité, elle était à la tête de sa propre entreprise, une galerie d'art en ligne qui faisait déjà beaucoup parler d'elle. Olivia représentait une foule d'artistes, certains renommés, et elle ne comptait pas s'arrêter en si bon chemin. Avec son réseau, elle avait toutes les cartes en main pour aller loin. Fille de nul autre que Tom Page, le célèbre producteur, elle avait fait des études d'histoire de l'art à Yale avant d'enchaîner sur un stage au département d'art contemporain de chez Christie's, qui avait rapidement débouché sur une embauche. Ensuite, elle avait travaillé pour une galerie très réputée, avant de lancer son affaire.

Son père, de trente ans l'aîné de sa mère, était mort quand Olivia n'avait que 7 ans ; depuis, la jeune femme lui vouait un culte. À Hollywood, Tom Page était une vraie légende, et sa mère, la grande actrice Gwen Waters, n'était pas en reste. Après une carrière prolifique, elle levait un peu le pied. Olivia l'idolâtrait, sans toutefois lui envier sa célébrité : le cinéma ne l'intéressait pas. Sa passion, c'était l'art contemporain.

Du reste, la façon dont Hollywood évinçait les femmes de plus de 50 ans la dégoûtait. Même une star du calibre de sa mère n'échappait pas au couperet !

Olivia était enfant unique. Ses parents divorcèrent peu de temps avant la mort de Tom, et, si Gwen s'était depuis remariée plus d'une fois, elle n'avait jamais donné à sa fille de petit frère ou sœur. Olivia avait hérité de l'intégralité de la fortune de son père, dont un luxueux appartement sur la 5ᵉ Avenue jouissant d'une terrasse spectaculaire sur Central Park et ses rivières. Elle recevait également toutes les toiles de maîtres qui s'y trouvaient : deux Picasso, un Pollock, et tout un mur de portraits assortis de sa mère jeune réalisés par Andy Warhol. Olivia était une privilégiée, mais elle restait entière. Honnête, intelligente et téméraire, elle se distinguait par un franc-parler et une assurance inhabituels chez les jeunes femmes de son âge.

Elle nourrissait également un penchant pour les hommes d'âge mûr, qui lui rappelaient son père. Les garçons de son âge l'ennuyaient.

L'interphone sonna et le portier lui signala l'arrivée de M. Jackson. Olivia lui ouvrit. Paul faisait grise mine quand il sortit de l'ascenseur mais, à sa vue, il parut renaître. Olivia avait toujours eu le don d'insuffler à son entourage sa joie de vivre et son énergie.

Elle avait rencontré Paul en mai à un événement organisé par son agence. Entre eux, ç'avait été immédiat et évident. Il avait certes quatorze ans de plus qu'elle, mais Olivia s'en moquait (selon ses critères, c'était assez peu !). En revanche, elle attendait impatiemment qu'il divorce. Paul lui avait soutenu que sa femme et lui ne restaient ensemble que pour les enfants et qu'ils ne s'aimaient plus depuis longtemps. Quand sa fille aînée s'était retrouvée enceinte, Olivia avait serré les dents. Mais elle commençait à trouver le temps long. Quand Paul allait-il enfin quitter sa femme comme il le lui avait promis ? Les hommes âgés, c'était une chose. Les hommes mariés, c'en était une autre ! Olivia faisait une exception pour Paul mais elle ne passerait pas sa vie à l'attendre. Cela faisait cinq mois qu'ils couchaient ensemble et le rôle de la femme de l'ombre ne lui convenait pas vraiment, même si le sexe était fabuleux.

Il déposa son sac dans l'entrée et fit mine de l'enlacer mais elle se dégagea et lui posa la question qu'il redoutait tant.

— Tu lui as dit ?

Il soupira et l'embrassa du bout des lèvres.

— Je n'en ai pas eu besoin. Elle a tout deviné. Quand elle m'a demandé si j'avais rencontré quelqu'un, j'ai dit oui, et elle m'a fichu dehors. Me voici à la rue, Olivia !

— Bon. Et maintenant ?

— Eh bien… J'imagine qu'on va devoir prévenir les enfants. D'ailleurs, j'aimerais bien te les présenter…

— Ouh là, chaque chose en son temps ! l'interrompit la jeune femme, qui n'avait pas l'instinct maternel.

Laisse-leur le temps d'encaisser la nouvelle. Tu crois qu'Eileen tentera de les monter contre moi ?

— Non, elle n'est pas comme ça, lui assura Paul. Eileen est quelqu'un de bien. On n'était pas faits l'un pour l'autre, c'est tout. Mais tu as raison, je mets la charrue avant les bœufs. D'abord, il faut que je trouve un appart. Avec des chambres pour les enfants...

— Chut, murmura Olivia en déboutonnant lentement sa chemise, puis son pantalon.

Ils firent l'amour dans le salon, au pied de grands chefs-d'œuvre de l'art contemporain, puis ils recommencèrent dans la chambre à coucher.

— Bienvenue chez toi, susurra Olivia à Paul.

Hélas ! Paul n'avait plus de chez-soi, et il chancelait. On ne tournait pas si facilement la page sur dix-huit ans de vie commune. Paul allait devoir tout réinventer. Du moins l'ère des mensonges et des cachotteries était-elle terminée. Il allait enfin pouvoir commencer une nouvelle vie auprès d'Olivia. Que leur réservait l'avenir ? Il l'ignorait. Olivia était un bolide lancé à grande vitesse sur une trajectoire imprévisible. Elle était encore très jeune, mais sûre d'elle, déterminée. Elle était la chose la plus excitante qui lui soit jamais arrivée. En sa compagnie, il se sentait un autre homme. Elle agissait tout simplement sur lui comme une fontaine de jouvence.

Il avait su d'entrée de jeu qu'il commettait une erreur en se mariant avec Eileen. Seulement, à l'époque, il avait tenu à se conduire en gentleman. Le temps et l'usure avaient eu raison de ses intentions louables. Il n'en pouvait plus. Depuis cinq mois, il rentrait chez lui en traînant des pieds. Il étouffait dans cette relation, dans sa banlieue pavillonnaire, dans sa vie. Boulot abrutissant, couple moribond... Il se faisait l'effet d'un raté. Tandis qu'avec Olivia, il se sentait jeune, fort, audacieux ! Paul avait de l'estime pour sa femme, et même de l'affection, mais cette existence triste à pleurer ne pouvait plus durer. Il fallait arracher le pansement. C'était égoïste, certes, mais on ne rencontrait pas deux fois une femme de la trempe d'Olivia.

Sans elle, qui sait... Le simulacre aurait peut-être perduré. Seulement voilà : Paul était amoureux. Pour Olivia, il avait envie de devenir un homme meilleur. Et qu'une créature si désirable, si jeune, si fougueuse l'ait choisi, lui ! Il en restait sans voix. La côtoyer, c'était comme partir en fusée direction la Lune. En cinq mois, leur relation n'avait fait que s'intensifier. Paul avait envie de croire en leur couple.

Ce soir-là, ils cuisinèrent ensemble puis se glissèrent sous la couette pour regarder des films qui n'étaient pas encore sortis dans les salles de cinéma et qu'Olivia tenait de sa mère. Lorsqu'on côtoyait une fille comme elle, ce genre de privilège faisait partie du quotidien, et Paul en avait parfois le vertige. C'était grisant. Avec elle, on sentait que tout pouvait arriver.

Pour la première fois depuis cinq mois, Paul se sentait détendu. Une longue période de frustration et de culpabilité s'achevait. Dorénavant, Olivia et lui n'avaient plus à se cacher et ils allaient pouvoir passer chacune de leurs nuits ensemble.

— On fait quoi demain ? marmonna-t-il, éperdu de bonheur.

— Toi, je ne sais pas, mais moi, je déjeune avec ma mère. On se retrouve après, si tu veux.

— Ah ! Je ne suis pas invité, j'imagine ?

Paul mourait d'envie de rencontrer la célèbre Gwen Waters. Quand les enfants sauraient ça !

— Elle n'est pas au courant de ton existence, lui rétorqua Olivia. Maintenant que tu es un homme libre, je vais pouvoir lui parler de toi.

Paul, sur un petit nuage, s'endormit comme un enfant heureux. Elle, blottie dans les bras de son amant, exultait. Son attente n'avait pas été vaine. Elle allait enfin pouvoir vivre son amour au grand jour. Par le passé, elle n'avait fréquenté que des hommes importants, qui s'évertuaient à la dominer. Avec Paul, c'était elle, pour une fois, qui tenait les rênes de la relation. Il l'adulait. Il avait quitté sa femme pour elle ! Oui, cette histoire allait marcher et, ensemble, ils formeraient une équipe de gagnants.

Ce qu'Olivia ignorait, c'était que les qualités qu'elle prêtait à son amant n'étaient que le reflet des siennes propres. La ferveur et la fougue qu'elle attribuait à leur relation n'appartenaient qu'à elle.

5

Les amants traînèrent longuement au lit le dimanche matin, à lire et à bavarder, puis, Olivia lui ayant avoué qu'elle détestait cuisiner, Paul prépara le petit déjeuner. Ensuite, ils profitèrent ensemble de l'énorme baignoire de la jeune femme. Enfin, Paul se décida à téléphoner à ses enfants, mais sans succès. Au fond, ça l'arrangeait : ignorant ce qu'Eileen leur avait dit, il n'aurait pas su comment justifier son absence. Et il n'osait pas appeler Eileen. Elle devait encore être sous le choc de ses aveux de la veille.

Paul avait également commencé à regarder les annonces de locations et une agence lui avait déjà donné un rendez-vous à midi pour deux visites consécutives. Si cela ne donnait rien, il poursuivrait ses recherches le lendemain. S'il prévoyait de dormir chez Olivia aussi souvent que possible, il n'en avait pas moins besoin d'un toit, ne serait-ce que pour héberger ses enfants. Au début, il avait envisagé de louer un studio, mais il s'était ravisé : il lui fallait un trois-pièces. Idéalement déjà meublé. Après le coup qu'il venait de faire à Eileen, il ne se voyait pas dépouiller la maison familiale de Greenwich de la moitié de son mobilier.

Olivia avait rendez-vous avec sa mère à 13 heures. Paul et elle convinrent de se retrouver après pour aller au cinéma ou rentrer faire une sieste crapuleuse. Il faisait frais et cette perspective les tentait d'autant plus qu'ils avaient dû énormément se restreindre au début de leur relation. Paul ne cessait cependant de ressasser la scène de la veille. La vie avait basculé en un clin d'œil. C'était Eileen qui l'avait obligé à jouer franc jeu, et il s'en félicitait. Chaque fois qu'il s'y était efforcé, il s'était dégonflé, et, sans la perspicacité de son épouse, il serait resté indéfiniment écartelé entre deux femmes, entre deux vies.

Ce midi-là, Olivia et Paul se séparèrent fougueusement, comme s'ils ne devaient pas se revoir avant des années.

Gwen Waters habitait un somptueux duplex du Dakota, un immeuble mythique sur Central Park West. L'édifice était presque aussi légendaire que ses occupants, tous des célébrités. L'appartement de Gwen était particulièrement luxueux avec son élégant escalier en colimaçon, sa bibliothèque au plafond cathédrale (avec rampes de cuivre et échelle coulissante à faire se pâmer un antiquaire), sa salle à manger ovale, ses cinq spacieuses chambres à coucher et sa cuisine digne de celle d'un grand restaurant – elle s'offrait d'ailleurs les services d'un chef français ! Il abritait en outre une impressionnante collection de toiles, dont certaines signées par les plus grands noms de l'impressionnisme. Des objets d'art et des tapisseries glanés un peu partout dans le monde au gré des nombreux voyages de l'actrice complétaient la décoration.

Sa carrière l'avait gâtée. Ses trois maris aussi. Tom Page, le père d'Olivia, avait été riche, tout comme son prédécesseur (un artiste anglais dont le suicide avait laissé Gwen veuve une première fois) et son successeur. Tous étaient également plus âgés qu'elle, ce qui expliquait sans doute le penchant d'Olivia pour les hommes mûrs. Le duplex avait été la maison d'enfance de cette dernière, car Gwen l'avait acquis tôt et y avait toujours habité entre deux tournages, si bien qu'en en poussant la porte, Olivia se sentait immanquablement redevenir une petite fille.

Seulement, depuis quelques années, la carrière de Gwen s'essoufflait. Elle n'avait rien tourné depuis un an et les rares scénarios qu'on lui donnait à lire étaient à désespérer. C'était inévitable : à 56 ans, l'actrice était jugée trop vieille pour Hollywood. Elle restait belle, pourtant, et nul ne remettait en question son talent, ni le public, qui l'adorait, ni les critiques, qui l'encensaient. Elle était de ces acteurs qui savent incarner aussi bien les héros tragiques que les personnages diaboliques et parviennent à se vieillir ou à se rajeunir de façon bluffante suivant les besoins du film. En conséquence, Gwen avait décroché deux Oscar, pour sept nominations en tout. Et elle n'était pas du genre à faire une dépression, comme certains de ses comparses, quand la statuette lui échappait. « Ce sera pour l'an prochain ! », se disait-elle chaque année, insouciante. Mais le fait était que les occasions se raréfiaient. Autrefois, elle jouait dans deux voire trois chefs-d'œuvre par an ! Désormais, elle avait beau harceler son agent, celui-ci lui assurait qu'on ne tournait plus que des navets ces derniers temps, des films indignes d'elle, et que, quand le rôle idéal se présenterait, il lui enverrait le scénario illico.

Quand elle vit sa fille tout enjouée monter l'escalier quatre à quatre, toutefois, elle s'illumina. Au premier regard, la fille ne ressemblait guère à la mère. Gwen était une grande brune élancée aux yeux sombres tandis qu'Olivia était rousse, menue et toute en courbes. Avec ses yeux verts éclatants, elle était le portrait craché de sa grand-mère paternelle.

— Tu rayonnes, aujourd'hui, commenta Gwen en la regardant s'affaler sur le canapé.

Elle s'émerveillait de la voir devenue une adulte équilibrée. Jamais sa célébrité n'avait paru gêner Olivia, même si elle n'aimait pas trop que ses camarades de classe en fassent toute une histoire. Gwen venait la chercher à l'école tous les jours quand elle n'était pas en tournage, comme toutes les autres mères. Et puis, cela avait permis à Olivia de voir du pays, d'assister à des tournages... La fille était aussi discrète que la mère à ce sujet et ne parlait jamais de ce qu'elles faisaient ou des gens célèbres qu'elles fréquentaient. La célébrité de Gwen était un état de fait antérieur à sa naissance et faisait partie de sa vie, point barre.

Gwen était célibataire depuis la mort de son dernier mari, un acteur d'envergure emporté par une tumeur cérébrale huit ans plus tôt. Ils avaient goûté ensemble sept années de félicité. Gwen avait été à son chevet jusqu'à la dernière minute, si bien qu'il était mort dans ses bras. Elle commençait à penser qu'entre sa carrière fatiguée et sa vie sentimentale au point mort, la fête était terminée.

Elle n'était pas malheureuse, mais rien ne l'avait transportée depuis le tournage de son dernier film, qui cartonnait actuellement au box-office. Le cap de la soixantaine n'était sans doute facile à franchir pour personne, mais pour une actrice, c'était une véritable sentence de mort ! L'agenda de la célèbre Gwen Waters était désespérément vide. « Ça va revenir, lui assurait sa propre mère. Tu verras. Les rôles seront moins nombreux, mais plus valorisants. Patience ! » Mais Gwen en doutait. Pour cette raison, elle attendait avec impatience les visites de sa fille car elles la distrayaient.

— Alors, quoi de neuf ? lui lança Gwen quand on leur eut servi des crackers et une terrine maison dont Olivia raffolait pour l'apéritif.

Un soufflé au fromage suivrait pour le déjeuner.

— Eh bien...

Olivia se tut, hésitant à se livrer. Puis, visiblement incapable de contenir sa joie, elle lâcha :

— Je fréquente quelqu'un. Et je crois que je suis amoureuse...

Gwen sourit. Elle soupçonnait depuis quelque temps sa fille d'avoir un compagnon, mais s'était bien gardée d'essayer de lui tirer les vers du nez.

— Quel genre d'homme est-ce ?

— Oh, un type brillant ! Sérieux, un peu taiseux. Pas beaucoup plus vieux que moi. Il est très haut placé dans une agence de pub. Bref : c'est un créatif. Ah, et il a trois enfants.

— Oh. Il est veuf ou divorcé ?

Comme Olivia ne lui répondait pas tout de suite, Gwen haussa un sourcil.

— Ne me dis pas qu'il est marié ?

— Plus pour longtemps. Avec sa femme, ça fait longtemps que ça ne fonctionne plus...

— Les coureurs disent tous ça, observa Gwen, méfiante. Ils n'habitent plus ensemble, au moins ?

Olivia fit non de la tête, et Gwen se détendit un peu.

— Ils étaient déjà séparés quand votre histoire a débuté ?

— Bon, pour ne rien te cacher, ça date d'hier, admit Olivia tout de go. Il est en train de chercher un appart, et après il ne lui restera plus qu'à finaliser le divorce.

— Hum. Quel âge ont ses enfants ?

— Il a une fille en terminale et des jumeaux de 11 ans.

— C'est jeune... Il te les a présentés ?

— Pas encore. Il me l'a proposé, mais je préfère qu'on attende un peu.

— Je vois. Vous vous fréquentez depuis combien de temps ?

— Cinq mois. Il est super, maman, tu vas l'adorer !

— Je l'espère ! Mais je t'avoue quand même que l'idée de te savoir un peu la cause d'une famille brisée ne m'enchante guère. Ça m'inquiète un peu, cette histoire. S'il quitte sa femme pour toi, ce qui est déjà une situation compliquée en soi, ne t'attends pas à ce que les enfants t'accueillent à bras ouverts. Ils te feront porter le chapeau. Surtout l'aînée.

— Paul dit qu'il aurait fini par quitter sa femme tôt ou tard. Ça faisait des années que ça le travaillait.

— Il n'empêche que piquer le mari d'une autre, ça ne se fait pas. Je le sais : j'ai été de l'autre côté ! Il a quel âge ?

— Il va sur ses 42 ans.

— Et sa femme, elle fait quoi ?

— Rien. Elle est mère au foyer. Paul s'ennuie avec elle depuis des années, répliqua Olivia d'un ton assez méprisant.

— Puisque Paul a trompé sa femme, qu'est-ce qui te garantit qu'il ne te trompera pas à ton tour ? demanda Gwen. Cela fait réfléchir, tu ne trouves pas ?

— C'est tout réfléchi ! J'ai confiance en lui. Paul est quelqu'un de bien. Son mariage était un échec, c'est tout. Il n'avait jamais trompé sa femme avant moi...

— Ça aussi, ils le disent tous... Bon, tu verras bien. Mais reste vigilante.

Brigitte, la domestique, entra alors, salua chaleureusement la jeune femme et annonça que le repas était servi.

— Fais juste attention à toi, c'est tout ce que je te demande, insista Gwen tandis qu'elles s'attablaient. Une procédure de divorce, c'est long et ça peut être moche. Laisse-les gérer ça entre eux et reste en dehors des conflits.

De nouveau, Olivia opina, mais elle était persuadée que l'affaire serait vite réglée.

— Tu me fais la morale, bougonna-t-elle. Mais tu n'es pas une sainte, toi non plus !

— Je ne dis pas le contraire. Cependant, je n'ai jamais fricoté avec des hommes mariés. En matière d'amour, c'est ma seule règle, et je n'y ai jamais dérogé ! Pour le reste... tous les coups sont permis ! Mais on ne touche pas aux maris des autres.

La conversation se porta sur d'autres sujets : les scénarios décevants que Gwen avait lus récemment, les deux films qu'elle avait vus, un livre qu'elle avait dévoré et qu'elle rêvait de voir adapté au cinéma... Elle se tenait très au courant. Olivia lui parla aussi de son entreprise naissante qui se développait à toute vitesse. Gwen était fière de sa fille. Toutefois, après son départ, elle s'assombrit. Cette histoire d'homme marié ne lui disait rien qui vaille. Olivia semblait très éprise, ce qui ne la rendait que plus vulnérable. Elle risquait de souffrir. D'autant que l'homme avait des enfants. Olivia était-elle assez mûre pour assumer la charge, même partielle, d'une belle-fille d'à peine dix ans de moins qu'elle et de deux pré-adolescents ? Gwen avait des doutes. Il lui faudrait être patiente si la procédure de divorce n'avait même pas été lancée. Au moins, l'homme avait un vrai travail. Et puisqu'il avait été marié durant près de vingt ans, ce n'était sans doute pas un coureur de jupons invétéré. Au fond, la meilleure solution serait encore de le rencontrer pour se faire sa propre idée. Mais Olivia n'avait pas formellement proposé de le lui présenter. Était-ce mauvais signe ? Sa fille n'était-elle, inconsciemment, qu'à moitié convaincue par cette relation ?

Le dimanche après-midi, Eileen convoqua les enfants dans le salon, leur annonça le départ de leur père et leur décision de « faire une pause ». Si Seth et Mark tombèrent des nues, Pennie avait vu venir le coup. Même avant que sa grossesse ne les fasse éclater au grand jour, elle avait remarqué les failles du couple parental. Aussi loin qu'elle s'en souvienne, ils n'avaient jamais eu de geste tendre l'un pour l'autre, au grand dam de l'adolescente (même les parents de Tim, pourtant peu démonstratifs, semblaient plus complices que les siens !).

Les garçons remontèrent jouer à la console dans leur chambre, mais Pennie s'attarda au rez-de-chaussée.

— Tu tiens le coup, maman ?

Sa mère, pâle, cernée et les traits tirés, faisait peur à voir. On l'aurait presque crue malade.

— Je fais aller, répondit Eileen. Je suis un peu sonnée. Je crois que je ne me rends pas encore bien compte. C'est arrivé si vite... Je n'ai pas fermé l'œil de la nuit.

Pennie hésita, puis posa à sa mère la question qui lui brûlait les lèvres :

— Tu crois que papa a quelqu'un d'autre ?

— Eh bien... c'est possible, répondit Eileen, évasive. Tu sais, nous n'avons jamais formé un couple idéal. Dès le départ, ça ne collait qu'à moitié entre nous. Je pensais qu'on avait trouvé notre équilibre... Il faut croire que je me trompais.

Pennie acquiesça. La diatribe de son père lors de la rencontre avec les Blake résonnait encore dans sa tête.

— Tu crois qu'il reviendra ?

— Aucune idée, reconnut Eileen. À mon avis, il n'en sait rien lui-même.

Pennie ignorait ce qu'elle espérait : que son père revienne, ou que ses parents refassent leur vie chacun de son côté. Souvent, elle trouvait son père cassant et revêche envers sa mère. En plus, ils ne partageaient rien. S'étaient-ils seulement aimés ?

— S'il ne revient pas, tu retrouveras quelqu'un, décréta-t-elle fermement. Tu es encore jeune.

— Tu parles ! répliqua Eileen avec un soupir. En tout cas, je me trouve vieille.

— Vieille ? À 39 ans ? Tu rigoles j'espère ? protesta Pennie. En plus, t'es canon.

Mûrie par les épreuves de l'été passé, la jeune fille s'efforçait de contenir sa propre tristesse pour consoler sa mère. Pourtant, un déferlement d'émotions contradictoires agitait sa poitrine. Elle en voulait à son père de faire de la peine à sa mère et à ses petits frères. À titre personnel, elle était abattue. Elle avait perdu Tim, un bébé, son enfance, ses illusions, et elle en souffrait encore, et ce d'autant plus qu'elle n'avait pas pu, comme Tim, s'envoler pour un terrain neutre où se réinventer. Il n'était pas question pour elle de retrouver quelqu'un. Mais son père paraissait si profondément malheureux qu'elle nourrissait aussi de la compassion pour lui.

— Je suis sûre que ton père voudra vous voir très vite, en tout cas, tenta de la rassurer Eileen.

Eileen téléphona à Jane ce soir-là. Ses révélations ne parurent pas la surprendre. Eileen s'efforça de donner le change, mais elle sentait bien que son amie se faisait du souci pour elle.

— Un divorce, ce n'est jamais une partie de plaisir. Mais se faire plaquer pour une autre à la veille de ses 40 ans, c'est le cauchemar de toute femme ! se désola Jane, persuadée que la fille était plus jeune qu'Eileen.

Eileen approuva doucement. Peut-être Paul et elle finiraient-ils par devenir amis, mais dans l'immédiat, elle ne se berçait pas d'illusions : elle allait au-devant de mois difficiles.

— Au moins, maintenant, je sais, dit-elle.

— Et les enfants ? Ils le prennent comment ?

— Pennie est forte. Elle est en colère contre son père, mais c'est pour les petits que c'est le plus dur. Ils sont jeunes, ils ne comprennent pas...

— Ils s'en remettront. Les enfants sont forts. Tant que Paul ne disparaît pas de leur vie et qu'ils peuvent compter sur toi et Pennie pour les sécuriser. C'est triste, mais aujourd'hui la plupart des enfants ont des parents divorcés...

Eileen garda le silence. C'était sans doute vrai, seulement, elle aurait préféré ne pas avoir à leur infliger ça. Elle avait multiplié les efforts et les sacrifices pour que son couple fonctionne, mais cela n'avait pas suffi. Depuis le début, le ver était dans le fruit, comme on dit.

Après avoir raccroché, Eileen ne put s'empêcher de ruminer ces questions qui tournaient en boucle dans sa tête : que faisait Paul à cette heure-ci ? Était-il avec elle ? Et à quoi ressemblait cette femme ? Quel âge avait-elle ? Épuisée, résignée même, Eileen n'avait plus la force d'essayer de sauver son couple. À quoi bon lutter ? Elle avait perdu foi en l'avenir. Alors de là à refaire sa vie, ainsi que Pennie le lui avait suggéré... Eileen ne se voyait pas rencontrer quelqu'un, tomber amoureuse, tout recommencer à zéro. Elle ne s'en sentait pas capable. Elle n'était que tristesse et déception.

Ce soir-là, seule dans le grand lit, elle ressassa les aveux de Paul et décida que, si vraiment il lui avait menti pendant des mois, elle ne voulait plus de lui. Mais quel gâchis ! Dix-huit années de vie commune, ce n'était pas rien. Encore heureux qu'il y eût les enfants. Mais ils méritaient tellement mieux que ça. Eileen était désespérée par le tournant que prenait sa vie : elle atteignait le cap fatidique des 40 ans, son mari la laissait tomber, elle allait sûrement devoir affronter une procédure de divorce, et sa jeunesse, malgré les paroles rassurantes de sa fille, foutait le camp. Elle était parvenue au bout du chemin et n'avait plus rien à attendre de l'avenir.

6

Le lundi matin, au réveil, Gwen Waters fut prise d'une envie soudaine. Elle enfila un jean, un gros pull et des baskets, puis elle avala un café et une tartine, appela un taxi et, quand elle sortit, le chauffeur l'attendait déjà. Elle lui communiqua l'adresse, située dans le quartier de Bowery, dont la mauvaise réputation laissait place à une gentrification galopante. Elle passa tout le trajet perdue dans ses pensées – la circulation était dense et il lui fallut près d'une heure pour atteindre sa destination, mais elle n'avait rien prévu ce jour-là.

Autour du vieil entrepôt décrépit, des ordures s'amoncelaient, attendant un hypothétique passage des éboueurs. Quelques sans-abri déambulaient dans la rue, des ivrognes ronflaient sous des portes cochères. Pour une habituée des très chics quartiers de Soho ou de Tribeca, c'était dépaysant ! Mais Gwen avait un faible pour les portes de l'édifice : peintes en vert sapin, elles lui rappelaient Paris.

Elle sonna et patienta. Sa mère mettait toujours du temps à lui ouvrir, particulièrement lorsqu'elle maniait le fer à souder et n'entendait pas la sonnette. Gwen devait alors lui téléphoner, au risque de la mettre en rogne. Mais rien ne pressait.

Cinq bonnes minutes plus tard, Gwen dégainait son portable avec réticence quand l'un des immenses battants verts pivota lentement. Une petite dame débraillée portant masque et tablier de cuir se dressait sur le seuil, radieuse, un fer à souder à la main.

— C'est toi ! Je ne t'attendais pas. Je travaille à un nouveau cheval.

— Je m'en doute. Bonjour, maman. Comment vas-tu ?

Elles s'enlacèrent. Les deux femmes avaient un vague air de famille, mais la mère était aussi petite que la fille était grande, et leurs styles différaient du tout au tout. En effet, Gwen était toujours à la pointe de la mode et, même en jean et baskets, elle respirait l'élégance et la distinction. Sa mère, au contraire, faisait un peu baba cool. Son visage, bien que raviné, restait beau dans son écrin de cheveux blancs tirés en arrière à cause du risque d'étincelles lorsqu'elle bricolait, et elle possédait des yeux d'un bleu électrique.

Gwen avait renoncé à s'inquiéter pour sa sécurité. Gabrielle Waters menait sa vie comme elle l'entendait. Elle s'était toujours ri de la prudence et du qu'en-dira-t-on, et cela lui réussissait plutôt bien : à 92 ans, elle en paraissait quinze de moins ! Fille de médecin, elle avait opté pour un parcours atypique : à l'âge où les jeunes filles de bonne famille se mariaient et donnaient naissance à leurs premiers enfants, elle avait décidé sur un coup de tête de partir étudier aux Beaux-Arts de Paris. Veuve un an après la naissance de son unique enfant, elle ne s'était jamais remariée, bien qu'elle ait eu une ribambelle d'amants ! En véritable artiste, Gabrielle ne faisait rien comme tout le monde.

Et artiste, elle l'était. Son atelier, installé dans une ancienne usine, regorgeait de tas de bois, de gros morceaux de métal non identifiés, d'outils divers et d'établis, mais il abritait surtout une fantasmagorique écurie de chevaux d'acier colossaux à la grâce irréelle et, dressé au milieu, un gigantesque nu masculin. Plus Gabrielle avançait en âge, plus ses œuvres devenaient monumentales. Ses bronzes, surtout, valaient une fortune, quoiqu'elle travaillât également avec du bois et des matériaux de récupération divers – les années n'avaient pas entamé son habileté. Les conservateurs de musée ne s'y trompaient pas, exposant ses créations partout dans le monde, quand celles-ci n'étaient pas vendues à des particuliers dès leur mise sur le marché. Un Waters était une pépite dans le monde de l'art contemporain : avec seulement trois ou quatre ventes par an, la liste d'attente était longue.

Depuis quatorze ans, Gabrielle partageait ses locaux avec son compagnon, le photographe Federico Banducci. Ils s'étaient connus pendant leurs études aux Beaux-Arts et, lorsqu'un hasard de la vie les avait réunis des décennies plus tard, ils ne s'étaient plus quittés.

Italien issu d'une longue lignée d'aristocrates (à Venise, un *palazzo* portait son nom !), il avait étudié l'architecture avant de se convertir à la photo. À l'âge de 21 ans, il s'était installé à New York et avait acquis la citoyenneté américaine avant d'être envoyé au Vietnam en tant que photographe de guerre. On lui devait certains des clichés les plus célèbres du conflit. Un jour qu'il s'efforçait de capturer la terrible image d'une mère blessée avec ses enfants terrorisés, il avait marché sur une mine antipersonnel qui lui avait ravagé la moitié du visage. Malgré cela, de profil, on l'aurait pris pour Jules César – c'était en tout cas ce qu'affirmait Gabrielle ! Federico et elle étaient très épris l'un de l'autre. L'excentricité de la sculpteuse ne dérangeait aucunement Federico, au contraire : il l'adorait et, lui qui était resté toute sa vie un célibataire endurci, un loup solitaire, il rêvait de l'épouser. Mais Gabrielle levait les yeux au ciel dès qu'il abordait le sujet. Selon elle, le mariage était une institution dépassée. « À part pour faire des enfants, je ne vois pas l'intérêt ! », maintenait-elle, inflexible. Leur relation était si harmonieuse, si équilibrée qu'elle ne voyait pas ce qu'une cérémonie et un bout de papier signé auraient pu leur apporter. En Federico, Gabrielle Waters avait trouvé son âme sœur : un homme à la hauteur de sa joie de vivre, de son talent et de son inépuisable vitalité.

Gwen suivit sa mère jusqu'à son loft en s'imprégnant de l'agitation qui régnait dans l'atelier. Les jeunes assistants de Gabrielle s'affairaient, aussi empressés que des fourmis. Ils préparaient les pièces d'un nouveau moule en vue de l'assemblage, tâche dont l'artiste s'acquittait toujours personnellement. Il ne se passait pas une journée sans qu'elle crée. Peut-être était-ce là le secret de sa longévité.

Federico exposait actuellement à Paris, au Petit Palais ; sa compagne devait l'y rejoindre prochainement pour le vernissage, et Gwen, libre de tout engagement, avait promis d'être du voyage.

Tandis que Gabrielle préparait le thé, Gwen s'assit dans un fauteuil que sa mère et Federico avaient ramassé dans la rue ; il était étonnamment confortable. L'appartement regorgeait de meubles et d'objets éclectiques chinés sur les brocantes ou chez les antiquaires. Les œuvres de Federico habillaient les murs blancs du loft. Le couple s'était créé un nid bohème et convivial que son cercle d'amis appréciait énormément. Gabrielle et Federico fréquentaient en effet toute une bande d'artistes, de politiques, d'écrivains, de banquiers, de scientifiques, et ils adoraient recevoir. Federico cuisinait à merveille, ce qui ne gâtait rien.

— Alors, qu'est-ce qui t'amène ? demanda Gabrielle à sa fille en lui tendant une tasse de thé matcha.

En semaine, il n'y avait que sa fille qui pouvait l'interrompre en plein travail. Gabrielle paraissait toujours contente de la voir. Gwen l'enviait : hyperactive elle aussi, elle piaffait d'impatience de se remettre à créer. Malheureusement, les actrices n'étaient pas aussi libres que les artistes. Elles dépendaient de tout un réseau de scénaristes, de directeurs de casting, de producteurs...

— Rien de particulier, dit-elle. Tu me manquais. Et j'ai besoin de quelques conseils...

Vers 20 ans, Gwen avait entretenu avec sa mère une relation houleuse (Gabrielle ne manquait jamais de le lui rappeler à l'occasion), mais, avec le temps, les deux femmes avaient réussi à construire une merveilleuse relation. En revanche, Gabrielle Waters détestait le téléphone. De tempérament sanguin, elle se mettait en rogne quand on avait l'audace de l'appeler « juste pour papoter ». Mieux valait passer la voir en personne.

— Je m'inquiète pour Olivia, annonça Gwen. Je crois qu'elle va droit dans le mur. Elle s'est entichée d'un homme marié...

— Marié à quel point ? l'interrompit sa mère, espiègle.

Rien ne la choquait. « À mon âge, on est revenu de tout ! », plaisantait-elle souvent.

— Trop, rétorqua Gwen. Il a quitté sa femme il y a seulement quelques jours, après avoir servi à Olivia l'éternelle rengaine du couple au point mort depuis des années. Sauf que ce monsieur a trois enfants, qu'Olivia ne l'a rencontré qu'il y a quelques mois et qu'il vivait encore avec sa femme jusqu'à avant-hier ! J'ai peur pour Olivia. Elle risque de se casser les dents. Les enfants vont lui mener la vie dure si jamais leur père quitte leur mère à cause d'elle. Ça ne me plaît pas qu'elle devienne une briseuse de ménage...

— Ça, tu n'y peux rien, lui signala sa mère. Et pour le reste, à ta place, je ne m'en ferais pas trop : Olivia se lassera vite de ce jeune homme, ou je ne connais pas ma petite-fille. Il est fréquentable, au moins ?

— Olivia prétend que oui.

— Moi aussi, dans ma folle jeunesse, j'ai flirté avec des hommes mariés..., dit Gabrielle, ravie par quelque lointain souvenir. Pas toi ?

— Jamais ! s'indigna Gwen.

— Le mariage ne m'a jamais intéressée jusqu'à ce que je rencontre ton père, à 35 ans bien sonnés !

Gwen le savait. Un an plus tard, elle naissait. Un de plus et son père mourait du choléra lors d'un voyage en Inde.

— Dès qu'un de mes amants m'annonçait qu'il quittait sa femme, je prenais mes jambes à mon cou, poursuivit Gabrielle. Rassure-moi, Olivia ne compte pas épouser cet homme ?

— Je ne crois pas que ce soit à l'ordre du jour.

— À la bonne heure ! Allons, tu n'as pas trop de souci à te faire. Cette histoire ne durera pas. J'ai une idée : on l'invite à dîner chez moi ? Nous pourrons juger sur pièce !

Gwen se dérida. Les dîners au loft étaient toujours un succès.

— C'est décidé : j'invite nos tourtereaux dès le retour de Federico. Tu sais que j'ai proposé un de mes chevaux aux Français pour l'entrée de son expo ? Ils ont refusé de payer les frais de transport ! Alors j'ai retiré mon offre, évidemment.

Gwen ne leur jetait pas la pierre : les sculptures de sa mère pesaient une tonne. Littéralement.

— C'est d'accord pour le dîner, se contenta-t-elle de répondre. Tu as raison : j'ai envie de le voir de mes propres yeux.

Gabrielle pouffa.

— Le prétendant de la petite face à la célèbre Gwen Waters ! Il va prendre ses jambes à son cou. Heureusement que je serai là. Les petits vieux, ça rassure. On ne s'en méfie jamais. Et pourtant, regarde-moi !

— Tu es la jeunesse incarnée, maman, lui assura Gwen, attendrie. Franchement, j'envie ton insouciance et ton énergie. Et moi qui stresse parce qu'on ne me propose aucun scénario qui tienne la route...

— Ça viendra.

— Pas sûr...

— Si tu étais la première actrice venue, je ne dis pas. Mais ce n'est pas le cas. Peut-être que tu ne joueras plus les mêmes rôles et que tu en joueras moins, mais ils seront plus riches, plus valorisants, tu verras. Les plus beaux personnages à l'écran sont incarnés par des femmes matures.

— Je crains que tu te trompes. Je suis finie !

Gabrielle rit sans retenue.

— Qu'est-ce que je devrais dire ! Allez, arrête avec tes bêtises. L'avenir te réserve des rôles en or, fais-moi confiance. Sois patiente et, en attendant, trouve-toi une occupation !

— Pitié, pas des cours de piano, j'ai déjà donné, avec les résultats que l'on sait !

— Et pourquoi ne te remettrais-tu pas à peindre ? Tu étais douée. Tu n'as pas eu le temps de laisser mûrir ton talent, voilà tout. Tu es la fille de ton père...

— Je n'ai pas touché un pinceau depuis dix ans.

Gwen n'aurait même pas su dire si elle en avait envie. D'un autre côté, sa mère avait raison : il lui fallait un passe-temps créatif.

— Bon, je vais y réfléchir.

— Réfléchir, pour quoi faire ? Fonce ! C'est la seule façon d'accomplir quoi que ce soit.

La conversation dévia. Gabrielle, qui mettait un point d'honneur à rester « dans le coup », confia à sa fille avoir « découvert » une formidable application qui permettait de se faire livrer des repas étoilés à domicile. Gwen retint un rire : à l'entendre, sa mère venait d'inventer la roue. Elles bavardèrent encore quelque temps de la sorte jusqu'à ce que Gwen remarque chez sa mère les signes d'impatience habituels : il lui tardait de se remettre au boulot.

— Allez, à tes pinceaux ! conclut Gabrielle en redescendant. Et trouve-toi un amant, pendant que tu y es. Ça t'occupera.

— À choisir, je préférerais un bon scénario. De toute façon, les hommes n'aiment pas les stars. Je n'ai pas eu de vrai rencard depuis deux ans.

— Balivernes ! Les hommes, les vrais, se fichent comme d'une guigne de la célébrité. Seules les chiffes molles en ont peur, et ces hommes-là, je leur dis : bon débarras ! Ce qu'il te faut, c'est quelqu'un de solide, comme mon Federico. D'ailleurs, il a un neveu à Venise qui te conviendrait parfaitement... Zut, non, il a 70 ans : un peu trop vieux pour toi.

Gabrielle Waters embrassa sa fille et remit derechef son masque de soudage. Gwen la vit gravir une échelle bringuebalante pour monter sur son cheval de plusieurs mètres de hauteur. Gwen ne se fatigua pas à l'inviter à la prudence, sa mère n'en faisait qu'à sa tête...

— Peins ! insista cette dernière. Le reste coulera de source.

En partant, Gwen se sentait revigorée. Elle regagna son domicile en taxi, le sourire aux lèvres, et, de retour au Dakota, alla immédiatement fourrager dans ses placards à la recherche de son nécessaire de peinture. Elle remit la main sur son chevalet ainsi que sur une toile vierge. Ses gouaches avaient séché, mais elle exhuma un vieux carnet à croquis ainsi que des fusains, et, machinalement, elle se mit à l'ouvrage. Comme toujours, sa mère avait eu du flair. Dessiner la délassait déjà. Peindre l'apaiserait. Gwen s'interrompit pour le déjeuner et, sitôt son dessert avalé, se remit à l'ouvrage, et les heures filèrent jusqu'au soir sans qu'elle voie le temps passer.

À son propre étonnement, Paul trouva rapidement un joli trois-pièces meublé, « clés en main », sis dans un quartier huppé de l'Upper East Side, non loin de l'appartement d'Olivia. Le propriétaire passait une année sabbatique en Toscane et il était libre immédiatement. Il était entièrement équipé, des couverts jusqu'au linge de lit. Tout était prêt pour la première visite des enfants.

Il téléphona à Eileen pour le lui annoncer. Il s'attendait peut-être à ce qu'elle se montre reconnaissante qu'il ait si rapidement organisé son changement de vie… Cependant, la conversation achoppa sur l'emploi du temps des jumeaux et tourna vite au vinaigre. Paul voulait recevoir ses trois enfants dès le prochain week-end. Eileen, excédée par son comportement, décréta que Pennie devait travailler à ses dossiers de candidature. Paul protesta, mais elle se fâcha :

— Ça ne te suffit pas de foutre notre vie en l'air, tu veux aussi compromettre l'avenir des enfants, par-dessus le marché ?

Paul battit en retraite.

— Je peux passer les voir à Greenwich, alors ?

— Il n'en est pas question. Ça ne fait que deux jours que tu es parti, et j'ai besoin de digérer ce qui s'est passé.

— Je pensais que tu serais contente, pour l'appart.

Il semblait vraiment déçu. Ce qui était naïf de sa part. Comment aurait-elle pu être contente ? Il était parti pour une autre femme.

— Contente ? Oh, mais je suis ravie ! Tu vas pou-voir profiter librement de ta maîtresse !

— Ma copine, pas ma maîtresse, rectifia Paul. On est séparés, je te rappelle. Et je t'ai parlé d'elle...

— Après cinq mois de mensonges, merci bien. Et encore, il a fallu que ce soit moi qui te tire les vers du nez. S'il fallait compter sur ton honnêteté, on y serait encore...

— Je voudrais voir les enfants. Juste une nuit, s'il te plaît.

Eileen finit par accepter du bout des lèvres.

— Bon, grommela-t-elle alors. On fait quoi ? On divorce ? Je dois appeler un avocat ?

— Il n'y a pas le feu. Je n'y vois pas encore assez clair. Qui sait, on pourra peut-être se retrouver ?

Il n'y croyait pas lui-même, et Eileen ne lui man-quait pas (elle était particulièrement hostile, ce soir), mais il voulait garder cette porte ouverte, au cas où ça n'aurait pas fonctionné avec Olivia.

— De mon côté, je n'ai entrepris aucune démarche, poursuivit-il, radouci. Si on réussit à s'entendre pour les visites, on pourra peut-être se passer d'avocats...

Il fut convenu que les enfants viendraient le voir à New York le vendredi après l'école et passeraient une nuit chez lui ; Paul les renverrait à Greenwich le samedi après-midi ; ainsi, les garçons ne manqueraient pas leur entraînement de foot et Pennie pourrait travailler. Quand il raccrocha, Paul avait les nerfs à fleur de peau. Divorce ou non, il avait espéré rester en bons termes avec Eileen, or c'était mal engagé. Certes, la rupture était toute fraîche, et le temps aiderait sans doute, mais, pour l'heure, il allait falloir s'armer de patience.

— Ça ne m'étonne pas, commenta Olivia ce soir-là quand il lui raconta la dispute. Ma mère m'a prévenue que ça risquait d'être houleux.

— Tu lui as parlé de moi ? Et tu lui as dit que j'étais marié ?

— Ben oui !

— Elle doit me prendre pour un vrai salaud !

— J'avoue qu'elle n'a pas sauté de joie, mais elle n'est pas débile : dès que tu seras divorcé, tout rentrera dans l'ordre.

Paul hocha la tête. Divorcer... Oui, il allait falloir en passer par là. Cependant, dans l'immédiat, il avait besoin de souffler. La transition se révélait plus compliquée que prévu. Il avait beau être fou d'Olivia, la culpabilité le rongeait, gâtant sa joie. Il lui tardait d'accueillir les enfants pour voir comment ils encaissaient ce bouleversement. Paul avait déjà tout programmé : dîner au restau tous les quatre, première nuit à l'appart et, le lendemain midi, rencontre avec Olivia.

— Tu es sûr que ce n'est pas trop tôt ? lui demanda la jeune femme, sceptique, lorsqu'il lui fit part de ses plans.

— Le plus tôt sera le mieux, affirma Paul. Dans un premier temps, je te présenterai comme une simple amie. Ils vont t'adorer. Ça sera plus simple de leur annoncer ensuite.

— Je ne sais pas... Les enfants, ce n'est pas trop mon truc. Je n'en ai jamais vraiment fréquenté. En plus, ta fille n'a que dix ans de moins que moi. Elle va faire la gueule quand elle saura, c'est sûr.

— Mais non, voyons, au contraire ! Elle te verra comme une grande sœur ou une copine plus expérimentée ! Quant aux garçons, ils ne sont pas compliqués : ils sont fans de sport et de jeux vidéo.

— Super, maugréa Olivia. Deux domaines auxquels je ne connais rien.

Au lit, ils oublièrent leurs inquiétudes respectives. Ils étaient enfin libres de s'aimer et de s'endormir côte à côte. Paul avait brisé ses chaînes. Il allait divorcer, tenir ses engagements envers Olivia, apaiser les craintes de sa mère. Plus que quelques épreuves et après, place au bonheur. C'est du moins ce qu'il lui dit, et elle le crut. D'ailleurs, il le croyait lui-même.

7

Le vendredi, Paul partit tôt du travail pour aller accueillir les enfants à la gare de Grand Central Terminal. Ils prirent le train à Greenwich après l'école et arrivèrent à New York en fin d'après-midi. Ils avaient chacun un tote-bag – pour leurs ordinateurs portables – et Mark tirait une petite valise à roulettes contenant des habits pour tous les trois. En voyant ses enfants, Paul fut submergé par une vague d'amour et de soulagement. Les jumeaux marchaient en tête et Pennie, quelques pas derrière, les couvait d'un regard maternel que Paul ne lui connaissait pas. Se pouvait-il qu'une semaine passée à épauler sa mère l'ait déjà tant changée ?

Les garçons lui sautèrent au cou. Paul enlaça ses fils et chercha le regard de sa fille. Elle le toisait froidement. Quand il relâcha Mark et Seth, elle n'esquissa pas un mouvement vers son père. Pire : lorsqu'il voulut la prendre dans ses bras, il la sentit se raidir.

— Salut, papa, murmura-t-elle.

Ils se frayèrent un chemin parmi la foule, direction la sortie. Dans le taxi, les garçons jacassèrent sans interruption jusqu'au petit immeuble cossu où Paul résidait désormais.

— Trop stylé ! s'exclama Mark.

Seth affichait davantage de retenue. Quant à Pennie, elle n'avait pas desserré les mâchoires depuis la gare.

Ils montèrent. L'appartement était petit mais bien agencé. Dans la chambre des garçons, il y avait deux lits et une grande télé à écran plan fixée au mur. La chambre que Paul réservait à Pennie, plus féminine, était décorée dans les tons bleu ciel. Au bout du couloir, sa propre chambre, plus spacieuse, donnait sur le jardin. Paul attendit les enfants dans le salon. Pour leur faire plaisir, il avait sorti des chips et du guacamole, dont il les savait friands. Au début, personne n'osa se servir. L'attitude de Pennie envers son père plombait l'ambiance.

Elle sait, songea Paul.

— Alors, qu'est-ce que vous en pensez ? demanda-t-il à la cantonade d'un ton qui se voulait léger.

— J'en pense que t'as été méchant avec maman, marmonna Seth.

— La ferme ! siffla Mark entre ses dents en lui donnant un coup de coude.

Le garçon adressa à Paul un regard qui lui fendit le cœur. Il voulait que leur visite se passe bien pour pouvoir les revoir. Pennie, elle, fixait sans ciller le petit jardin attenant au bâtiment. Dénudé par l'automne, il était triste et désolé.

— Pardon, papa, dit Mark en attaquant le guacamole. Seth est bougon parce que tu l'avais pas prévenu
et que t'es parti sans dire au revoir.

La culpabilité s'abattit sur Paul comme une chape
de plomb.

— C'est moi qui vous demande pardon, les enfants.
Les choses se sont enchaînées si vite, samedi dernier…
Votre mère et moi avons pris des décisions un peu
radicales et précipitées. Ce n'était pas prémédité. En
fait, cela faisait un moment que ça couvait.

— Mais tu vas revenir ? s'alarma Seth.

Avec son front plissé, il paraissait plus que son
âge. Même Mark, le petit bagarreur, semblait mûri
par les événements de la semaine. Tous étaient
éteints.

Paul hésita et resta un certain temps silencieux.

— Je ne sais pas encore, admit-il. On va devoir en
discuter avec maman.

— Elle n'arrête pas de pleurer, lui apprit Seth.

Mark grogna. Apparemment, Seth ne s'en tenait
pas au plan.

— Je suis désolé de l'apprendre, dit Paul. C'est
un changement difficile à digérer pour nous tous.
Mais ça nous fera peut-être du bien, vous savez. Un
couple, surtout après dix-huit ans de vie commune,
c'est quelque chose de très fragile.

Surtout quand on s'est marié contre son gré, songea
Pennie.

Elle s'abstint cependant de tout commentaire. Elle avait été à l'origine de l'union de ses parents et en portait le poids depuis les révélations de sa mère. Et puis il y avait eu sa grossesse, qui avait sans doute accéléré leur séparation.

— Moi, je suis content que t'aies bien voulu qu'on vienne te voir, déclara Mark avec sérieux.

— Mais je ne demande que ça ! le rassura Paul.

Il leur répéta qu'ils étaient les bienvenus, que ces chambres étaient bien les leurs. Malheureusement, ses mots ne faisaient que confirmer leurs craintes : la rupture était consommée.

— Allez donc vous installer, suggéra Paul. Ensuite, je vous emmène au restau.

Voilà qui réchaufferait l'atmosphère. Olivia lui avait fait découvrir une pizzeria qui ferait l'unanimité. Pour le déjeuner du lendemain, il avait réservé chez Serendipity, parce que les enfants y étaient déjà allés et que les desserts, en plus d'être très généreux, y étaient à tomber. En outre, c'était un endroit festif, parfait pour célébrer un anniversaire... ou une rencontre. Mais Paul n'évoqua pas la présentation du lendemain avec les enfants. Il était convenu avec elle qu'elle « passerait par hasard » et en profiterait pour leur « faire un coucou rapide ». Sans pression.

Mutique, Pennie suivit ses frères, lesquels se ruaient qui vers la télé, qui vers son ordinateur, et s'enferma dans sa chambre. Quand son père vint la voir une demi-heure plus tard, il faillit ne pas la reconnaître. Vêtue d'un pull moulant et d'escarpins empruntés à sa mère, elle resplendissait. L'adolescente s'était métamorphosée en femme.

— Pen, tu es renversante !

— Merci, marmonna Pennie, visiblement déterminée à ne pas se laisser amadouer ni faire comme si tout allait bien.

Paul ne s'en offusqua pas. Il savait que sa fille était prise entre deux feux. Pennie ne pouvait s'empêcher d'avoir l'impression de trahir sa mère en prenant du bon temps avec son père. Et en même temps, elle l'aimait, et ne voulait pas arrêter de le voir. Elle se sentait plongée dans une telle confusion. Et Paul s'en voulait de lui infliger ça.

À son grand soulagement, le restaurant plut aux enfants. Les serveurs les traitaient comme des hôtes de marque, et les garçons rayonnaient de fierté. À 21 heures, tous étaient de retour à l'appartement. Seth alluma aussitôt la télé comme il l'aurait fait à la maison, et Paul se réjouit de le voir prendre ses aises. Les deux autres se dandinaient d'un pied sur l'autre, gênés. Comment étaient-ils censés se comporter dans ce genre de situation ? Chacun était-il libre de vaquer à ses occupations ? Ou fallait-il se tenir poliment compagnie ? Paul se fustigea. Il avait traité ses enfants comme des invités, et le climat général s'en ressentait. Finalement, il s'absenta quelques instants pour aller appeler Olivia, qui était curieuse de savoir comment la soirée se déroulait. Une fois raccroché, il retourna toquer à la porte de Pennie. Allongée sur le lit, elle feuilletait un magazine.

— Tout va comme tu veux ? lui lança Paul sans oser entrer.

— Ouais, répondit Pennie.

Mais elle referma sèchement son magazine.

— Tu t'es sauvé comme un voleur. Qu'est-ce qui t'a pris, papa ? Vous ne pouviez pas résoudre vos problèmes comme de grandes personnes ?

Paul soupira. Les disputes avaient été rares entre Eileen et lui jusqu'au fameux soir de la rupture. Comment faire comprendre à Pennie le fossé qui s'était creusé entre eux ? Et cette rencontre inattendue qui avait tout fait voler en éclats ?

— La vie est pleine d'imprévus, hasarda-t-il en pénétrant prudemment dans la chambre. On ne peut pas tout contrôler. Vous en savez quelque chose, Tim et toi, non ?

Il s'assit sur un fauteuil.

— Avec le temps, notre amour s'est étiolé. Un jour ou l'autre, notre couple devait bien finir par craquer, ajouta-t-il. On était d'accord, ta mère et moi, il était temps que je parte.

C'était vrai. Enfin, dans les grandes lignes.

— Maman m'a dit la même chose, lui concéda Pennie. Vous allez donc divorcer ?

— Euh, c'est possible. Pour le moment, je n'en sais rien. C'est pour ça que je suis là. Je dois mettre de l'ordre dans mes pensées.

Ce n'était pas la version qu'il avait servie à Olivia. Mais qu'importait, puisqu'aux côtés de la jeune femme il se sentait libre et heureux ? C'était tout ce qui comptait à ses yeux.

Sauf qu'en présence de ses enfants, le doute renaissait. Et Eileen... Revoir les petits la rappelait douloureusement à son souvenir. Il s'était attendu à tout sauf à ça, mais... Oui, elle lui manquait. Lui qui pensait vivre son départ de la maison comme une libération. Il déchantait.

— Maman tient le coup ? demanda-t-il doucement à Pennie.

— Elle s'accroche. Tu la connais, elle est courageuse. Mais c'est vrai qu'elle pleure beaucoup. Elle ne dit pas de mal de toi, si c'est ce qui t'inquiète.

— Non, je sais que ce n'est pas son genre. Ta mère est une femme formidable. Mais nous n'avons plus grand-chose en commun, à part toi et les garçons. Et ça ne suffit pas à faire fonctionner un couple.

Pennie hocha la tête, visiblement radoucie. Cet homme restait son père, envers et contre tout. Elle leva les yeux vers lui, une question lui brûlait les lèvres – qui était « la » fille ? –, mais elle se ravisa.

Paul alla proposer aux garçons de faire une partie de cartes, mais ça ne leur disait rien. Ils étaient fatigués, comme Paul et Pennie, d'ailleurs. Tous se couchèrent de bonne heure. Cette nuit-là, Paul dormit seul pour la première fois depuis longtemps. Olivia lui manqua, mais ce week-end, le premier qu'il passait en tant que père célibataire, était sacré. Il devait absolument être à la hauteur.

Le lendemain, il fit des œufs brouillés et des pancakes avec l'aide de Pennie, qui commençait à décolérer. Paul, qui ne s'était jamais occupé des repas (Eileen cuisinait pour la famille Jackson, et en tirait une grande fierté), avait acheté une préparation toute faite et du sirop d'érable, mais en veillant à choisir les marques préférées des enfants.

Ensuite, Seth, Mark et Pennie disparurent comme un seul homme derrière leurs écrans respectifs, comme ils l'auraient fait à la maison. Pennie prit une douche. Enfin, à midi, Paul leur annonça qu'il avait réservé une table chez Serendipity, et qu'après, il les emmenait au cinéma avant de les raccompagner à la gare. Le moral était au beau fixe. Même le métro enthousiasma les jumeaux.

Il régnait dans le restaurant une joyeuse animation. On attribua aux Jackson une grande table ronde. Le couvert était mis pour cinq, ce qui n'échappa pas à Pennie. Elle dut croire à une erreur, toutefois, car elle ne posa pas de questions. Ils commandèrent d'abord des hot-dogs et des sandwichs, puis des banana splits en guise de dessert pour les jumeaux, un mocha glacé pour Pennie et un sundae au chocolat pour Paul. Les garçons parlèrent de Halloween et de leurs déguisements. Pennie avait été invitée à une fête chez un de ses camarades. Bref, ils discutaient à bâtons rompus quand Olivia fit irruption, souriante et flamboyante comme à son habitude. Paul se mordit la lèvre inférieure. Il comptait avertir les enfants quelques minutes avant son arrivée, mais elle l'avait devancé. Tous dévisageaient la petite rouquine qui s'installait, sans gêne, à leur table.

— Désolée pour le retard, il y a des bouchons partout ! lança Olivia. Je suis ravie de vous rencontrer.

Les enfants la dévisagèrent, muets. Paul remua sur son siège et toussota, mal à l'aise.

— Je vous présente mon amie Olivia. Comme elle était dans le coin aujourd'hui, je lui ai proposé de se joindre à nous.

— Sans nous prévenir ? éructa Pennie sans saluer Olivia.

Les garçons bredouillèrent des bonjours gênés et baissèrent le nez sur leur assiette sans oser toucher à son contenu.

— Tu veux commander quelque chose ? demanda Paul à Olivia.

— Non, merci. Mais je veux bien goûter ta glace.

Pennie écarquilla les yeux devant cette marque d'intimité.

Olivia s'efforça de faire la conversation. Paul, lui, s'évertuait à combler les blancs. Ils étaient les seuls à parler. Les garçons mangèrent leur dessert en silence pendant que Pennie fusillait son père du regard.

— Franchement, papa, inviter ta copine sans nous prévenir, ça ne se fait pas, finit-elle par exploser.

Mark s'engouffra dans la brèche :

— C'est ton amoureuse, papa ? demanda-t-il en lorgnant Olivia du coin de l'œil.

Tous les regards convergèrent vers Paul. Ses enfants étaient suspendus à ses lèvres, et Olivia aussi. Finalement, tel Pierre reniant Jésus, il dit :

— Olivia est une amie, rien de plus. On s'est connus au boulot. Elle dirige une galerie d'art, et vous ne devinerez jamais qui est sa mère !

Les enfants ne tombèrent pas dans le panneau.

— T'as quel âge ? s'enquit Seth.

Avec son jean et ses baskets, elle aurait pu être dans la classe de Pennie.

— 27 ans, répondit Olivia sans se démonter.

Nul ne lui rendit son sourire.

— T'as un copain ? la questionna Mark.

Olivia ouvrait la bouche pour répondre, mais Pennie lui coupa l'herbe sous le pied :

— Ben oui, andouille : c'est papa. C'est pour ça qu'elle est là. Réfléchis ! Il nous présente souvent ses connaissances de boulot ?

Paul n'essaya même pas de nier. Il était démasqué.

— On n'a pas 5 ans, papa. On n'est pas débiles, insista Pennie. On a compris.

Les garçons opinèrent du chef, fascinés par la belle rousse.

— Par contre, nous la présenter comme ça, une semaine après avoir plaqué maman, c'est vraiment naze. T'avais pas à nous mettre dans cette position. Tu aurais pu nous demander notre avis ! Si j'avais su, j'aurais refusé de venir.

Olivia aurait voulu pouvoir disparaître. Elle jeta un coup d'œil à Paul, mais il était trop mortifié pour réagir.

— On a le droit d'en parler à maman ? demanda Mark innocemment.

— Bien sûr ! lui répondit Paul. On ne va pas lui faire de cachotteries...

— Tu ne t'es pas gêné, toi, persifla Pennie en repoussant son assiette, qu'elle avait à peine touchée.

— Donc on peut lui dire qu'on l'a rencontrée ? voulut s'assurer Seth.

— Non ! trancha Mark. Elle va pleurer, et après elle sera fâchée contre nous !

— Faites ce que vous voulez, leur dit leur père d'une voix forte.

Le déjeuner virait au désastre, mais il n'allait pas obliger ses enfants à mentir à leur propre mère.

— Je suis désolée pour le malaise, dit Olivia. Je ne voulais heurter personne. Je me doute que c'est une période difficile pour vous. Quoi qu'il en soit, je suis heureuse de vous avoir rencontrés. J'ai beaucoup entendu parler de vous !

Elle s'était exprimée d'un ton amical, chaleureux, et Paul vit les garçons vaciller. Pennie, en revanche, restait inébranlable. Elle le regardait comme s'il l'avait rendue coupable de complicité de meurtre ou de haute trahison. Paul s'en rendait compte, à présent : à vouloir précipiter la rencontre, il avait tout gâché. Avec le temps, quand les choses se seraient tassées avec Eileen, Pennie aurait pu apprécier Olivia. Mais pas ainsi.

La jeune femme se leva.

— Bon, je vous laisse. Je ne faisais que passer. Bonne journée, tout le monde !

Elle adressa à la tablée un grand sourire et un salut de la main et disparut aussi subitement qu'elle était apparue.

Le silence retomba. Les trois enfants fixaient sur Paul le même regard accusateur. Ils attendaient des explications, des excuses pour cette embuscade impardonnable. Mais rien de ce qu'il aurait pu leur dire n'aurait justifié ses actes. Paul avait fait une grosse erreur.

— Comment as-tu pu nous faire ça ? gronda Pennie, hors d'elle. Qu'est-ce qu'on va dire à maman, nous ? Qu'on a déjeuné avec toi et ta copine ?

— D'abord, vous n'avez pas déjeuné avec elle. Elle est passée en coup de vent…

— Tu avais tout manigancé, sans nous prévenir, sans nous demander notre accord. On a trahi maman à cause de toi ! J'hallucine, tu nous as mêlés à tes histoires ! En plus, elle pourrait être ta fille.

Techniquement, c'était faux, mais Paul savait qu'il avait des rides et les tempes grisonnantes, tandis qu'Olivia était jeune et pétillante. La pique de Pennie lui alla droit au cœur.

— On va être obligés d'en parler à maman, déclara vaillamment Seth.

— Non, pas d'accord ! objecta Mark. En tout cas, elle a l'air sympa, papa. Elle est super jolie.

— Tu as été grossière envers elle, reprocha Paul à Pennie.

Elle faillit s'étrangler.

— Tu t'attendais à quoi ?

— Vous allez vous marier ? s'enquit Seth d'une toute petite voix.

— Bien sûr que non ! s'empressa de le rassurer Paul. On... on sort ensemble, oui. Je l'aime bien. Mais il n'est pas question d'épouser qui que ce soit ! Je suis toujours marié à maman.

— Mais alors, pourquoi tu sors avec elle ? insista Seth, perdu.

Paul en resta sans voix. Il craignait d'envenimer la situation. Quel fiasco !

Il demanda l'addition, régla la note et ils sortirent. Dans la rue, Seth reprit la parole.

— On peut rentrer à la maison ? J'ai plein de devoirs pour lundi.

— Ouais, moi aussi, renchérit Mark.

Pennie, pour sa part, semblait décidée à rentrer à Greenwich à pied s'il le fallait.

— On rentre et on consulte les horaires des trains, dit Paul, bouleversé.

Il n'allait pas les retenir contre leur gré. En outre, il devait aller arrondir les angles avec Olivia.

Pas un mot ne fut échangé pendant tout le trajet de retour en taxi. Paul, le regard perdu par la fenêtre, se flagellait mentalement. Comment avait-il pu se planter à ce point ? Il avait tout fait capoter. Si ce déjeuner augurait de la suite des événements, il n'était pas au bout de ses peines. C'était la guerre, désormais, et les enfants avaient choisi leur camp. Leur père était le coupable et leur mère la victime.

Il était 14 h 30 quand ils regagnèrent l'appartement. Le prochain train pour Greenwich partait trois quarts d'heure plus tard, ils avaient donc largement le temps de le prendre. Pennie téléphona à Eileen pour la prévenir de leur retour anticipé. En quelques minutes les sacs furent faits, et tous les quatre se mirent en route pour la gare. Là, les garçons embrassèrent leur père. Pennie s'abstint. Elle ne lui adressa même pas un signe de la main en s'éloignant le long du quai. Il avait franchi une ligne et elle n'était pas près de lui pardonner.

Paul rebroussa chemin, la tête basse. Il héla un taxi et se rendit directement chez Olivia. Elle semblait filtrer ses appels, car il n'arrivait pas à la joindre, mais le portier lui ouvrit et quand il sortit de l'ascenseur, Olivia l'attendait sur le seuil, encore plus furieuse que Pennie.

— Non mais ça va pas ?! lui cracha-t-elle sans préambule. Qu'est-ce qui t'est passé par la tête, nom d'un chien ? Je pensais qu'au moins, tu les aurais prévenus !

Elle s'éloigna dans l'entrée, furieuse, et Paul la suivit, penaud.

— J'allais le faire... L'occasion ne s'est pas présentée.

— Tu m'as laissée débarquer sans crier gare et me mettre toute ta famille à dos ! Tes enfants m'auraient sans doute prise en grippe de toute façon, mais là, c'est sûr qu'ils ne me pardonneront jamais ! Bien joué ! Tu me l'as faite à l'envers, Paul. Comme à ta femme, comme à tes enfants... Non mais même toi, tu t'es foutu dedans !

— Je sais. Je n'ai pas réfléchi. Je pensais qu'ils tomberaient sous ton charme, comme moi...

— Mais tu es dingue ou quoi ? Tout ce qu'ils savent de moi, c'est que je suis responsable de la séparation de leurs parents ! Pour toi, c'était fini depuis longtemps avec ta femme, mais mets-toi à leur place ! C'est qui, l'intruse, dans l'histoire ? La méchante, l'ennemie ? Bingo : c'est moi ! Je te l'avais pourtant dit, que je préférais attendre... Et puis mince, tu aurais pu leur demander leur avis ! Maintenant, c'est gagné, je suis la traînée de service. Comment tu vas rattraper le coup, dis-moi ?

— Ils sont jeunes... Ça va se tasser...

— Tu te fourres le doigt dans l'œil jusqu'au coude. Pennie l'a bien résumé : ils n'ont pas 5 ans ! Autre chose : je suis juste une « amie », maintenant ? Merci, sympa ! Ça fait plaisir ! Pourquoi faire les présentations si tu n'assumes même pas de sortir avec moi ?

— Je voulais procéder en douceur... une étape à la fois...

— Pour la douceur, on repassera ! Et qu'est-ce que tu fais là ? Ils sont où ?

— Partis. Ils n'avaient plus envie de rester. Écoute, tu as raison. Sur tout. J'ai raté mon coup, et je le regrette. Je te demande pardon.

— Je t'avais prévenu. Si tu m'avais écoutée ! grommela Olivia. Par ailleurs, tes enfants sont très beaux.

— Pennie est le portrait de sa mère.

— Mais Seth te ressemble comme deux gouttes d'eau.

Elle esquissa un sourire. Maintenant qu'elle avait vidé son sac, sa colère semblait retomber. Pour autant, elle restait soucieuse, et Paul ne lui jetait pas la pierre. S'il gérait le divorce avec aussi peu de délicatesse que le déjeuner, elle avait des raisons de s'inquiéter !

Ils sortirent se promener pour se changer les idées.

— Je ne suis pas du tout prête à devenir la belle-mère de trois enfants, l'avertit Olivia, une fois calmée.

— Tu es en train de dire que je suis trop vieux pour toi ?

— Mais non, voyons ! Je dis que ta vie est compliquée, sans doute plus que tu ne veux bien te l'avouer. Je dis qu'on n'est pas au bout de nos peines. J'ai 27 ans, je n'ai pas envie de me retrouver au milieu de votre psychodrame. Je t'aime, j'aime être avec toi, mais tes gosses me font flipper. Ils sont dévoués à leur mère, ils ne m'adopteront jamais.

Paul opina du menton. Ils n'étaient pas deux, dans cette histoire, ni même trois avec Eileen. Il fallait également tenir compte des enfants. Paul l'avait toujours su, mais Olivia venait seulement d'en prendre conscience. Elle découvrait le rôle qui serait le sien si l'aventure se prolongeait et, de toute évidence, celui-ci ne lui plaisait pas. Comment supporter de blesser, certes malgré soi, quatre innocents... Personne n'aurait aimé être à sa place ! Et, quand l'idylle se heurterait aux réalités d'un divorce... Et si Olivia décidait de décamper ? Paul s'assombrit. La façon dont il gérerait la suite des événements était critique, pour tout le monde. Les enjeux étaient colossaux. Il n'avait pas droit à l'erreur.

Olivia devait ruminer les mêmes pensées car, lorsqu'ils rentrèrent à l'appartement, elle broyait du noir. Même quand ils firent l'amour, elle lui sembla distante. Ils regardaient un film au lit lorsque le portable de Paul se mit à sonner. C'était Eileen.

— Comment as-tu osé présenter ta copine aux enfants, à mes enfants, sans mon consentement ? hurla-t-elle. Et ce une semaine après notre séparation ? Tu as pété un câble, ou tu es un monstre sans cœur ? Et elle ! Non, mais quelle… quelle… sale garce d'accepter !

Paul ne l'avait jamais entendue aussi vulgaire.

— Seth n'arrête pas de pleurer ! Il dit, je cite, qu'elle est tellement « jeune et jolie que tu vas te marier avec elle » ! Et Mark est déjà couché, soi-disant qu'il a mal au ventre ! Tu as essayé de les embobiner, c'est ça ? Belle réussite ! Si c'est la guerre que tu veux, tu vas l'avoir ! Je croyais qu'on allait faire front commun, tous les deux, mais tu peux oublier ! Cette fois, c'est certain, tout est fini entre nous.

Elle ne semblait plus triste, juste furieuse. Ce qui le faisait se sentir encore plus mal.

— Elle est partie dès qu'on s'est rendu compte que ça mettait tout le monde mal à l'aise, protesta-t-il faiblement. Elle n'est pas restée plus de dix minutes, promis. J'ai fait une bêtise, je le reconnais. Je regrette, j'aurais dû t'en parler avant. Cette situation est inédite pour moi, je ne connais pas les règles du jeu…

— Moi non plus, mais si je te trompais, je n'irais pas présenter mon amant aux enfants une semaine après t'avoir quitté ! Tu nous as manqué de respect à tous les quatre.

— Ça ne se reproduira pas. Je te le jure. Je te demande pardon.

Elle lui raccrocha au nez. Ça aussi, c'était une première.

Chez elle, à Greenwich, Eileen comprit avec effroi que Seth avait sûrement vu juste. Pour que Paul agisse à ce point en dépit du bon sens, c'était que l'autre lui avait complètement retourné la tête. Il ne reviendrait pas. Il allait refaire sa vie. Eileen tenta de se consoler en se disant que, pour avoir accepté une situation aussi lamentable, cette fille devait être une écervelée, mais cela ne l'égaya guère. C'était officiel : elle avait perdu son mari.

Elle téléphona à Jane. Celle-ci lui recommanda d'appeler sans délai l'un des avocats dont elle lui avait parlé, et Eileen s'y engagea. Elle n'avait plus le choix. Ces « règles du jeu » que Paul avait évoquées, Eileen voulait les coucher noir sur blanc une bonne fois pour toutes. Tout s'était effondré en un clin d'œil.

Les garçons dormaient. Eileen passa une tête dans la chambre de Pennie. La jeune fille relisait une dissertation sur son ordinateur.

— Comment te sens-tu ? lui demanda sa mère.

Pennie pencha la tête.

— Bof.

Ses yeux s'emplirent de larmes.

— Papa s'est conduit comme une ordure, maman, gémit Pennie, amère.

— Oui. Les garçons disent que sa copine est très belle, et presque aussi jeune que toi ?

— Elle a 27 ans. C'est une garce, je la déteste.

Cela avait le mérite d'être clair.

Ce soir-là, les cinq Jackson et Olivia s'endormirent désabusés, en ressassant les mêmes pensées : la guerre couvait, et elle allait faire des victimes.

8

Le lendemain matin, Olivia annonça à Paul qu'elle avait besoin de passer un peu de temps seule. Elle promit de lui téléphoner dans la journée mais, pour l'heure, elle le mettait à la porte. Il s'y résolut, la mine sombre, et la jeune femme se rendit aussitôt chez sa mère.

C'était le jour de congé du chef cuisinier de Gwen, aussi prirent-elles le café dans la cuisine en toute simplicité.

— Tu avais raison, murmura Olivia. Avec Paul, c'est tendu en ce moment...

— C'est ce que je craignais. Une rupture, c'est triste et ça peut vite prendre des proportions qui nous dépassent. Si tu l'aimes, il va falloir t'accrocher pendant quelques années. Ça risque d'être parfois compliqué, notamment avec les enfants. Alors, tu as intérêt à être sûre de tes sentiments.

— Je ne m'en rendais pas compte ! Tu aurais vu la façon dont sa fille me regardait... Remarque, à sa place, j'aurais fait pareil. Paul ne pensait pas à mal, mais quel enfer ! Et maintenant, je suis officiellement la méchante qui a piqué leur père à ces gosses...

— Tu comptes l'épouser ? lui demanda sa mère.

Olivia ouvrit des yeux ronds comme des soucoupes.

— Je n'en sais rien, enfin ! C'est tout récent ! Et puis, je suis trop jeune. J'ai plein d'autres projets à réaliser avant d'y penser. En plus, je dois avouer que la rencontre d'hier midi m'a un peu refroidie. Je ne meurs pas d'impatience de devenir la belle-mère de trois ados hostiles. Je ne sais pas ce que je m'étais imaginé ! C'était tellement abstrait, avant...

Jusqu'à présent, la femme de Paul n'avait été qu'une lointaine figure. Or, elle existait réellement, elle aussi ; elle se trouvait quelque part à Greenwich, et devait être terriblement blessée à cette heure-ci.

— C'est une lourde responsabilité que de pousser un homme à divorcer, acquiesça sa mère. J'espère que tu sais ce que tu veux. Paul est-il vraiment l'homme de ta vie ?

— Il est beau, séduisant, on s'amuse bien ensemble... mais c'est vrai que sa situation me fait un peu peur.

— Eh oui, c'est pas facile avec un homme marié !

— Et encore moins quand il est aussi père de famille. Paul m'avait laissé entendre qu'il était libre comme l'air, ou tout comme. Mais ça, c'était dans sa tête ! En tout cas, sa femme et ses enfants n'étaient pas au courant.

— Peut-être que tu devrais calmer le jeu, suggéra doucement Gwen.

— Oui, sans doute, approuva Olivia, pensive.

— Beaucoup de monde risque de pâtir de cette histoire. Je préférerais que tu n'en fasses pas partie.

Mais en réalité, sa fille, dont le besoin d'amour était aussi grand que sa peur d'être rejetée, souffrait déjà. Ces conflits, ces tensions, ce n'était pas possible. La haine qu'elle avait lue dans le regard des enfants l'avait glacée jusqu'à l'os, et ça, elle n'était pas près de l'oublier.

Le dimanche matin, Eileen prépara le petit déjeuner, conduisit les garçons au foot et Pennie chez une amie, puis vaqua à ses occupations. À la maison, l'ambiance était morose, mais déjà moins que la veille, et l'on évita d'aborder les sujets qui fâchaient.

Une semaine s'écoula de la sorte. La vie reprit son cours. Puis voilà quinze jours qui étaient passés depuis le départ de Paul, et Eileen s'étonnait de constater qu'elle se débrouillait très bien sans lui. Finalement, on s'y faisait vite, trouva-t-elle. Elle qui avait craint de perdre pied sans son mari, il n'en était rien. Les premiers jours, elle avait paniqué, mais, très vite, elle avait trouvé ses marques. Quant à la solitude qu'elle éprouvait parfois... Au fond, elle en souffrait déjà au temps où Paul et elle vivaient sous le même toit : il rentrait tard, n'était guère bavard, et le week-end il l'abandonnait pour se défouler avec ses copains sur le green ou les courts de tennis. Par ailleurs, comme il n'avait jamais vraiment aidé sa femme à tenir la maison, Eileen ne se retrouva pas dépassée par les corvées. Au fond, son quotidien était presque inchangé. En un sens, c'était même peut-être le contraire : oui, elle s'occupait seule des trois enfants, mais elle n'avait pas de surcroît à prendre soin d'un mari. Et elle en concevait un sentiment proche du soulagement.

— C'est assez libérateur, confia-t-elle à Jane.

— Tout est dit ! rétorqua celle-ci du tac au tac.

Le plus dur, c'était d'imaginer Paul en train de se payer du bon temps pendant qu'elle trimait pour élever leurs enfants. Tandis qu'elle enchaînait les courses, les lessives, la cuisine, Monsieur batifolait avec une minette ! Le soir, il pouvait sortir jusqu'à pas d'heure si cela lui chantait, sans comptes à rendre à quiconque. Il avait la belle vie ! C'était injuste.

De même, Eileen était hantée par la description que les jumeaux lui avaient faite d'Olivia. Comme par hasard, il avait fallu que Paul s'entiche d'une jeune femme. En réaction, Eileen résolut de soigner sa propre apparence. Le drame avait agi comme un électrochoc. Elle avait l'impression de se négliger depuis trop longtemps. Elle se remit à se maquiller, ce qui lui valut au moins les compliments de Pennie. Elle choisit ses vêtements avec davantage de soin, se débarrassa de ses vieilles baskets et en racheta une paire plus au goût du jour. C'étaient des détails, mais cela lui remonta un peu le moral. Elle se surprenait même parfois à songer à l'avenir.

Soucieuse de partager avec sa fille les leçons qu'elle tirait de cet échec, elle lui répétait à l'envi : « Ne sacrifie jamais tes rêves pour un homme. » Ç'avait été son erreur la plus grave. Rongée par la culpabilité, parce que Paul renonçait à sa carrière et ses ambitions en l'épousant, elle en avait occulté ses propres sacrifices. Jamais cela ne se reproduirait, elle s'en fit le serment. Elle aussi avait des besoins. Elle aussi comptait.

Pennie ne s'épanchait guère depuis sa fausse couche, mais elle confia à sa mère n'avoir reçu de Tim que quelques SMS depuis sa rentrée à Stanford. Il était très occupé et semblait avoir tourné la page. Elle, de son côté, s'en remettait doucement. Elle ne voulait plus entendre parler des garçons, du moins pour le moment. Eileen la comprenait tout en espérant que le temps panserait ses plaies. On ne vivait qu'une fois, et elle souhaitait voir sa fille profiter de sa jeunesse.

Eileen se décarcassa pour que la fête de Halloween soit joyeuse. Comme chaque année, elle sculpta les traditionnelles citrouilles avec les jumeaux. Concernant leurs déguisements, elle s'était surpassée, et, le jour J, elle fit avec eux la tournée des maisons jusqu'à ce que leurs paniers débordent de bonbons. Elle avait donné à Pennie la permission de minuit.

Curieusement, depuis le départ de Paul, Eileen avait parfois la sensation de renaître à la vie. Non seulement elle se passait bien de lui, mais, souvent, elle s'étonnait de constater qu'il ne lui manquait pas. Sans doute qu'en la trompant, il l'avait si cruellement blessée que tous ses sentiments pour lui avaient été anéantis. Si tel était le cas, elle s'en félicitait.

La première semaine de novembre, Gwen et Gabrielle s'envolèrent pour Paris afin d'assister au vernissage de l'expo de Federico. Ils logeaient tous au Ritz. Celle-ci rencontra un vif succès critique, et Gabrielle rayonnait de fierté. Olivia, en revanche, avait annulé sa venue, prétextant des rendez-vous importants avec de jeunes artistes.

Avec Paul, les choses avaient fini par s'apaiser. Les enfants étaient censés passer le voir à New York un week-end sur deux, mais ils décommandaient souvent. De fait, leur vie était à Greenwich, et ils ne souhaitaient sacrifier ni les invitations de leurs amis ni leurs matchs de foot. Olivia n'eut pas à les revoir, et s'en portait très bien. Elle avait elle-même renoncé à présenter Paul à sa famille. Ainsi, ils trouvèrent leur rythme de croisière. Le jour, chacun se consacrait à ses activités, et le soir ils se retrouvaient chez elle. Quant à la procédure de divorce, ils n'en parlaient pas : Olivia estimait qu'elle n'avait pas à s'en mêler, et espérait que Paul faisait le nécessaire.

À l'approche de Thanksgiving, Paul appela Eileen dans le but de fixer l'emploi du temps des enfants. Elle voulait qu'ils restent à Greenwich. C'était, disait-elle, leur volonté, et Paul céda, n'ayant pas vraiment de quoi leur préparer un vrai repas de fête et ne souhaitant pas non plus se rabattre sur une sortie au restaurant. Mais il s'interrogeait. Qu'allait-il faire de son côté ? Olivia devait passer la journée chez sa mère avec Gabrielle et Federico, et Paul n'était pas invité. « C'est trop tôt, arguait-elle, manifestement réticente à officialiser leur relation. On fera les présentations quand le moment sera venu. » Et, idéalement, quand le divorce aurait été prononcé, car Gwen Waters était très à cheval sur la bienséance.

Olivia lui avait promis qu'elle ne s'absenterait que quelques heures, et Paul savait qu'il passerait la nuit auprès d'elle ; néanmoins, c'était la première fois qu'il se retrouvait seul pour Thanksgiving, sans ses enfants, et il se morfondait. Au moment de le quitter, Olivia lui avait décoché une moue contrite. Paul s'était composé un sourire bravache avant de regagner son appartement, où il avait passé l'après-midi à travailler.

Chaque année, la mère d'Eileen, une femme colérique et amère, honorait les Jackson de sa présence à l'occasion de Thanksgiving. Non seulement Margaret n'avait jamais cherché à être proche de sa fille et de ses petits-enfants, au grand dam d'Eileen qui aurait rêvé de pouvoir leur offrir une grand-mère digne de ce nom, mais elle n'aimait pas Paul et ne s'en était jamais cachée. Sa vie sentimentale avait été décevante et, quand elle s'était retrouvée veuve à 60 ans, un cancer ayant emporté son mari, elle avait continué de mener sa petite vie étriquée en remâchant ses éternels griefs contre le monde entier. Eileen avait l'habitude. Durant toute son enfance, elle avait vu sa mère terroriser son père. Désormais, elle lui téléphonait par acquit de conscience une fois par semaine (sa mère habitait dans le Massachusetts), mettant ses réflexions acerbes sur le compte d'une dépression chronique non diagnostiquée. Sans surprise, Pennie, Seth et Mark n'étaient pas proches de leur grand-mère. Ils ne la voyaient qu'une fois par an et appréhendaient sa venue – quiconque se retrouvait assis à côté d'elle à table faisait la tête pendant tout le repas ! Par chance, sitôt la dernière bouchée engloutie, elle allait s'affaler devant la télé et ne restait jamais plus d'une nuit. Ce qu'Eileen ne s'expliquait pas, c'était pourquoi sa mère, bien qu'encore relativement jeune, semblait avoir renoncé à la vie. À 65 ans, elle en paraissait trente de plus. Elle n'avait aucun centre d'intérêt, passait ses journées devant *Les Feux de l'amour* et autres séries du même acabit et se plaignait de tout. Avant sa retraite, c'était son travail qu'elle accablait de tous les maux (toute sa vie, elle avait exercé le métier de comptable dans la même petite entreprise). Elle critiquait sa fille unique avec virulence, faisait des reproches à tout un chacun... Paul l'appelait sa « belle-mégère ». Le veinard, il allait y couper cette année !

Une semaine avant Thanksgiving, Eileen prit son courage à deux mains et appela sa mère pour lui annoncer sa séparation, espérant qu'elle émettrait ses remarques fielleuses au téléphone au lieu de les dégainer pendant le repas de fête.

— Séparés ? s'étonna Margaret. Que s'est-il passé ?

— Entre nous, ça n'allait déjà plus depuis un moment...

— Vous allez divorcer ?

— On n'a encore rien décidé.

Eileen n'avait aucune envie d'entrer dans les détails.

— Tu devrais faire un effort pour le récupérer.

La réponse de sa mère la laissa bouche bée.

— Pourquoi tu me dis ça ? Tu ne l'as jamais apprécié, maman !

Eileen n'accordait guère d'attention aux conseils, généralement malavisés, de sa mère, mais elle était curieuse. Margaret avait été en son temps copieusement trompée, et son couple avait été malheureux. Souhaitait-elle le même sort à sa fille ?

— À ton âge, tu ne te recaseras jamais, affirma Margaret, péremptoire.

— J'ai 39 ans, maman, s'agaça Eileen.

Plus son anniversaire approchait, plus elle devenait susceptible sur le sujet.

— Mais ma pauvre fille, 40 ans, c'est la fin ! On s'enlaidit, on a la vie derrière soi, on devient invisible aux yeux des hommes, lui rétorqua sa mère. Paul a quelqu'un, je suppose ?

Margaret avait toujours prédit un sombre avenir à sa fille. Quand Eileen s'était retrouvée enceinte, Margaret l'avait pressée d'épouser Paul au motif que « personne d'autre ne voudrait de la mère d'un bâtard ».

— Peut-être, répondit Eileen entre ses dents.

— Je te parie que oui, et qu'elle est plus jeune que toi. Si c'était pour se remettre avec une quadra, il serait resté chez vous !

Eileen fulminait en silence. Sa mère avait touché la corde sensible. Et le pire, c'était qu'elle avait visé juste !

— En fait, entre nous, ça n'allait plus tellement...

Sa mère lui coupa la parole :

— Tu devrais te dépêcher de le rattraper avant qu'il se remarie, sans quoi tu finiras toute seule.

Eileen ravala une réplique cinglante. La phrase résonnait comme une malédiction, voire une sentence de mort. Quelle mouche l'avait piquée de téléphoner à sa mère ? Son pessimisme était contagieux. Paul disait qu'il fallait se boucher les oreilles quand elle partait dans une de ses diatribes, parce que l'écouter, c'était comme inhaler un gaz toxique. Eileen secoua vivement la tête. Elle n'allait pas se laisser atteindre ! Pour la énième fois, elle fit le vœu de ne jamais devenir comme sa mère.

Plus encore que les années précédentes, Eileen se démena aux fourneaux. Afin de faire oublier à tous les déboires des mois passés, elle voulait élaborer un véritable festin. L'absence de Paul se faisait sentir, et c'était dur, surtout pour les enfants.

Ses efforts furent récompensés : même les garçons la félicitèrent pour le repas. Elle avait cuisiné ce qu'ils adoraient tout particulièrement à Thanksgiving – les sauces et la farce pour la dinde ! –, et avait apporté sa touche personnelle en proposant de nouveaux accompagnements à la truffe et au foie gras. Ils avaient tous eu les yeux plus gros que le ventre et étaient sortis de table complètement repus !

Margaret ne s'était pas montrée trop venimeuse et semblait même avoir beaucoup apprécié les plats. Ou peut-être que, cette fois, ses remarques perfides glissaient sur Eileen. Elle lui avait quand même rappelé qu'elle s'était mariée enceinte et « dans le déshonneur », mais Eileen s'aperçut qu'elle n'en prenait plus ombrage. Quelle importance aujourd'hui ? Pennie était devenue adulte, ou peu s'en fallait, et Paul ne faisait plus partie de l'équation. Les allusions de Margaret à la carrière qu'Eileen aurait pu faire « en d'autres circonstances » la chiffonnaient encore un peu, mais c'était de l'histoire ancienne, ça aussi. En somme, Margaret n'avait plus d'emprise sur elle.

Comme à son habitude, elle repartit le lendemain.

— Tu vois, tu aurais fait un très bon chef, lança-t-elle à sa fille à la dernière minute, pour l'humilier une fois de plus.

— Merci, maman, lui répondit Eileen avec un sourire forcé. Je suis contente que ça t'ait plu.

Margaret prit congé des enfants, embrassa sèchement sa fille et monta dans un taxi. Eileen, Pennie, Mark et Seth poussèrent un soupir de soulagement, et Eileen se sentit confortée dans sa décision de ne plus recevoir sa mère à Noël. De toute manière, celle-ci préférait passer les fêtes de fin d'année chez sa sœur dans le New Hampshire – bon débarras !

Peu après, Pennie reparut, tout apprêtée : jupe courte en cuir noir, bottes neuves et pull pioché dans la penderie maternelle.

— Tu es ravissante, la complimenta Eileen. Où vas-tu ?

— Déjeuner. Avec Tim. Il est de passage. Il m'a appelée mercredi soir pour me prévenir.

Eileen haussa un sourcil. Sa fille semblait nerveuse.

— Tu es sûre que c'est une bonne idée de le revoir ? lui demanda-t-elle avec bienveillance.

Pennie hocha la tête, et Eileen n'insista pas.

Tim passa prendre Pennie en voiture et l'emmena dans un restaurant assez chic. Elle ne l'avait pas revu depuis sa fausse couche et le trouva mûri. Il s'efforçait de se conduire en adulte, et elle en faisait tout autant.

Elle lui parla de la séparation de ses parents. Si Tim en fut surpris, il n'en laissa rien paraître.

— Il a une copine, précisa Pennie. Mon crétin de père nous l'a présentée, aux garçons et à moi, quelques jours après avoir plaqué ma mère, et sans même nous prévenir. Elle n'a même pas 30 ans et, bien sûr, il n'a pas choisi la plus moche…

— Aïe. Désolé. Alors, tu as officiellement une belle-mère ? s'enquit Tim, la mine compatissante.

— Pas encore, mais dans quelques années, qui sait ? Tel que je connais mon père, s'il l'épouse, il nous mettra devant le fait accompli. En tout cas, il ne faut pas qu'il s'attende à ce qu'on se réjouisse pour lui, surtout ma mère ! Elle est forte, mais elle galère. Déjà qu'elle manquait de confiance en elle… Le pire, c'est qu'elle refuse de dire du mal de lui !

— J'ai toujours beaucoup apprécié ta mère, commenta Tim d'une voix douce.

Pennie perdit temporairement le fil de ses pensées. Tim était encore plus beau que dans son souvenir. Ce déjeuner devait être l'occasion pour elle de faire le point sur ses sentiments. Hélas, c'était l'inverse qui se produisait : tout s'embrouillait dans sa tête, sans retrouver toutefois le coup de foudre qu'il avait provoqué chez elle des années auparavant. Pour autant, il restait son meilleur ami, malgré le silence et la distance. Il allait être difficile de le remplacer, si Pennie s'y décidait un jour.

— Tu sors avec quelqu'un ? lui demanda justement Tim.

Elle secoua gravement la tête.

— Après ce qui s'est passé, j'étais trop déprimée. Maintenant, ça va un peu mieux, mais je n'ai personne en vue.

— Tu sais, je crois que c'était un mal pour un bien. Avec le bébé… On aurait pu s'en sortir, mais on aurait morflé. Rien n'aurait été comme avant.

Il prit la main de Pennie entre les siennes. La jeune fille plongea ses yeux dans les siens et comprit que leur amitié, forgée au feu du deuil et des difficultés, était irremplaçable. Ils s'étaient épaulés dans la tempête, Tim avait été disposé à l'épouser et, si elle avait consenti à cette vie, il ne serait pas devenu l'homme amer et frustré qu'était son père. Pennie en aurait mis sa main à couper. Jamais Tim n'avait rejeté la faute sur elle. Il l'aimait, et cet amour, s'il avait enrichi leur amitié, ne s'y était pas substitué. Leur idylle était terminée, mais leur lien perdurait. Et il n'était pas près de se rompre.

Pennie se rendit compte qu'il souriait et, à son tour, elle se dérida.

— Et toi ? Tu as quelqu'un ? demanda-t-elle.

— Pas vraiment… Enfin, j'ai rencontré des filles. Mais sans que ça aille plus loin qu'une sortie au restau ou au ciné. Personne ne t'arrive à la cheville, Pennie.

En disant cela, il ne tentait même pas de la reconquérir, seulement de lui témoigner son affection.

— En revanche, j'adore la Californie, reprit Tim, changeant de sujet. J'aimerais bien y habiter, une fois diplômé. Peut-être à San Francisco ou dans la Silicon Valley. Greenwich, c'est trop triste et petit, et New York, c'est trop pour moi : trop épuisant, trop grand, trop stressant. Alors que là-bas, il fait beau, les gens sont chaleureux, on vit dehors toute l'année... Je te jure, je suis content, je me sens bien là-bas !

Pennie le croyait sur parole. Pour sa part, elle rêvait de New York, de ses théâtres, de ses monuments, de ses musées.

Quand Tim la reconduisit chez elle, Pennie tenait la réponse à ses interrogations. Elle n'avait même pas eu besoin de les formuler à voix haute. C'était limpide. Chacun traçait désormais son propre chemin, ainsi qu'ils l'avaient planifié avant que la grossesse inattendue de Pennie ne sème le trouble dans leur vie.

— Je reviendrai pour Noël, lui annonça Tim. Je te ferai signe, si ça te dit.

Elle l'embrassa sur la joue et descendit de voiture. Tim n'avait pas tenté de lui voler un baiser et, à son propre étonnement, Pennie s'en trouva soulagée.

— Prends soin de toi, Pen, lui lança Tim.

Elle lui décocha un sourire radieux.

— Toi aussi. À bientôt !

Elle courut jusqu'au perron sans se retourner.

Cela lui avait fait du bien de la voir – depuis des mois, Tim ressassait sa culpabilité. Pennie avait beaucoup souffert par sa faute et, quand le drame était survenu, il n'avait même pas été là. Il avait voulu l'épouser, mais la vie nourrissait d'autres projets pour eux : une amitié, peut-être plus solide et indéfectible que n'importe quel couple.

9

Pennie fêta ses 18 ans deux semaines avant Noël. Elle venait de boucler ses derniers dossiers de candidature à l'université. Sa mère l'avait tant harcelée pour qu'elle ne dépasse pas la clôture des inscriptions que la jeune fille avait fini avec de l'avance. Elle allait donc pouvoir profiter pleinement de ses vacances, contrairement à la majorité de ses camarades. Elle visait Harvard en priorité – comme son père ! –, mais c'était la plus sélective des universités qu'elle avait demandées. En seconds choix, Pennie avait opté pour Yale, Princeton, Dartmouth, Duke, Columbia, et, enfin, sans grand entrain, l'université de New York. Il serait toujours temps de venir vivre dans la ville de ses rêves une fois ses études achevées ! Tim l'avait encouragée à suivre son exemple et à postuler à Stanford, mais Pennie ne se sentait pas l'âme d'une Californienne. Au reste, mieux valait éviter de tenter le diable. Pennie ne voulait pas redevenir dépendante de Tim, affectivement parlant. L'heure avait sonné pour elle de voler de ses propres ailes.

Pennie fêta sa majorité au restaurant avec sa mère, ses frères et ses deux plus proches amies. La soirée fut très réussie. Paul lui avait, quant à lui, payé un excellent restaurant français le week-end précédent, le très chic La Grenouille, une véritable institution à New York, et Pennie avait adoré. Dans une petite robe noire, les talons de sa mère aux pieds, en tête à tête avec son père – qui n'avait pas mentionné Olivia une seule fois –, elle s'était sentie enfin adulte !

De retour à la maison, Eileen demanda aux enfants quelques minutes d'attention. L'espace d'un instant, Pennie crut qu'elle s'apprêtait à leur annoncer qu'elle avait demandé le divorce, mais non, elle n'aurait pas fait ça le soir de son anniversaire.

— J'ai une proposition à vous soumettre, dit Eileen. J'ai trouvé ça triste que votre père n'ait pas été des nôtres pour Thanksgiving. Malgré tout, nous sommes sa famille. Je crois que, de son côté, il n'a rien fait de spécial...

— Il n'était pas avec sa copine ? lança Mark.

Pennie le fusilla du regard.

— Pas à ce qu'il m'a dit, répondit calmement Eileen. Que diriez-vous de l'inviter à passer le réveillon de Noël avec nous ? Si ça vous fait plaisir, je ne suis pas contre. Si ça vous est égal, on laisse tomber. Mais je me disais que ce serait sympa, au moins cette année. L'an prochain, on verra où on en sera.

— Alors, vous allez vous remettre ensemble ? s'emballa Seth.

Eileen secoua la tête.

— Certainement pas. Seulement, pour les fêtes, je me disais qu'on pourrait... faire une trêve.

Paul n'était pas repassé à Greenwich depuis le mois d'octobre, et Eileen ne l'avait pas revu. Ils communiquaient par téléphone, voire par e-mail, ce qui convenait très bien à cette dernière.

— Moi, je veux qu'il vienne ! s'écria Seth avec un immense sourire.

— Moi aussi ! renchérit aussitôt Mark.

Eileen se tourna vers Pennie.

— Et toi ?

— Ce serait sympa, concéda-t-elle. Mais toi ? Ça risque d'être douloureux, non ?

— Peut-être, mais c'est moi qui vous le propose. C'est Noël, je fais ce que je veux !

— On l'invite ! décréta Mark, enthousiaste, et ses frère et sœur acquiescèrent.

Le soir même, Eileen envoya l'invitation à Paul. Son e-mail était clair : il ne s'agissait pas d'opérer un quelconque retour en arrière, mais de faire ce cadeau aux enfants. Il dormirait sur le canapé dans son ancien bureau. Une demi-heure plus tard, elle recevait sa réponse : il viendrait, seul, évidemment – Olivia passait de toute façon Noël en famille – et se déclarait « touché » et « reconnaissant ».

Le lendemain, Eileen reçut par la poste une épaisse enveloppe qu'elle attendait depuis longtemps. Elle contenait une liasse de formulaires qu'elle mit presque toute la journée à remplir. Dès le lendemain, elle les renvoyait, dûment complétés.

Paul s'était engagé à passer Noël à Greenwich depuis une semaine quand Olivia, lovée contre lui après l'amour, lui demanda en souriant :

— Tu m'accompagnes chez ma mère pour Noël ?

Elle avait une voix délicieusement rauque après leurs ébats, et Paul, fondant, l'embrassa tendrement.

— J'adorerais, lui assura-t-il, mais je passe le réveillon avec les enfants.

— Chez toi, dans ton appart ? s'étonna Olivia.

— Euh, non, à Greenwich. Eileen me l'a proposé il y a quelques jours. Comme tu m'avais dit que tu passerais les fêtes en famille, j'ai accepté.

— Pourquoi tu ne m'en as pas parlé avant ?

Elle semblait déçue et inquiète.

— Je n'allais tout de même pas te mettre mal à l'aise avec ça ! Et, pour ne rien te cacher, j'ai envie de passer Noël avec mes enfants. J'ai trouvé ça très élégant de la part d'Eileen de m'inviter.

— Hum. Tu es sûr que c'est une invitation innocente ? Si ça se trouve, elle espère te récupérer. Pendant les fêtes, on se sent nostalgique...

— Pas du tout, tu te fais des idées ! Eileen a précisé en toutes lettres dans son e-mail que c'était « en tout bien tout honneur ». Ce sera peut-être mon dernier Noël en famille...

Olivia se redressa d'un coup.

— Je préférerais que tu annules. Fête Noël avec moi !

— C'est trop tard, lui expliqua gentiment Paul. Je ne veux pas décevoir les enfants...

— Ni ta femme.

— Oh, Eileen n'est pas à ça près ! Mais Pennie et les garçons... Je ne peux pas leur faire faux bond.

Olivia se rembrunit.

— Et ce divorce, au fait ? Il en est où ? Que dit ton avocat ? demanda-t-elle d'un ton sec.

— Je n'en ai pas encore contacté... Ça ne fait que deux mois qu'on est séparés ! Et je ne vais pas lancer les démarches au moment de Noël. Cela attendra encore quelques semaines.

Olivia n'émit pas le moindre commentaire, mais son humeur s'assombrit encore davantage.

Au cours des jours suivants, elle revint plusieurs fois à la charge, mais Paul campait sur ses positions : il tenait à voir ses enfants pour le réveillon. *Elle n'avait qu'à me le proposer plus tôt,* songeait-il en son for intérieur. Jusqu'alors, elle n'avait pas semblé pressée de lui présenter sa famille. Olivia lui faisait parfois l'effet d'une petite reine distribuant ses faveurs avec parcimonie. Paul était flatté par son invitation mais, cette fois, elle allait devoir patienter. Ses enfants restaient sa priorité.

La semaine d'avant Noël, Olivia multiplia les remarques acides. Elle en voulait à Paul de lui préférer la compagnie de son ex. Pour se faire pardonner, il lui offrit un superbe bracelet rivière en saphirs. Cela la radoucit (c'était une splendeur), mais ne l'égaya pas pour autant. Il tâcha de la consoler : ils dîneraient ensemble le 25 au soir ! Rien à faire : Olivia était dépitée.

Le 24 au matin, ils prirent le petit déjeuner puis, à midi, vêtu du cuir Hermès qu'Olivia lui avait offert, Paul partit prendre son train. Saupoudrée de flocons de neige, la maison était digne d'une carte de vœux. Eileen avait installé des guirlandes lumineuses sur la façade et dans les arbres, et avait même ajouté à leurs décorations habituelles un gros père Noël gonflable, un bonhomme de neige et un renne au nez rouge clignotant. L'effet était kitsch au possible, mais les enfants devaient adorer. Paul sonna et, quand Eileen lui ouvrit, remarqua tout de suite le sapin décoré dans le coin du salon. L'émotion le saisit et il faillit pleurer. Eileen lui avait fait le plus beau des cadeaux : Noël avec ses enfants.

— Merci pour ton invitation, lui dit-il, la voix enrouée.

— Ce ne serait pas pareil sans toi, lui répondit-elle sans ironie ni animosité.

Elle lui indiqua sa « chambre », qui n'était autre que son ancien bureau. Puis les garçons déboulèrent comme un ouragan et lui sautèrent au cou. Même Pennie paraissait heureuse de le voir. Même si leur relation restait tendue depuis la rencontre avec Olivia, elle lui avait acheté un beau pull noir Ralph Lauren.

Paul emmena les jumeaux faire une dernière course avant la fermeture des magasins : ils avaient repéré une écharpe et des gants qu'ils voulaient offrir à leur mère, mais leur argent de poche ne suffisait pas... Paul les aida de bon cœur.

Ce fut une belle soirée. À les voir, on ne se serait jamais douté qu'Eileen et Paul étaient séparés, et que ce dernier en aimait une autre. Dans la chaleureuse demeure, la chaîne hi-fi diffusait des chants de Noël traditionnels, et tout semblait aller pour le mieux dans le meilleur des mondes.

Ce qui, en un sens, n'était pas si éloigné de la vérité.

Olivia s'habilla assez tristement en vue de son propre dîner. Elle savait bien que c'était sa faute si Paul ne l'accompagnait pas ce soir : elle avait trop tardé à le lui proposer. Jusqu'à la dernière minute, elle avait tergiversé. Mais de le savoir chez son ex-femme, à Greenwich, dans cette maison où il avait passé tant d'années, ça la rendait malade. Olivia était jalouse. Les Jackson formaient un cercle fermé, elle n'y avait pas sa place et peut-être ne l'aurait-elle jamais. Bien sûr, c'était admirable de la part d'un père de placer ses enfants avant tout le reste, mais Olivia ne pouvait pas s'en empêcher : elle se sentait exclue, voire délaissée. Pendant cinq mois, elle avait attendu que

Paul trouve le cran de quitter sa femme, et tout ça pour qu'il retourne réveillonner chez elle, comme si de rien n'était ! En plus, il n'avait toujours pas engagé la procédure de divorce. Ce dernier point, surtout, préoccupait la jeune femme. Paul prétendait qu'il s'attellerait à la tâche sitôt les fêtes de fin d'année passées, mais s'il temporisait encore ?

Elle reçut un SMS de lui. Il venait d'arriver à Greenwich. Ensuite, elle resta sans nouvelles toute la soirée durant.

Quand elle arriva chez sa mère, toute pâle dans sa robe de velours noir, Gwen Waters (impériale en jupe de satin vert et chemisier blanc à manches bouffantes) remarqua tout de suite que quelque chose n'allait pas.

— Joyeux Noël, ma chérie, lui dit-elle en l'étreignant. Tu es la première. Pourquoi fais-tu cette tête ?

— Rien. Enfin, si. Je suis juste un peu déçue que Paul ne soit pas là aujourd'hui. J'avais vraiment envie de vous le présenter.

— Tu aurais dû ! Où est-il ?

— Il avait d'autres engagements, et j'ai tardé à l'inviter, marmonna-t-elle.

— Il aurait pu annuler !

— Non. Il est à Greenwich, avec sa femme et ses enfants.

— Oh. Je vois. Je comprends mieux pourquoi tu fais cette tête. Il ne pouvait pas accueillir les enfants chez lui ?

— Son appart n'est pas très grand... Et les gamins ne voulaient pas laisser leur mère toute seule. Paul m'assure que c'est juste pour faire plaisir à ses enfants, mais ça me dérange quand même qu'il soit là-bas. Ce n'est pas sa place.

— On l'invitera début janvier, ne t'en fais pas, promit Gwen.

Olivia s'assit et la sonnette retentit. Le majordome alla ouvrir à Gabrielle et Federico. Olivia admira le couple, ensemble dans l'escalier (elle montant d'un pas assuré, lui un peu moins). Gabrielle portait une robe longue en dentelle rouge qui lui allait comme un gant, et Federico un smoking noir. Ils étaient époustouflants, surtout lui, avec sa crinière blanche et son beau visage à demi scarifié. Après les embrassades, Gwen fit servir le champagne et l'on savoura des amuse-bouche en attendant l'heure du repas. Olivia écoutait Federico lui raconter son exposition quand, de but en blanc, sa grand-mère l'interpella :

— Et ton amoureux ? Il est où, ce jeune homme ? Peut-être pas si jeune, d'ailleurs, rectifia-t-elle avec un gloussement.

— Chez sa femme, avec leurs enfants, répondit Olivia, morose.

— Quel dommage, répondit Gabrielle sans s'offusquer. J'espérais le rencontrer. Bon, ce sera pour une autre fois. Mais entre vous, tout va bien ?

— Oh oui. Regarde ce qu'il m'a offert pour Noël !

Elle tendit le poignet et sa grand-mère étudia longuement le bracelet avant d'approuver du menton.

— L'an prochain, nous l'inviterons avec ses enfants, décida-t-elle alors, même si elle s'inquiétait toujours pour ses œuvres d'art de valeur, si fragiles, quand il y avait des enfants dans les parages.

L'entrée fut servie une heure après l'apéritif. Au menu : caviar, canard à l'orange, et Christmas pudding flambé, comme chaque année. Un vrai festin.

Ensuite, on procéda à l'échange des cadeaux. Gabrielle avait fait livrer le sien à Gwen ; il trônait, emballé, entre le sapin et la cheminée, et il semblait peser son poids. Gwen l'ouvrit et poussa un petit cri, l'air ébloui : c'était l'un des chevaux de sa mère, un bronze de toute beauté, mais en modèle réduit. Elle-même avait réalisé pour sa mère une toile originale dans la veine impressionniste : un paysage toscan peint de mémoire.

— Mais tu te défends bien, dis donc ! s'exclama Gabrielle, ravie. Tu aurais dû être peintre. Que dis-je ? Tu es peintre !

Federico abonda en son sens.

Olivia reçut de Gabrielle un cheval miniature si menu qu'il logeait dans la paume de sa main ; sa mère lui offrit une jolie veste en fourrure blanche et une paire de chaussures très originale. La jeune femme avait choisi pour sa grand-mère un pull pour lui tenir chaud pendant qu'elle travaillait dans son atelier venteux, un autre pour Federico, et un bracelet pour sa mère. Gabrielle offrit un béret et des gants fourrés à Federico, « pour tes escapades nocturnes avec ton appareil photo ». Fort du succès de son expo, ce dernier aussi avait gâté ces dames : il avait acheté un assortiment de foulards Hermès en soie et cachemire dans des tons différents.

— C'est trop ! s'esclaffa Gabrielle.

Federico, en bras de chemise, essaya son pull et ne le quitta plus ; Olivia se pavanait dans sa nouvelle veste, toute sa tristesse envolée. Mais quand le couple s'éclipsa, peu avant minuit, elle sentit sa morosité renaître. Elle partit peu après et, une fois seule dans son grand appartement vide, ce fut plus fort qu'elle : elle se demanda ce que Paul était en train de faire avec Eileen et les enfants. Son Noël avait un goût amer.

Les Jackson, qui n'étaient pas friands de champagne, burent à l'apéritif des cocktails de saison. Eileen avait refait ses petits accompagnements à la truffe et au foie gras qui avaient tant plu à Thanksgiving, et Paul découpa et servit ainsi qu'il l'avait toujours fait la fameuse dinde farcie. Le repas dura longtemps, puis tous débarrassèrent la table dans la convivialité. On laissa la vaisselle sale dans l'évier car le moment était venu de déballer les cadeaux. Eileen et Paul, sans s'être concertés, se firent le même cadeau : un pull en cachemire (blanc pour elle, bleu marine pour lui). Les garçons distribuèrent des bons pour toutes sortes de services : lavage de la voiture, déblayage de l'allée enneigée, etc. Doublement gâtés par Eileen et Paul, ils croulaient sous les paquets, pour leur plus grand bonheur.

Soudain, Eileen se racla la gorge et annonça qu'elle avait quelque chose d'important à leur dire. Elle hésita, nerveuse, avant de se jeter à l'eau.

— On va avoir un chien ? devina Mark.

— Non, en tout cas pas dans l'immédiat, le détrompa Eileen. J'ai un projet, depuis un moment déjà... Voilà : je pars à Paris.

Sourires à la ronde. Mais Eileen n'avait pas fini.

— Je pars trois mois pour suivre une formation dans une prestigieuse école de cuisine, Le Cordon bleu. J'ai postulé et ma candidature a été acceptée. Quand je reviendrai, je pense ouvrir mon propre service de traiteur, ici, à Greenwich.

Les enfants la fixaient, médusés.

— J'ai besoin de votre soutien, poursuivit Eileen. C'est un projet qui me tient vraiment à cœur. Les vacances de février tombent pile au milieu de ma formation : vous pourriez venir me voir en France...

La mâchoire de Paul semblait s'être décrochée. Eileen se rengorgea. Eh oui : elle avait recommencé à rêver ! Et, cette fois, elle ne laisserait personne piétiner ses désirs.

— Paul, en mon absence, il faudra que tu vives ici avec les enfants. Je pars le 1ᵉʳ janvier ; mes cours débutent le 2. Je rentrerai le 31 mars. Les enfants, pendant trois mois, votre père me remplacera. J'ai prévenu Tina, elle dit que vous pourrez compter sur elle en cas de besoin.

Tina était l'ancienne nounou des enfants ; Eileen et elle étaient restées en bons termes.

— Ne fais pas cette tête, Paul ! lança Eileen. Tu auras dix jours pour souffler pendant les vacances scolaires. Désolée, mais c'est important pour moi, et je ne vois pas d'autre solution.

De toute façon, ce n'était pas négociable. Paul lui devait bien ça après ce qu'il lui avait fait subir. Trois mois, ce n'était pas la fin du monde ! Il ignorait comment il allait bien pouvoir faire admettre cette nouvelle situation à Olivia, mais il le fallait.

Quand Eileen se tut, un brouhaha éclata dans le salon. Quand avait-elle formé ce projet, postulé, été admise ? Pourquoi avoir tout manigancé derrière leur dos, sans en parler ?

— Ce sera votre cadeau de Noël pour moi, insista Eileen.

Pennie fut la première à affirmer qu'elle la soutenait et ferait tout pour l'aider, dans la mesure de ses moyens. Et Paul, le seul à n'avoir pas émis la moindre objection, renchérit. Il emménagerait dans une semaine. C'était dans la poche ! Eileen jubilait.

Elle savait qu'elle se comportait de façon égoïste. Elle allait manquer aux garçons, notamment. Mais l'enjeu était capital, les jumeaux seraient entre de bonnes mains, et trois mois, ce n'était rien. Quand le calme fut rétabli, Eileen remercia abondamment sa famille, embrassa les enfants et chacun alla se coucher.

Elle s'apprêtait à éteindre sa lampe de chevet quand Jane, qui était dans la confidence, lui téléphona.

— Alors ? Ils l'ont pris comment ?

— Je crois qu'ils sont sous le choc ! gloussa Eileen. Mais… c'est d'accord. Paul va me remplacer. Je pars à Paris !

— Tu sais que tu viens de pourrir sa relation avec sa jeunette ? Elle va être furieuse de le voir repartir pour Greenwich.

— Oui. C'est bête, la pauvre, répliqua Eileen, sarcastique.

— Ce n'est qu'un juste retour de bâton, approuva Jane. Bien fait pour eux !

Jane ne portait pas Paul dans son cœur et elle se réjouissait de voir son amie réaliser enfin ses rêves.

Quand Olivia appela Paul, ce soir-là, il ne lui parla pas de l'annonce d'Eileen. Il préférait le faire de vive voix. Quand il eut raccroché, il s'étendit sur le canapé du bureau et fixa le plafond, en se demandant comment lui faire avaler la pilule. Si encore il avait pu l'inviter à Greenwich pendant les week-ends ! Mais

Eileen n'accepterait jamais, et les enfants non plus, d'ailleurs. La maison était leur sanctuaire. Défense à l'intruse d'y mettre les pieds ! Paul soupira. Restait à espérer que Tina le relayerait de temps à autre pour qu'il puisse aller passer la nuit à New York. Sinon... il redoutait le pire. Olivia allait être hors d'elle, et il ne lui jetait pas la pierre : il allait la négliger au profit de ses enfants pendant trois longs mois. Pour autant, Paul n'en voulait nullement à sa femme. Eileen avait le droit de se reconstruire et de prendre du temps pour elle, après ce qu'il lui avait fait, et il était même admiratif de sa démarche. Il la soutiendrait, quoi qu'il lui en coûte.

Au petit déjeuner, Paul et Eileen passèrent en revue leur plan d'action. Eileen avait tout organisé avec une précision militaire. Chacun des enfants aurait ses missions attitrées : Pennie serait préposée aux lessives, Mark aiderait Paul à faire les courses et Seth à les ranger, Pennie nettoierait la cuisine et les jumeaux rangeraient le salon...

— Et moi, chef, je fais quoi ? plaisanta Paul, amusé.

— Toi, riposta Eileen, tu t'arranges pour ne perdre aucun des enfants jusqu'à mon retour.

Paul feignait l'insouciance, mais il savait qu'il allait déguster. La vie de père célibataire n'avait pas l'air d'être de tout repos.

Il prit congé de sa famille avant le déjeuner, remercia Eileen pour ce beau Noël, et s'empressa d'aller rejoindre Olivia. Plus il approchait de son appartement, plus il sentait le stress monter. Mais il avait beau tourner et retourner le problème dans sa tête, l'examiner sous tous les angles, il était coincé : il ne pouvait pas planter Eileen au nom de sa relation avec Olivia. Il lui était trop redevable. Olivia allait devoir se faire une raison.

Trois mois, ce n'était pas la mer à boire ! Mais il savait qu'elle penserait le contraire.

Quand il arriva, Olivia regardait une série allongée sur son lit. Elle lui sauta au cou.

— Joyeux Noël ! Je suis trop contente que tu sois rentré. Tu m'as manqué. Sans toi, ce n'était pas pareil. Tu sais, ma mère et ma grand-mère étaient très déçues de ne pas te rencontrer...

— L'an prochain, je serai des vôtres, promit Paul, coupant court à son babil.

Il l'embrassa. Elle lui faisait en cet instant l'effet d'une petite fille.

Ils s'assirent sur le lit et il l'enlaça.

— J'ai quelque chose à te dire.

Elle se raidit.

— Tu ne vas pas te remettre avec elle ?

— Non, la détrompa-t-il calmement. Mais je dois retourner vivre à Greenwich pendant trois mois pour m'occuper de mes enfants.

— Hein ? Eileen est malade ?

— Non. Eileen ne sera pas là. C'est bien là le problème. Elle va suivre une formation à Paris. Olivia, je sais que ça tombe mal, mais je lui dois bien ça. Sans compter qu'il faut que quelqu'un s'occupe des enfants.

— Les nounous, ça existe !

— Pas question, ils ont plus que jamais besoin de stabilité. Eileen part dans une semaine. Je demanderai à notre ancienne nourrice de me seconder, comme ça je pourrai venir te voir régulièrement, et pendant les vacances de février, je serai libre comme l'air : les enfants seront en France avec leur mère. Mais à part ça, je suis bon pour me réinstaller à Greenwich et refaire la navette matin et soir, comme autrefois.

Olivia se dégagea violemment de son étreinte.

— Tu es sérieux ?! Trois mois ? Et moi, alors ?

— On va devoir serrer les dents. Je n'ai pas le choix. Je suis leur père. Je te proposerais bien de t'installer avec moi là-bas, mais Eileen n'acceptera jamais. Crois-moi, je le regrette.

Il était sincère. Olivia allait cruellement lui manquer.

— Tu sais, chez certains couples, les missions et les déplacements, ça fait partie du quotidien, tâcha-t-il de la raisonner. Et ce n'est que pour trois mois. On va y arriver. Je viendrai te voir aussi souvent que possible. Le week-end, les enfants dorment souvent chez des copains...

C'était à prendre ou à laisser.

— Tu dîneras avec moi après le boulot, au moins ?

Olivia semblait paniquée.

— Je ne sais pas, avoua Paul. Il ne faudra pas que je rate le dernier train. Je vais devoir me mettre aux fourneaux j'imagine... Et être présent pour eux. Ce n'est pas le rôle de Pennie de remplacer sa mère. Eileen se donne à fond pour les petits, je veux être à la hauteur.

— Et elle exige que tu en fasses autant ? Comment a-t-elle pu préméditer son coup sans t'en parler avant ?

— Il faut la comprendre, après ce que je lui ai fait subir. Je ne vais pas lui mettre des bâtons dans les roues maintenant, ce ne serait pas correct.

Olivia se leva et se mit à faire les cent pas dans la chambre. Paul devinait ce qui la travaillait : son bel amant s'apprêtait à redevenir un bon père de famille, banlieusard qui plus est.

— On pourrait retenter le coup, avec les enfants, suggéra Paul. Comme ça, tu pourrais passer nous voir le week-end. Mais pour ce qui est de rester dormir, il ne faut pas y compter. C'est chez Eileen, à présent. Elle péterait un plomb. Et moi, ça me mettrait mal à l'aise.

— Puisque c'est sa maison, qu'elle y reste et qu'elle s'occupe de ses enfants toute seule ! Non mais de quel droit elle nous mêle à ça ?

— Je te rappelle que ce sont aussi mes enfants...

— Je n'y crois pas qu'elle ose nous faire ça !

— Pense à ce que nous lui avons fait, toi et moi. Je ne peux pas refuser au motif que j'ai envie de passer mes nuits auprès de toi. Eileen a le droit de faire sa vie.

— Oui, eh bien moi aussi. Et pas avec un petit copain qui joue les baby-sitters à Greenwich en me laissant en plan pendant trois mois.

— Olivia, je suis papa, c'est comme ça. Et j'ai beaucoup à me faire pardonner.

Soudain, elle se demanda si cette séparation forcée n'était pas une bonne chose, après tout. Elle pourrait ainsi se rendre compte si elle était vraiment investie dans cette relation.

Ça passe ou ça casse, songea-t-elle.

— Tu n'as pas encore demandé le divorce, lui reprocha Olivia une énième fois.

— Je t'ai dit que j'allais m'en occuper.

Paul ne lui aurait jamais avoué, mais, au fond, il n'était pas mécontent de ce rebondissement. Il allait retrouver ses enfants. La seule ombre au tableau, c'était la colère de sa petite amie.

— Les enfants ne peuvent pas se garder tout seuls ? insista celle-ci.

Paul renâcla.

— Les jumeaux n'ont même pas 12 ans ! Ce serait le bazar absolu, et que se passerait-il si l'un d'eux tombait malade, ou s'il y avait le feu ?

Décidément, Olivia n'avait aucune idée des réalités de la parentalité.

La jeune femme se laissa tomber sur le matelas et Paul dut multiplier baisers et caresses pour l'amadouer.

— Je suis désolé, Olivia, lui murmura-t-il.

— Vraiment ? Je n'en ai pas l'impression, maugréa-t-elle. Je commence à voir le genre d'avenir que tu me réserves. Tes gosses passeront toujours avant moi. Tu auras toujours plus d'égards pour ta femme que pour moi !

Paul jugea préférable de garder le silence. Il tremblait de perdre Olivia. Mais, en l'occurrence, il n'obéissait qu'à sa conscience. Il allait aider Eileen. Elle le méritait. Avec Olivia, le rêve de Paul s'était réalisé. Eileen avait le droit d'aller vivre le sien à Paris.

10

Paul et Olivia passèrent la Saint-Sylvestre ensemble, s'enivrant d'amour et de champagne dans l'immense appartement de la jeune femme. Paul savait qu'il s'agissait de sa dernière nuit de liberté avant trois mois et il en savoura chaque seconde.

Le lendemain après-midi, il alla faire ses valises et partit pour Greenwich au volant de sa voiture. Il arriva une heure après le départ d'Eileen.

Elle lui avait laissé un petit mot avec ses nouvelles coordonnées. Elle avait promis de téléphoner aux enfants tous les jours et Paul savait que ce n'étaient pas des paroles en l'air. Eileen était très fiable. Et Paul avait envie de lui prouver qu'on pouvait également compter sur lui.

Olivia n'avait pas desserré les mâchoires lorsqu'il était parti. Elle vivait la situation comme un retour en arrière, à l'ère des mensonges et de la clandestinité. « On n'aura même pas eu trois mois tranquilles ! » avait-elle pesté.

Les enfants aussi étaient de mauvaise humeur. Les jumeaux ne descendirent pas accueillir leur père, si bien qu'il dut lui-même monter pour les voir. Ils se trouvaient dans leur chambre. Mark avait l'air renfermé et boudeur. Seth ne lui prêtait pas attention, absorbé par sa lecture d'un ouvrage sur Tolstoï – à 11 ans seulement, il avait déjà lu *Guerre et Paix* et avait adoré !

— Qu'est-ce qui ne va pas ? lui demanda Paul en s'asseyant sur son lit.

— Si t'étais resté avec nous, maman ne serait jamais partie à Paris, bougonna-t-il, furieux.

— Probablement pas, tu as raison. Mais ta mère est douée pour la cuisine et je pense que cette formation lui plaira beaucoup. Elle a mérité de se faire plaisir et de prendre un peu de temps pour elle.

— Tout ça, c'est la faute de cette fille ! La rousse. Alicia ou je ne sais plus quoi.

— Olivia. Mais elle n'y est pour rien. Le seul responsable, c'est moi. Notre séparation, c'est entre ta mère et moi, point.

— Tu sors toujours avec elle ?

— Avec Olivia ? Oui.

— Elle va venir habiter ici avec nous ?

— Non, rassure-toi.

— Tant mieux, parce que maman ne serait pas contente.

— Non, en effet. Olivia passera peut-être me voir à l'occasion le week-end. Pour déjeuner en ville... Mais elle ne viendra pas ici. Bon, qu'est-ce qui vous ferait plaisir pour le dîner ? Je pensais commander des pizzas.

— On en a déjà mangé cette semaine, rouspéta Mark. Tu ne sais pas cuisiner ?

— Pas trop. Enfin, pas comme ta mère !

Mark accepta sans enthousiasme la proposition de son père. Paul alla demander à Pennie ce qu'elle souhaitait commander, mais celle-ci lui apprit qu'elle sortait avec des amies.

— Je te dépose quelque part ? demanda poliment son père, un peu intimidé par sa petite fille devenue une jeune femme.

— Non, merci, on passe me chercher.

Telle était la vie que menait Eileen : superviser les allées et venues de la grande, faire le chauffeur pour les petits, assurer l'intendance...

Il commanda donc les pizzas et dîna avec les jumeaux dans la cuisine. Tina avait accepté de leur faire la cuisine en semaine, le soir, le temps que Paul rentre du travail. Le week-end, il se débrouillerait. Comme les garçons prenaient des cours particuliers, Eileen avait laissé à Paul une fiche d'instructions lui rappelant les horaires des leçons et les coordonnées des enseignants. Les journées allaient être chargées. Paul avait d'ores et déjà prévenu sa hiérarchie qu'il serait moins présent à l'agence pendant les trois mois à venir – il fallait bien amener les garçons à l'école. Mais quand parviendrait-il à voir Olivia ? Dès le lendemain, il téléphona à Tina pour connaître ses disponibilités. Cette semaine-là, elle n'était pas libre avant le vendredi, ayant promis son aide à un voisin âgé ainsi qu'à une nièce qui venait d'accoucher. Qui pourrait-il bien solliciter ? Pour préserver son nouveau couple, il était prêt à y mettre le prix.

Il devait rejoindre Olivia chez elle après le travail ; Paul avait pris la voiture afin de ne pas être dépendant des horaires des trains. À peine était-il arrivé chez elle qu'Olivia commença à se plaindre de la situation.

— C'est trop dur, affirma-t-elle.

— Pour toi ? Qu'est-ce que je devrais dire ! lâcha Paul, exaspéré.

— Oui, pour moi ! Je ne sais même pas quand tu me feras l'honneur de ta présence ! Si c'est pour qu'on se contente d'une ou deux heures volées, comme avant…

— Je peux dormir ici vendredi, dit-il en s'exhortant à la patience.

— Une nuit ? Super. Je saute de joie.

— Pour cette semaine, c'est tout ce que j'ai réussi à négocier. Tina m'a promis qu'elle me réservait deux créneaux la semaine proch…

Soudain, il se remémora le post-it affiché bien en évidence dans la cuisine. Pennie avait une réunion importante à la fac ce vendredi.

— Mince. Je ne peux pas vendredi, ça vient de me revenir.

— Quoi ?! Alors tu m'abandonnes toute la semaine ?

Olivia le fusillait du regard.

— Ça ne me plaît pas plus qu'à toi, se défendit Paul. Que veux-tu que je te dise, les enfants ont des emplois du temps de ministres ! Je ne sais pas comment Eileen arrive à tout gérer de front, mais je dois être à la hauteur. Essaie de te rappeler que c'est temporaire...

— Et toi, essaie de te rappeler que ce n'est pas un hasard si je n'ai pas d'enfants ! Je n'ai pas choisi de vivre comme ça !

— Et tu ne vis pas « comme ça », justement. C'est moi qui gère mes enfants. Et seulement jusqu'au retour d'Eileen.

— Je ne comprends pas pourquoi tu as accepté de devenir son larbin.

— Mais parce que je suis le père des enfants !

La dispute s'envenima et dura deux heures. Paul dut y couper court pour reprendre la route. Quand il arriva à Greenwich, le prof particulier de maths de Seth était sur le départ. Pennie rentra à la maison quelques instants après.

— C'est à cette heure-ci que tu arrives ? lui lança-t-il.

— Ben quoi ? C'était la réunion du bureau des élèves. Je suis présidente, je te rappelle. C'est bon pour mon dossier ! Je te préviens, on a une nouvelle réunion demain soir, alors pas la peine de m'attendre.

Seth déclara qu'il avait mal à la tête et Paul lui donna du paracétamol. Les garçons ne furent pas au lit avant 22 h 30, et, quand il se retrouva enfin seul, Paul n'avait toujours pas dîné. Il ouvrit le frigo : il ne restait rien du plat que Tina avait préparé. Paul dut se contenter d'une part de pizza froide engloutie seul à la table de la cuisine. Comment diable allait-il survivre aux prochaines semaines ? À eux seuls les garçons représentaient un travail à temps plein ! Et encore, Paul n'avait pas eu à surveiller les devoirs ni à faire à manger ! Et il devait en parallèle regagner les bonnes grâces de son exigeante petite amie... C'était trop pour un seul homme.

Il reçut des nouvelles d'Eileen à minuit, soit 6 heures du matin à Paris. Elle se préparait pour son premier cours et voulait s'assurer que tout allait bien à la maison.

Nickel. Je ne sais pas comment tu arrives à tout faire !

Elle lui répondit aussitôt :

Avec le temps, on prend le coup de main. Je te laisse. Première longue journée de cours : matériel de cuisine ce matin + sauces cet aprèm.

Paul voulut appeler Olivia, mais elle ne décrocha pas. Il rattrapa un peu de travail en retard et éteignit la lumière à 1 heure du matin, ayant programmé son réveil pour 6 heures. Il devait se raser, s'habiller, mais aussi préparer un petit déjeuner équilibré pour deux enfants et une jeune adulte... Dire qu'encore récemment, il se demandait ce qu'Eileen faisait de ses journées après son départ pour New York ! Comment diable ferait-elle pour monter un business à son retour, en plus du reste ?

Il était 10 heures révolues quand il arriva à l'agence, en retard pour une réunion. Une fois qu'il en sortit, il appela Olivia.

— On dit 18 heures ? suggéra-t-il.

— Plutôt 19 heures. J'ai un rendez-vous dans l'après-midi qui risque de me demander un peu de temps.

L'insouciance des mois passés s'était envolée, et avec elle les soirées indolentes à s'aimer en toute tranquillité. Désormais, Paul ne voyait plus Olivia qu'en coup de vent.

— Mince, c'est trop tard, répondit-il, navré. Je ne serais pas de retour avant 22 heures, je ne peux pas.

— OK, alors un autre jour peut-être, cracha-t-elle, glaciale.

— Olivia, je t'en prie, ne le prends pas comme ça. Je fais de mon mieux pour assurer...

— Tout, sauf mon bien-être, je sais.

— Mais si, enfin, j'essaie ! Seulement je dois voir mes enfants. J'aimerais tellement que tu puisses loger là-bas avec moi...

C'était inenvisageable, ils le savaient l'un comme l'autre. Quand bien même les enfants auraient apprécié

Olivia, sa présence chez Eileen aurait été inconvenante. De toute manière, le couple n'y aurait eu pratiquement aucune intimité.

— À demain, rétorqua la jeune femme, en colère.

Le lendemain, Olivia alla rendre visite à sa mère. Celle-ci était en train de peindre.

— Comment va Paul ? s'enquit-elle en reculant, les yeux plissés, pour étudier sa toile.

— Notre couple bat de l'aile. Sa femme est partie suivre une formation à Paris et Paul est retourné vivre à Greenwich pour s'occuper des gosses. On ne va pas se voir pendant trois mois...

— C'est peut-être une bonne chose, hasarda sa mère.

— Oui, peut-être... Bref, c'est pas facile en ce moment.

— Bienvenue dans la vraie vie !

— Mais la vraie vie de qui ? Je n'ai pas d'enfants, moi ! Je n'ai pas choisi d'aller vivre à Perpète-lès-Oies...

— Toi, non, mais lui, si. Et cela revient au même. Vous allez tenir le coup.

— Pas sûr. Ça ne fait que trois jours et je me pose déjà des questions.

— La situation ne doit pas être facile pour lui, observa Gwen en posant son pinceau. Tu n'arrangeras rien en lui mettant la pression.

— Mais pourquoi ses contraintes passent-elles tout le temps avant les miennes ?

— Parce qu'il en a ! C'est un homme marié, père de trois enfants, sa femme est absente...

— Et c'est moi qui en fais les frais.

Olivia ne décolérait pas.

— Vois ça comme une épreuve, lui suggéra sa mère. Si tu l'aimes suffisamment, tu trouveras en toi la force de l'épauler. Je suis certaine que tu y gagneras en maturité, même si ça tourne mal.

— Si j'avais su dans quoi je m'embarquais ! pesta encore Olivia. Je pensais que l'unique obstacle à notre amour, c'était sa femme. Mais non, toute sa vie est un enfer, là !

— Je t'avais prévenue : les hommes mariés, c'est compliqué.

— C'est le moins qu'on puisse dire, rétorqua Olivia avec un sourire.

— Tu es toujours amoureuse de lui ?

— Je crois. Mais je donnerais mon bras droit pour que sa femme revienne s'occuper des gosses !

— Trois mois, ce n'est pas perpétuité. Imagine s'il avait la garde de ses enfants.

Olivia blêmit, horrifiée.

— Ne dis pas des choses pareilles. Pitié !

Paul réussit à voir Olivia deux heures ce soir-là et à rentrer chez lui pile pour 21 h 30. Il avait encore sauté un repas, mais les enfants avaient mangé, les professeurs particuliers avaient été payés et les devoirs étaient faits.

Le jeudi, il ne vit pas Olivia. Le vendredi, il accompagna Pennie au lycée. Toutefois, il s'était arrangé pour que les trois enfants passent le week-end chez des copains. Mais voilà : après un week-end idyllique avec Olivia, tout recommença. Par chance, Tina réussit à dégager de la place dans son emploi du temps pour garder les enfants les lundis et mercredis soir. Paul avait l'impression de courir un marathon chaque jour. Pourtant, dès qu'Eileen lui demandait par SMS si tout allait bien, il feignait la décontraction.

Dès le lundi, catastrophe. Tina l'appela au bureau pour lui apprendre que Mark avait vomi. Elle était allée le chercher à l'école mais il avait de la fièvre. Seth harcelait son père de SMS à propos d'un exposé de biologie qu'il avait complètement oublié de préparer... pour le lendemain. Paul devait l'aider et annula à nouveau sa nuit chez Olivia.

— Ça va être tout le temps comme ça ? souffla-t-elle, excédée, quand il l'appela pour se décommander.

— J'en ai bien peur, admit-il. Mais ce n'est que jusque fin mars. Et on a bien profité ce week-end...

— Tes enfants sont grands, ça devrait être plus simple !

— Au contraire. Quand les enfants grandissent, les problèmes grandissent avec eux, lui rétorqua Paul, qui le découvrait lui-même. Les petits, tu les couches à 20 heures et basta ! Ils n'ont pas d'exposé à faire, de match de foot, ni de réunion parents-profs !

Olivia soupira.

— Bon. Je vais prendre mon mal en patience. Mais tu es sûr que tu ne peux pas envoyer tes gosses en pension pour les trois prochains mois ?

Elle plaisantait : c'était bon signe. Tout n'était pas perdu.

— Par contre, ajouta-t-elle, je te préviens, si tu demandes la garde, il faudra déménager en ville !

Devoir jongler entre ses rôles de publicitaire, de manager, de père de famille et d'amant, le tout en faisant des allers-retours entre deux villes différentes, l'épuisait, et sa relation amoureuse en souffrait. Par le passé, Eileen avait toujours refusé d'embaucher du personnel de maison pour les soulager. Aujourd'hui, Olivia et lui faisaient l'amour plus rarement et il arrivait que Paul soit si las et stressé qu'il n'en ait même pas envie. Au grand désespoir d'Olivia.

Pendant ce temps-là, à Paris, le quotidien d'Eileen était aux antipodes de celui de son mari. Les cours étaient passionnants, les profs exigeants mais brillants, le niveau des élèves très élevé et Eileen acquérait tous les jours une manne de nouvelles connaissances. D'abord, elle avait appris à mieux utiliser ses outils et instruments et à maîtriser quelques recettes de sauces compliquées. Elle s'investissait à fond dans chaque leçon et prenait d'abondantes notes.

Elle avait pour partenaire un jeune Anglais travailleur et ambitieux de 23 ans nommé Hugo. Fils de restaurateurs installés à Nice, il formait le projet fou de leur décrocher un jour trois étoiles au Michelin. Eileen et lui formaient une bonne équipe. Parfois, ils dînaient au restaurant ensemble et se mettaient au défi de retrouver les ingrédients des plats les plus élaborés. Le soir, quand Eileen regagnait son petit appartement dans le 7e arrondissement, elle avait des heures de liberté devant elle, chose qui ne lui était pas arrivée depuis des années. Elle pouvait lire des magazines, des livres entiers, même, ou encore sortir se promener sur les quais de Seine ou au bois de Boulogne. Eileen avait l'impression de quitter sa chrysalide de super-maman, de femme au foyer plan-plan, pour renaître à la vie, la vraie. Enfin, elle n'avait à s'occuper que d'une seule personne : elle-même.

— Tu es mariée ? lui demanda Hugo un jour qu'ils dégustaient le loup de mer cuisiné en équipe ce matin-là.

— Plus ou moins.

Il pouffa. Et insista :

— Plutôt plus ou plutôt moins ?

— Pourquoi ? Tu veux me demander ma main ?

— Sûrement pas, je suis gay ! J'ai un mec à Nice. Jonathan, un compatriote à toi. Il est plein aux as, c'est lui qui finance ma formation. J'en rêvais depuis des années, mais mes parents n'avaient pas les moyens...

— Moi aussi, ça faisait longtemps que j'en avais envie. Pour répondre à ta question, mon mari et moi, on est séparés.

— Ah. Désolé.

— C'est la vie. Une procédure de divorce m'attend à mon retour... Pour tout te dire, mon mari m'a plaquée pour une autre. Pathétique, pas vrai ?

— Oh, tu retrouveras quelqu'un sans problème. Tu es belle, drôle et spirituelle.

Eileen sourit. Hugo lui plaisait de plus en plus !

— Si j'en crois ma mère, à 40 ans, ma vie est finie !

— Et tu as des enfants ?

— Trois. Ils me manquent beaucoup, mais c'est plus supportable que je ne le craignais ! Je m'amuse tellement, ici. Cela faisait une éternité que je n'avais rien fait pour moi.

— Franchement, tu es courageuse, bravo !

L'amitié d'Eileen et de Hugo se consolida au fil des jours. Lorsque le fameux Jonathan monta à Paris, Eileen eut le plaisir de le rencontrer. Il était beau comme un dieu ! Hugo et elle sympathisèrent avec deux autres camarades de promo, des Français, et ils firent ensemble la tournée des grands-ducs. En un rien de temps, six semaines s'étaient écoulées. Déjà. Eileen n'en revenait pas.

— Tu pars pour les vacances ? demanda Eileen à son camarade.

— Je rentre à Nice pour voir Jonathan. Là-bas, on a un petit pavillon dans les collines... Et toi ?

— J'attends la visite de mes enfants. J'ai hâte !

Elle avait réservé trois chambres dans un petit hôtel sans prétention de la rive Gauche – sa chambre de bonne était trop étriquée pour tous les loger.

Le jour J, elle se rendit à l'aéroport avec de l'avance. Enfin, ils parurent, débraillés, les traits tirés. Après les embrassades, ils s'entassèrent dans le taxi et Eileen leur fit faire une visite de Paris. Le chauffeur leur pointait du doigt les monuments, fanfaronnant devant les mines émerveillées de Pennie et des garçons : les Champs-Élysées, la place de la Concorde, la place Vendôme... Après un passage express devant les locaux de l'école de cuisine d'Eileen, dans le 15e arrondissement, ils franchirent le pont Alexandre-III et longèrent les Invalides (« *Le tombeau de Napoléon !* » leur indiqua le chauffeur) et atteignirent enfin leur destination. L'hôtel était modeste mais propre et confortable. Une fois les enfants reposés, Eileen les emmena dîner à La Fontaine de Mars, l'une des meilleures brasseries de Paris, à deux pas de la tour Eiffel, puis elle leur paya une glace chez Berthillon.

Pour sa part, Eileen se régala surtout de leur compagnie. Elle voulait tout savoir. Mais comme ils s'étaient parlé tous les jours via FaceTime, elle n'apprit rien de bien nouveau. Pennie attendait avec une anxiété croissante de découvrir où elle ferait sa rentrée – les admissions à l'université devaient tomber un mois plus tard ; elle était plus investie que jamais dans ses activités associatives et bénévoles et aidait énormément son père à la maison.

— D'ailleurs, comment s'en sort-il ? s'enquit timidement Eileen.

Elle se doutait que Paul édulcorait les choses dans ses messages.

— Je crois qu'on le fatigue un peu, reconnut Mark. Il y a un tas de trucs qu'il n'arrive pas à faire aussi bien que toi. Et puis il n'arrête pas de se disputer avec sa copine. Le soir, quand il croit qu'on dort, il lui téléphone, et elle n'a pas l'air contente !

— Je rentre dans six semaines, répondit calmement Eileen.

Comme le temps filait ! Et que de connaissances précieuses avait-elle déjà engrangées ! La semaine précédente, ils avaient réalisé une pièce montée et appris le travail du sucre et du chocolat – Eileen s'était découvert un talent pour ce travail d'orfèvre, à tel point que le chef l'avait félicitée personnellement.

— Et toi, maman ? Tu t'amuses bien ? lui demanda Pennie, comme lisant dans ses pensées. Tu vas vraiment devenir cuisinière à ton retour ?

— Je m'amuse comme une folle ! répliqua Eileen. Et c'est très instructif. Je réfléchis beaucoup à ce que j'aimerais faire une fois rentrée à la maison. Ça me plairait bien de me spécialiser dans les fêtes et les mariages ; je crois qu'il y a une clientèle dans les quartiers chics de Greenwich qui n'attend que moi. Il faudra que j'embauche un assistant. Pour la vaisselle, les barnums et le personnel de service, je ferai appel à des fournisseurs et des prestataires...

— Tu seras parfaite, lui assura Pennie, radieuse.

Être loin de sa mère avait permis à la jeune femme de se rendre compte de tout ce qu'Eileen faisait pour eux. Celle-ci lui manquait, même si ses frères et elle avaient apprécié avoir leur père à la maison.

— Vous allez faire quoi, avec papa ? lui demanda timidement la jeune fille, profitant d'un moment d'inattention des garçons.

Eileen secoua la tête.

— On n'a pas encore pris de décision, dit-elle. Enfin, pas à ma connaissance.

— Je crois qu'il regrette d'être parti, lui souffla tristement Pennie.

— Vous devez lui manquer, tous les trois.

— Ouais, mais toi aussi.

Eileen s'en étonna. Paul ne lui manquait pas tant que ça. Avec la vie à Paris, les cours, son projet, tout était si exaltant que cela ne laissait pas de place pour la mélancolie et les regrets.

— Tu le reprendrais ? insista Pennie.

Eileen soupira.

— Je ne sais pas. Parfois, les choses vont trop loin pour qu'on puisse faire machine arrière. La vie, c'est comme une rivière : elle vous emporte, que vous le vouliez ou non.

— Je vois ce que tu veux dire. C'était pareil pour Tim et moi. Je l'aime toujours, mais je ne nous vois pas nous remettre ensemble.

Eileen hocha la tête, impressionnée par la lucidité de sa fille.

— J'en suis au même point avec votre père, avoua-t-elle. C'est dommage, mais en même temps ça nous ouvre un tas de nouveaux horizons. J'entrevois de nouvelles rencontres, de nouvelles expériences... Et ce renouveau, j'en ai envie. Il faut dire que je me suis un peu encroûtée. Enfin, disons que j'avais toujours plus urgent à faire que m'occuper de moi. Je me suis un peu oubliée. Mais cette époque est derrière moi, promis !

— Tu n'as rien à te reprocher. T'étais débordée, c'est tout. En tout cas, tu as drôlement changé !

C'était vrai. Quand Eileen se voyait dans la glace, elle se trouvait désormais souriante, pétillante. Son regard lui semblait plus confiant, sa posture plus dynamique.

— Si vous divorcez, tu crois que papa épousera Olivia ? demanda Pennie sur un ton résigné.

— Aucune idée. C'est à lui qu'il faut poser la question.

— Elle est super jeune... Et si elle décide qu'elle veut des enfants ?

— Ça m'étonnerait que ton père accepte ! Il m'a toujours soutenu qu'il n'en voulait pas d'autres. Et repartir de zéro, à son âge...

Pennie avait raison cependant : Paul avait jeté son dévolu sur une jeune femme. Elle peinait à l'imaginer fondant un nouveau foyer, mais tout pouvait arriver.

La semaine de vacances passa beaucoup trop vite et la séparation fut douloureuse, pour Eileen comme pour les enfants. Mais il ne restait plus que cinq semaines à tenir : cela passerait en un éclair, et Eileen ne perdait pas de vue ses priorités.

En l'absence des enfants, Paul se réinstalla chez Olivia. Ils retrouvèrent leur intimité et leur relation s'apaisa, de telle sorte que la jeune femme lui présenta enfin sa grand-mère et Federico. Par chance, le courant passa. Le dimanche suivant, Paul rencontra sa mère et fut ébloui par sa beauté, son esprit et son aura. Tout semblait rentré dans l'ordre, du moins jusqu'au retour des enfants. Olivia ne chercha pas à masquer son déplaisir. Il leur restait encore un peu plus d'un mois à tirer. Et puis, elle se doutait qu'à l'avenir Eileen serait moins disponible pour gérer les enfants si elle lançait sa propre affaire.

Paul alla accueillir ses enfants à l'aéroport et ne vit pas passer le temps durant tout le trajet jusqu'à

Greenwich. Ils lui racontèrent dans les moindres détails leurs vacances – les restaurants où ils avaient mangé, les monuments qu'ils avaient visités, etc. Pennie avait fait des emplettes au Bon Marché, les garçons s'étaient fait offrir des jouets et des souvenirs, ils lui avaient rapporté une tour Eiffel lumineuse qu'il devait jurer d'exposer sur son bureau au travail... Les enfants, bien qu'enchantés par leurs vacances, semblaient heureux d'être rentrés – d'autant plus qu'il avait neigé peu avant leur arrivée. Le plus dur était derrière eux, leur mère rentrerait bientôt. Paul s'aperçut à son propre étonnement qu'il ne s'en réjouissait pas particulièrement. Olivia serait aux anges, mais lui ? Pennie et les jumeaux allaient cruellement lui manquer. Des liens forts s'étaient tissés entre eux. Paul avait aussi fait face tant bien que mal à la bonne tenue d'un foyer. Malgré tout, il n'était pas question d'essayer de sauver son couple, trop d'eau avait coulé sous les ponts...

Serait-ce aux côtés d'Olivia qu'il écrirait le prochain chapitre de sa vie ? Mystère. Mais Paul était certain d'une chose : Eileen n'en ferait pas partie. Il l'aimait, bien sûr, parce qu'elle était la mère de ses enfants, mais leur couple appartenait au passé. Or, la vie ne revenait pas sur ses pas, elle avançait, inexorablement. Paul avait envie de prendre un nouveau départ. Il s'y sentait prêt. Quant à Olivia et sa chevelure rousse et bouclée... Restait à espérer qu'elle soit prête, elle aussi.

11

Olivia broyait du noir. Les enfants accaparaient Paul. Elle ne supportait plus cette situation. C'est dans ce contexte qu'elle reçut un e-mail d'un inconnu qui demandait à la rencontrer. Lorsqu'elle s'enquit de la nature de son activité, il lui écrivit sans s'embarrasser de détails qu'il s'appelait Jean-Pierre Muset, qu'il était « dans le milieu de l'art » et lui expliquerait tout en face à face. Il s'engageait à ne pas abuser de son temps ; toutefois, il n'était de passage à New York que pour quatre jours. Paul étant bloqué à Greenwich, elle accepta donc de rencontrer l'homme.

Le rendez-vous fut fixé au bar du Mark Hotel, où l'inconnu avait posé ses valises – c'était justement à quelques rues de chez elle. Au ton formel de leurs échanges, elle s'était attendue à rencontrer un monsieur d'un certain âge, mais Jean-Pierre Muset se révéla un jeune homme souriant de 32 ans. Il était le fils d'un marchand d'art assez réputé et s'intéressait de près à la plateforme en ligne qu'Olivia proposait à ses artistes – il envisageait d'en créer un équivalent en France.

— En partenariat avec vous, si vous le voulez bien, annonça-t-il tout de go.

Olivia se trouva prise au dépourvu. Jean-Pierre était grand, brun et bel homme, et les yeux qu'il fixait sur elle étaient divinement sombres.

— Il faut que je réfléchisse, affirma Olivia sans s'engager. Mais, a priori, l'idée me plaît.

Il n'en fallait pas plus à Jean-Pierre :

— J'ai à Londres un ancien camarade de promo qui pourrait superviser l'antenne londonienne, si le business s'étend au marché britannique. Après, j'envisageais Hong Kong... Si vous acceptez, j'aimerais passer quelques jours ici avec vous pour m'imprégner de votre façon de procéder. Ensuite, vous pourriez me suivre à Paris pour créer le pôle France. Trouver des locaux, lancer la communication... C'est l'affaire d'un mois ou deux. Alors, qu'en dites-vous ?

— Je suis partante, répondit Olivia, séduite par le style sans détour de son interlocuteur.

Elle allait se renseigner sur lui, au cas où, mais de prime abord, elle était enthousiasmée.

— Mon père possède une grande galerie dans un hôtel particulier à Paris, reprit-il. J'y verrais bien nos bureaux. Je lui en ai touché deux mots avant de partir et il est d'accord. Je travaille pour lui depuis cinq ans – c'est d'ailleurs la raison de ma présence à New York, je livrais un tableau à l'un de ses clients –, mais on a quelques petits différends générationnels... Internet, ce n'est pas son truc. Or, aujourd'hui, vous le savez mieux que moi, tout se fait en ligne.

Olivia sourit. Ils parlèrent à bâtons rompus pendant près de deux heures. Puis ils se séparèrent et, munie de sa carte, Olivia rentra chez elle pour mener sa petite enquête sur ce Jean-Pierre Muset. Il n'avait pas menti : son père, Arnaud Muset, était un prestigieux marchand d'art, l'un des plus réputés en Europe, et, sur le site de sa galerie, Olivia trouva le profil de Jean-Pierre. Son parcours était impressionnant pour quelqu'un de son âge : de Paris à Oxford, il avait fréquenté les meilleures universités et les plus grandes écoles d'histoire de l'art du Vieux Continent, avant de faire ses débuts... chez Christie's, comme Olivia !

Elle lui téléphona.

— Passez me voir au bureau demain, lui suggéra-t-elle. On va tâcher d'organiser votre petit stage chez nous !

Jean-Pierre accepta. Il devait retrouver son père à Madrid, pour affaires, d'ici deux à trois jours, et pouvait consacrer tout le temps nécessaire au projet qu'il avait en tête avec Olivia.

Il se présenta le lendemain en jean, chemise, veste en tweed et bottines en daim brun – Olivia ne put s'empêcher de remarquer son élégance. Sans arrière-pensée, bien sûr : elle était amoureuse de Paul.

Le deuxième jour du stage d'observation de Jean-Pierre, celui-ci demanda à Olivia :

— À long terme, vous envisageriez qu'on devienne associés ? J'ai de l'argent à investir...

— Je ne l'exclus pas. Mais chaque chose en son temps. Commençons par lancer l'antenne parisienne, pour le reste, on verra.

Elle devait discuter du projet avec ses conseillers financiers. Le capital de départ de son entreprise provenait de son héritage, aussi ne prenait-elle aucune décision à la légère. Il lui faudrait être sûre de s'entendre avec ce Jean-Pierre avant d'envisager d'en faire ne serait-ce qu'un collaborateur ! Il était sympathique et paraissait sérieux, et son style, un savant mélange de professionnalisme et de décontraction, convenait à la jeune femme ; pour autant, il n'était pas question de brûler les étapes.

Le vendredi après-midi, il repartit. Ils étaient convenus qu'Olivia irait à Paris pour quinze jours dès la semaine suivante. Elle l'annonça à Paul le soir même.

— Pourquoi ne m'as-tu rien dit avant ? se froissa-t-il.

— J'attendais qu'on se voie ! Alors, tu en penses quoi ?

— Je trouve que c'est une bonne idée, mais tu devrais en parler à tes conseillers financiers...

— C'est déjà fait, ils valident. Je pars à Paris dans une semaine pour visiter les locaux.

Paul en resta bouche bée.

— Déjà ?

— Pourquoi attendre ?

— Vous êtes toutes obsédées par Paris, ma parole ! J'aimerais beaucoup t'accompagner, mais avec les enfants...

Il s'esclaffa soudain.

— Quand je pense que tu risques de croiser Eileen !

Mais Olivia ne partageait pas son hilarité.

— Ne parle pas de malheur !

— Détends-toi, elle ignore à quoi tu ressembles, et si tu évites Le Cordon bleu, tu devrais être tranquille.

Ce week-end-là, ils réussirent à passer une nuit ensemble. La semaine suivante, en revanche, les enfants de Paul avaient un tas de contrôles à réviser et il fut retenu à Greenwich, si bien qu'Olivia dormit seule tous les soirs. Il lui tardait de plus en plus qu'Eileen rentre de sa formation. Les enfants passaient systématiquement en premier, et la jeune femme se demandait avec angoisse si cela perdurerait, même quand Paul réintégrerait ses quartiers new-yorkais. Il y avait toujours un match, un prof particulier, une réunion parents-professeurs... « Et moi, dans tout ça ? » s'indignait parfois Olivia.

Elle n'avait donc pas vu Paul depuis un moment quand elle s'envola pour Paris. Il avait paru déçu qu'elle parte : comme par hasard, c'était à ce moment-là que Tina pouvait garder les enfants tout le week-end ! Mais Olivia s'était contentée de hausser les épaules. Chacun son tour de poireauter !

Elle atterrit à Roissy le samedi matin à 9 heures et prit un taxi pour le Ritz, où sa mère avait ses habitudes. Elle devait déjeuner avec Jean-Pierre à La Table de l'Espadon, le restaurant de l'hôtel, avant de visiter la galerie et de rencontrer son propriétaire. Auparavant, elle dormit quelques heures, prit un bain, enfila un tailleur noir seyant, se maquilla, et, satisfaite du résultat, descendit l'escalier qui menait au rez-de-chaussée.

Jean-Pierre l'attendait, le sourire aux lèvres.

— Vous avez fait bon voyage ? lui demanda-t-il dans son anglais irréprochable.

— Oh oui. De nuit, ça passe toujours plus vite. Un petit film, et je m'endors !

— Je connais ça. À mes débuts dans la galerie, je passais beaucoup de temps en Asie. Les vols de nuit, j'ai vite pris le pli.

Le maître d'hôtel, qui connaissait visiblement Jean-Pierre, les guida jusqu'à une table sous la coupole, où ils commandèrent du champagne et trinquèrent à leur partenariat. La conversation coula, fluide et ininterrompue. Jean-Pierre avait une foule d'idées innovantes, et Olivia projetait déjà d'en mettre certaines en pratique à New York. Quand ils prirent la direction de la rue du Faubourg-Saint-Honoré, où se situait la galerie, tous deux étaient d'excellente humeur.

Un ascenseur privé les mena directement au dernier étage du bâtiment, où se trouvait le galeriste. La porte était ouverte sur un majestueux bureau Louis XV derrière lequel trônait un sexagénaire à la présence imposante. Quand Jean-Pierre et Olivia s'avancèrent, toutefois, il les accueillit avec un sourire.

— Ainsi, c'est vous la jeune femme pleine d'avenir dont mon fils me rebat les oreilles depuis une semaine ! s'exclama Arnaud quand Jean-Pierre eut fait les présentations.

Pour une fois, il était ravi de voir son fils en compagnie d'une jeune femme qui semblait bien sous tous rapports, lui qui semblait avoir un faible pour les lolitas au style tapageur. Même s'il ne s'agissait que d'une relation professionnelle, bien sûr.

Arnaud fit visiter la galerie à Olivia et sortit pour elle quelques toiles remarquables. Spécialisé dans les œuvres de vieux maîtres, impressionnistes notamment, il ne boudait pas pour autant l'art moderne, et fit voir à la jeune femme deux Picasso époustouflants. Olivia avoua en posséder un de la même série. Arnaud parut étonné, et Jean-Pierre haussa les sourcils.

— Mon père était collectionneur, leur expliqua Olivia, qui, par souci de discrétion, s'en était tenue jusque-là aux sujets professionnels lors de ses échanges avec Jean-Pierre. Gabrielle Waters, vous connaissez ? Il s'agit de ma grand-mère maternelle.

— Si je connais ?

Arnaud éclata de rire, médusé.

— Ça fait des années que je remue ciel et terre pour me procurer un de ses bronzes – je suis sur liste d'attente depuis dix ans ! Vous pouvez me l'avouer : elle ne vend qu'à ses proches, pas vrai ? Je n'ai aucune chance ?

Peu après, Arnaud retourna travailler et Jean-Pierre montra à Olivia l'espace où il envisageait d'aménager leurs bureaux parisiens. L'endroit avait du cachet, ce serait parfait pour y recevoir les clients.

— Tu m'as fait des cachotteries, lança Jean-Pierre à Olivia, amusé, en la tutoyant. Alors comme ça, tu es la petite-fille de Gabrielle Waters ? Mais au fait, quel âge a-t-elle ?

— Elle a 92 ans et je te garantis qu'elle se porte mieux que nous, lui rétorqua Olivia. Elle vit avec un grand photographe, Federico Banducci.

— Pas possible ! Une vraie famille d'artistes ! J'adore les photos de Banducci. J'en ai d'ailleurs deux chez moi. Et j'ai vendu l'une de ses œuvres l'année dernière. Nous ne sommes pas spécialisés dans la photographie, mais pour un client fidèle je me suis permis une exception... Et ton père, que faisait-il ?

La question lui avait échappé, maintenant que la rouquine avait piqué sa curiosité. À New York, lorsqu'elle avait sous-entendu que son père était décédé, il n'avait pas osé l'interroger à ce sujet.

— Producteur, lâcha Olivia. C'était Tom Page, pour ne rien te cacher. Et ma mère... est actrice.

Elle ne développa pas et il eut le tact de ne pas insister – même s'il était curieux d'en savoir plus sur cette discrète jeune femme à l'impressionnant pedigree !

— Attends, bredouilla-t-il soudain, après avoir fait le rapprochement avec Gabrielle Waters. Tu es la fille de...

— Oui, anticipa Olivia avec un sourire innocent.

— Tu... tu es la fille de Gwen Waters ? Non mais je rêve...

Jean-Pierre en avait les yeux qui brillaient. Olivia pouffa.

— Tu connais ?

— Et toi, tu connais Renoir ? Si nous devons travailler ensemble, il faut absolument que tu me la présentes.

— Je suis sûre que nous en aurons l'occasion. Tu sais qu'elle aussi peint ? Pour passer le temps, entre deux films. Je ne suis peut-être pas objective, mais je la trouve douée.

— Je crois que tu ne te rends pas compte... J'ai vu tous ses films ! Quand mon père apprendra ça... C'est son plus grand fan ! Je crois même qu'il est un peu amoureux d'elle.

Olivia ne s'en étonnait pas, sa mère avait toujours fasciné les hommes.

— Voilà, tu sais tout sur moi, conclut-elle. Et toi, alors ?

— Mon père, tu connais. Ma mère est morte quand j'avais 7 ans. Je suis enfant unique...

— Moi aussi. Et moi, c'est mon père qui est mort quand j'avais 7 ans.

— Alors nous sommes jumeaux, en quelque sorte. Et à présent, nous allons travailler ensemble ! Ah, le destin...

S'il n'avait pas été en affaires avec elle, il lui aurait sans doute demandé s'il y avait un homme dans sa vie. Mais il eut la correction d'en rester là.

— Tu as envie de sortir, ce soir ? Ou tu tombes de fatigue ? lui demanda-t-il plus tard, alors qu'ils déambulaient dans la rue du Faubourg-Saint-Honoré, longeant les boutiques de marques prestigieuses telles que Chanel, Hermès, Yves Saint Laurent, et les devantures luxueuses de bijouteries.

— Je suis en pleine forme.

— Un de nos clients vient de reprendre une boîte de nuit, Chez Castel. Il s'agit d'un club privé, et il y donne une soirée aujourd'hui. J'ai promis à mon père d'y faire un saut. Tu veux m'accompagner ?

— Avec plaisir, mais je ne suis pas sûre d'avoir apporté de tenue appropriée...

— Viens comme tu es, il n'y a pas de *dress code* ! On dîne ensemble avant ? La soirée ne commencera pas avant minuit. À moins que tu ne satures de ma compagnie...

— Ce serait fâcheux que ce soit déjà le cas, le taquina-t-elle.

— Alors c'est entendu, je nous trouve une brasserie sympa pour ce soir, et je passe te chercher au Ritz sur le coup de 21 heures. Comme ça, tu peux te reposer un peu. Ça te va ?

Olivia regagna sa chambre d'humeur joyeuse. L'après-midi avait été riche et elle se réjouissait de découvrir la vie nocturne à Paris.

À 21 heures, Jean-Pierre l'attendait à l'accueil. Comme il le lui avait suggéré, Olivia était vêtue simplement. Elle portait un jean, des talons hauts, et un pull à strass et une veste en fourrure ajoutaient à sa tenue une touche de sophistication. Minuit arriva et ils se rendirent chez Castel, dont l'entrée était cachée dans une ruelle obscure. Par contraste, la foule très select des invités respirait le chic et le glamour. Certains, des artistes, assurément, se distinguaient par leur apparence originale, tandis que d'autres avaient opté pour un look plus détendu, comme Olivia.

Jean-Pierre et elle pénétrèrent dans le petit restaurant étriqué du rez-de-chaussée, puis, guidés par la moquette aux motifs artistiques osés (rien de moins que des sexes masculins en érection), ils descendirent au sous-sol. Là, les convives buvaient et bavardaient sur fond de techno bruyante mais pas assourdissante. Jean-Pierre présenta Olivia à leur hôte, un quadragénaire séduisant flanqué d'un jeune éphèbe anglais. Celui-ci était accompagné d'une belle blonde en jean et chemise en dentelle.

Le jeune Anglais fit les présentations.

La blonde s'appelait Eileen Jackson.

Olivia n'entendit pas Jean-Pierre la présenter à son tour, mais elle vit la femme de Paul se décomposer.

Elles se dévisagèrent, muettes, pendant quelques instants, retenant leur souffle. Puis Eileen tendit la main. Olivia la serra, un sourire crispé aux lèvres.

La main de la femme dont elle avait brisé le couple.

— Il faut croire que c'est le destin, lança poliment Eileen. Vous êtes aussi ravissante que mes fils me l'ont laissé entendre.

— Je suis tellement désolée, répondit Olivia, livide, dans un murmure que seule Eileen entendit.

Sa rivale n'avait jusqu'alors été qu'une abstraction, un obstacle invisible. Maintenant qu'elle l'avait en face d'elle en chair et en os, la jeune femme mesurait l'impact de ses actes.

— C'est du passé, dit aimablement Eileen. Et peut-être un mal pour un bien. Voilà où j'en suis, j'ai retrouvé ma liberté ! Au fond, votre… intervention a été salutaire, on aurait dû se séparer depuis longtemps, Paul et moi.

— Merci. Je regrette, sincèrement.

Les hommes assistaient à leur étrange échange sans rien comprendre.

— C'est toujours plus compliqué que ce que l'on pense, ajouta Olivia. Si c'était à refaire, je ne le referais pas. Cette histoire m'a appris quelque chose. À Paul aussi, j'en suis sûre.

— Ça, je ne sais pas, mais ce qui est sûr, c'est qu'il est en train de faire pénitence, à s'occuper des enfants comme je l'ai fait seule pendant près de vingt ans. La roue tourne ! riposta Eileen, enjouée.

C'était là le plus terrible : elle avait l'air très sympathique. Dans une autre vie, Olivia et elle auraient pu devenir amies. Olivia se mordait les doigts de lui avoir pris son mari.

— J'espère que tout va s'arranger pour vous, lui dit-elle avec chaleur.

— Mais je me porte à merveille ! lui répondit Eileen.

La foule les sépara et Jean-Pierre présenta Olivia à d'autres invités.

— Qui était-ce ? lui demanda-t-il peu après. Une actrice ? Elle est pas mal du tout.

— C'est une longue histoire. Je te la raconterai un jour, mais pas ici.

Olivia avait eu un déclic. Rencontrer Eileen l'avait réveillée, sortie de sa transe. Elle n'avait rien à faire avec Paul Jackson. Peut-être que sa femme le reprendrait. Peut-être pas. Mais Olivia était catégorique : avec Paul, c'était fini.

— C'était qui ? demandait Hugo à Eileen à peu près au même moment.

— La fameuse jeune femme pour qui Paul m'a plaquée, répondit Eileen.

Elle se sentait habitée par un calme étrange et libérateur.

— Hein ? Mais tu la connaissais ? l'interrogea Hugo, horrifié.

— Absolument pas ! Et le plus drôle, c'est que j'ai comme l'impression qu'il y a de l'eau dans le gaz entre eux, et que Paul n'est pas encore au courant. Tu connais le type avec qui elle était ?

— C'est Jean-Pierre Muset, le fils d'un marchand d'art. Quand Jonathan ne reprend pas des boîtes de nuit, il lui achète des toiles.

— Il est pas mal du tout. Paul a du souci à se faire.

— Tu espères le récupérer ?

— Jamais ! répliqua Eileen du tac au tac. Ça y est, j'aime trop ma vie sans lui. Et quand j'aurai ma propre petite entreprise, je serai encore plus épanouie. C'est décidé, je demande le divorce. J'ai déjà contacté un avocat. Il n'y a plus qu'à !

Olivia et Jean-Pierre ne firent pas de vieux os chez Castel. Une heure après leur arrivée, ils ressortaient déjà. La salle était bondée, le volume sonore ne cessait d'augmenter et, si Olivia ne revit pas Eileen, la savoir là ne la mettait pas particulièrement à l'aise.

Pourtant, leur rencontre inopinée lui avait ouvert les yeux. Olivia ne croyait pas aux signes, mais en l'occurrence, il y avait de quoi être troublée.

Une fois à l'air libre, elle huma à pleins poumons la fraîcheur de la nuit. La soirée avait été extraordinaire, à plus d'un titre, mais la fatigue commençait à la rattraper. Jean-Pierre la reconduisit à son hôtel sans la questionner sur son intriguante rencontre, et Olivia ne lui révéla rien de plus. Cette histoire ne le concernait pas.

Au cours des deux semaines suivantes, Olivia et Jean-Pierre travaillèrent d'arrache-pied. Après de longues journées de recherches, de négociations et de réflexion, ils rempilaient en dînant ensemble. Ils étaient à l'aise l'un avec l'autre et sur la même longueur d'onde. Ils parlaient même déjà d'ouvrir une antenne à Londres. Olivia avait promis de revenir en avril, et ses avocats planchaient sur l'aspect juridique de l'entreprise. Quant à Jean-Pierre, il lui appartiendrait désormais de poursuivre l'édifice dont ils avaient posé ensemble les premières pierres.

Olivia paraissait contente de leur collaboration, et Jean-Pierre s'en félicitait. Il avait un certain talent pour les affaires, connaissait le monde de l'art comme sa poche et avait des contacts à profusion. Il avait su donner une nouvelle dimension au projet d'Olivia. Dès qu'il avait découvert par hasard son profil, il avait su qu'il voulait travailler avec elle.

Ce dont il était loin de se douter, c'était de l'effet qu'elle produirait sur lui. Elle l'attirait irrésistiblement. Aussi, la veille de son départ, il lui posa la question qui lui brûlait les lèvres depuis le premier jour. Jusque-là, il n'avait pas osé : dès qu'il faisait mine d'esquisser un rapprochement, il la sentait sur la réserve. Était-ce en raison de la nature professionnelle de leur relation, ou à cause d'un autre homme ? C'était là ce qu'il désirait savoir.

Il se jeta à l'eau.

— Olivia, y a-t-il quelqu'un dans ta vie ? Par moments, il me semble que oui, mais parfois tu parais libre comme l'air...

— Je sors avec quelqu'un depuis environ un an, lui répondit Olivia. Mais... c'est compliqué. Trop, d'ailleurs. Je crois que je vais mettre un terme à notre histoire. Après, je serai « libre comme l'air », comme tu dis.

Elle lui décocha un sourire malicieux qui l'emplit d'espoir.

— Je suis peut-être totalement à côté de la plaque, mais ça a un rapport avec la femme de chez Castel ? se risqua à demander Jean-Pierre.

Olivia haussa un sourcil.

— Impressionnant, commenta-t-elle. Oui, en effet.

Elle se tut un instant, semblant peser le pour et le contre, puis elle vida son sac :

— C'est sa femme. Ils sont en train de divorcer. Je ne l'avais jamais rencontrée avant cette soirée. Sa gentillesse m'a complètement désarmée.

— Dans ce cas, nous aurons sans doute beaucoup de choses à nous dire en avril, lui glissa Jean-Pierre. D'ici là, j'attendrai.

Il aurait été inutile de bousculer le cours des choses. La jeune femme avait manifestement des affaires à régler. Cependant, il espérait s'être montré clair dans ses intentions. Il se passait quelque chose entre Olivia et lui, quelque chose qui débordait du cadre strict de leur collaboration professionnelle, et qui pourrait bien se concrétiser, avec le temps.

Devant le Ritz, Jean-Pierre embrassa chastement Olivia sur la joue et lui dit :

— Bon retour, et à bientôt.

Puis, prenant tendrement sa main, il ajouta :

— Je penserai à toi.

Pour son plus grand bonheur, la jeune femme lui répondit qu'elle aussi.

Et elle s'engouffra dans le hall de l'hôtel.

12

Le vol parut durer une éternité. Olivia était impatiente d'arriver pour parler à Paul. Ils avaient échangé quantité de SMS pendant son séjour à Paris, mais rien sur le sujet qui la préoccupait.

Enfin, l'avion se posa sur le tarmac. Paul avait proposé de faire garder les enfants pour aller l'accueillir à l'aéroport, mais Olivia avait décliné, préférant qu'il la rejoigne à son appartement. Elle avait besoin de ce sas entre Jean-Pierre, Paris et lui. Elle récupéra sa valise, franchit les douanes en vitesse, monta dans un taxi et, sitôt chez elle, téléphona à Paul. Il devait guetter son appel, car il décrocha à la première sonnerie. Il paraissait si joyeux de l'entendre que le cœur d'Olivia se serra. Elle espérait ne pas flancher en le revoyant. Depuis sa rencontre avec Eileen, elle se sentait tellement sûre de sa décision. Si elle avait connu la femme de Paul dès le début, il ne se serait jamais rien passé entre eux. Sa mère avait raison : la culpabilité de briser un ménage était trop lourde à porter. Elle s'en voulait terriblement, mais il n'était peut-être pas trop tard pour réparer le mal causé.

— Je suis chez toi dans un quart d'heure, lui assura Paul avant de raccrocher.

Olivia se débarbouilla, se recoiffa et l'attendit.

Il s'illumina à sa vue. Olivia, par contraste, s'assombrit, et Paul se décomposa.

— Je te sers un verre ? lui proposa-t-elle.

— Je vais en avoir besoin ? devina-t-il.

— Il faut qu'on parle.

Elle ne l'avait pas laissé l'embrasser et il n'avait pas essayé, la sentant sur la défensive. Olivia avait de la peine pour lui en voyant le désarroi se peindre sur son visage. S'imaginait-il qu'elle s'était éprise d'un autre, en deux petites semaines ? Non, il ne s'agissait même pas de cela.

Elle s'assit dans le salon et il s'installa en face d'elle.

— Il s'est passé beaucoup de choses depuis mon départ, commença-t-elle. Sur le plan professionnel, d'abord. Ce séjour a été très fructueux, on parle déjà d'ouvrir une antenne à Londres après Paris. Du coup, je vais être amenée à faire des allers-retours en Europe au cours des prochains mois. On ne va pas beaucoup se voir. Ne fais pas cette tête ! Ma boîte, c'est mon bébé, et il s'agit d'une super opportunité.

Elle se racla la gorge.

— J'ai également pris une décision nous concernant, Paul. Je ne veux pas faire ma vie avec un homme qui a des enfants. Je ne suis même pas sûre d'en vouloir moi-même un jour. Je suis désolée de te dire ça après tout ce qu'on a traversé, mais tes enfants ne veulent pas de moi, eux non plus. C'est au-dessus de mes forces. Peut-être que je suis trop jeune, mais ça me fait flipper. Ajoutons à cela le fait que je doive me battre pour te voir en coup de vent une fois par semaine, au mieux...

Elle marqua une pause pour laisser Paul accuser le coup. Mais il protesta :

— Olivia, tu ne peux pas me faire ça ! Pas maintenant ! Eileen rentre dans une semaine, et après, tout recommencera comme avant !

— Jusqu'à ce qu'un de tes enfants refasse une otite... ou une grossesse, rétorqua Olivia, cassante. L'été dernier, j'ai dû me contenter de quelques heures à la dérobée. Je ne veux pas revivre ça. Tu as choisi d'élever trois enfants, c'est ton droit, mais moi, je ne suis pas prête à assumer ce genre de responsabilité. Et je ne veux pas te partager avec eux.

Elle avait opté pour la franchise la plus crue, quitte à choquer.

— Je ne veux plus rivaliser avec eux pour ton attention, pour ton affection. Est-ce que ça fait de moi une égoïste ? Peut-être. Mais je suis comme je suis.

— Olivia, j'ai quitté ma femme pour toi. Ma famille, mes enfants, justement. J'ai renoncé à tout. Tu ne peux pas me plaquer aujourd'hui. Ce n'est pas juste ! J'ai tout sacrifié, et maintenant tu m'annonces que je représente un... un fardeau que tu n'es pas prête à porter ?

— Pas toi : tes enfants. Les enfants en général. Je l'admets sans honte : si je tombais enceinte aujourd'hui, je préférerais avorter. Et puis, tu n'es pas tout à fait honnête ! Tu m'avais fait croire que c'était fini depuis longtemps avec ta femme, que vous cohabitiez, tout au plus, pour les petits, d'un commun accord. Tu m'as fait croire que tu étais un homme libre ! Tu m'as menti, ou alors tu te mentais à toi-même. Ce n'était pas terminé avec Eileen, et d'ailleurs ça ne l'est toujours pas. Sinon, comment expliques-tu que tu n'aies pas contacté d'avocat alors que ça fait presque un an qu'on couche ensemble ? Je vais te le dire : parce que tu n'es pas sûr de ta décision. Et tu le sais aussi bien que moi. Tu as mis ton couple en péril en quittant ton domicile, mais ta femme, tu ne l'as pas encore quittée. Tu t'ennuyais avec Eileen. Tu n'étais plus amoureux d'elle. Mais qu'est-ce que tu as réellement sacrifié pour moi ? Rien.

Elle s'emportait.

— La preuve, poursuivit-elle, tu es retourné vivre à Greenwich, comme au bon vieux temps. C'est à ce moment-là que tu m'as perdue. Cela fait trois mois qu'on ne se voit plus…

— Je n'avais pas le choix ! Plus que quelques jours et je n'y remettrai plus les pieds ! Tu ne peux vraiment pas attendre une semaine de plus ? Tu vas vraiment me faire ce coup-là ?

Puisque l'implorer n'avait pas marché, il tentait de la faire culpabiliser.

— Et ce divorce ? contre-attaqua Olivia. Qui me dit que tu finiras par avancer ?

— Moi. Je te le promets.

— Je ne te crois pas. Je ne te crois plus ! Le divorce aurait pu être signé depuis longtemps. La vérité, c'est que tu n'es pas motivé.

— Tu te trompes ! Je ne suis rentré à Greenwich que parce que je me sentais redevable envers Eileen, et pas du tout par envie. Toi aussi, quand je la trompais...

— Ah, ne me mêle pas à ça ! Ce sont vos histoires, l'interrompit froidement Olivia.

Allait-il maintenant la traîner dans la boue, les autres stratégies ayant échoué ? Olivia trouvait soudain Paul mesquin et petit.

— Mais tu y étais mêlée, insista-t-il durement.

— Eh bien, c'était une grave erreur. C'est mal, ce qu'on a fait, et je ne le referai plus jamais. J'ai rencontré Eileen quand j'étais à Paris...

— Hein ?! Tu t'es arrangée pour la rencontrer ? s'épouvanta Paul.

— Mais non, enfin ! Par hasard. Pour qui me prends-tu ? C'était à une soirée...

— Mais de quoi avez-vous parlé ? la coupa Paul, paniqué.

— De rien. Je lui ai dit que j'étais désolée. Que je n'avais pas le droit de m'immiscer dans ta vie. Que j'aurais dû te laisser te dépatouiller tout seul avec tes problèmes de couple. Il est peut-être encore temps...

— Et elle, elle t'a dit quoi ?

— Elle s'est montrée très classe. Elle semblait heureuse, épanouie. Elle m'a même dit que c'était un mal pour un bien. Mais ça n'efface rien de ce qu'on a fait. Elle a dû en baver avant d'en arriver à cette sagesse. Paul, je tiens à toi, mais je n'assume plus la façon dont est née notre relation et je n'en aime pas les conséquences. Je n'aime pas les sacrifices qu'il me faudrait consentir pour qu'on reste ensemble. Je n'ai aucune envie de passer ma vie à t'attendre. Je n'ai aucune envie de m'investir avec tes enfants. Et si jamais tu changeais d'avis... je ne veux pas que tu me brises le cœur.

— Personne ne te demande d'élever mes enfants ! C'est le boulot d'Eileen...

— Tu crois ? Tu crois qu'elle n'aura que ça à faire, quand elle montera sa boîte ? Mais tu t'imagines quoi ? Elle aura nettement moins de temps à consacrer à vos enfants ! Il va falloir que tu assumes ton rôle de père ! Elle m'a dit qu'elle faisait tout à la maison depuis vingt ans et, à l'entendre, elle en a assez. C'est fini, Paul. Je me retire. Je crois que ça couvait déjà quand je suis partie à Paris. Maintenant, j'en suis sûre. Ne laissons pas notre histoire s'essouffler lentement. Mieux vaut crever l'abcès. Comme ça, tu pourras redonner une chance à ton histoire avec Eileen. Qui sait ? Elle n'est peut-être pas terminée. Elle m'a fait l'effet d'une femme géniale. Vraiment !

— Elle ne me pardonnera jamais ce que nous lui avons fait, maugréa Paul.

Nous ? Mais quel lâche, songea-t-elle. D'abord, il avait accablé Eileen de tous les maux pour justifier son infidélité, et maintenant il rejetait la faute sur Olivia ! Qu'il devait donc s'en vouloir, pour chercher à lui faire porter le chapeau de la sorte...

Paul se leva et la toisa, pâle comme un linge, mais elle ne cilla pas.

— Je regrette, Paul. Pour de vrai, dit-elle, déterminée, se levant à son tour.

Ils restèrent un moment à se regarder en silence, puis Paul tourna les talons et sortit sans essayer de l'embrasser ou de lui professer son amour. Peu importait. Olivia ne l'aimait plus, ou alors pas assez. Et ce depuis plus longtemps qu'elle n'avait bien voulu se l'avouer.

La porte se referma doucement. Paul n'insisterait pas, Olivia en aurait mis sa main au feu. C'était terminé.

Elle faillit pleurer, mais se ressaisit. Elle avait fait le bon choix, pour une multitude de raisons. Même si elle n'avait pas rencontré Jean-Pierre, elle aurait rompu avec Paul. Elle ne s'immiscerait plus entre lui et sa femme. Plus jamais. Elle avait dit vrai : elle était rongée par le remords. Sous le charme de cet homme, elle avait eu la faiblesse de croire les mensonges qu'il lui servait, parce que ça l'arrangeait. Mais il s'agissait d'un flirt, pas d'un grand amour. Le couple des

Jackson n'avait pas rendu son dernier souffle, Olivia en était persuadée.

Elle soupira. Ainsi s'achevait sa première et dernière aventure avec un homme marié. Au moins, elle avait appris de son erreur : on ne l'y reprendrait plus. Soulagée d'un poids écrasant, elle entreprit de défaire sa valise.

Le lendemain, Olivia dîna avec sa mère et sa grand-mère. Elle leur parla de ses projets avec Jean-Pierre Muset, Gabrielle évoqua sa prochaine expo au MoMA, prévue en mai ; quant à Gwen, elle avait enfin lu un scénario solide, et un producteur réputé était déjà sur le coup – le rôle allait être fabuleux. Tout le monde était donc sur son petit nuage.

Vers la fin de la soirée, Olivia annonça sa rupture avec Paul.

— C'est un soulagement, précisa-t-elle, de crainte de les inquiéter.

Gwen et Gabrielle se réjouirent. Olivia était si euphorique qu'elle faillit raconter à ses aînées la proposition que Jean-Pierre lui avait faite à demi-mot la veille de son départ, mais finalement, elle s'abstint. Après tout, il ne s'était encore rien passé. Le cas échéant, Gwen et Gabrielle lui feraient forcément bon accueil : Jean-Pierre avait le bon goût de ne pas être marié, lui !

13

Eileen rentra chez elle sitôt sa formation achevée. Elle partit le cœur gros ; l'école, les enseignants et ses camarades allaient lui manquer – Hugo en particulier. Mais une amitié solide s'était tissée entre eux, et ils se promirent de rester en contact.

Et voilà qu'Eileen était diplômée. Elle venait de vivre l'une des expériences les plus stimulantes de sa vie. Elle en était ivre de joie et de fierté. Sa formation avait été un succès retentissant. Les professeurs, pleins de bienveillance, lui avaient prodigué une foule de conseils pratiques concernant l'idée qui lui trottait dans la tête. Elle mourait déjà d'impatience de se lancer. Et, bien sûr, il lui tardait de revoir les enfants.

Elle avait communiqué à Paul ses horaires de vol afin qu'il puisse s'organiser et partir avant son arrivée. Il n'aurait qu'à apporter ses valises au bureau en quittant les enfants ce matin-là. Eileen ne tenait pas à le voir en franchissant le seuil de la maison. Elle lui téléphonerait d'ici quelques jours pour l'informer de sa décision de divorcer. Il était temps. Puisque

Paul atermoyait sur ce front, c'est elle qui prendrait les choses en main.

Son avion atterrit en début d'après-midi à l'aéroport international de New York. Le timing était parfait : elle serait à la maison lorsque les enfants rentreraient de l'école. Les garçons avaient baseball et Pennie enchaînait une réunion du bureau des élèves puis une petite cérémonie en son honneur pour la remercier de son engagement associatif auprès des enfants défavorisés. Eileen aurait donc amplement le temps de reprendre ses marques.

Son taxi la déposa chez elle à 14 h 30. Sur le perron, elle ne put réprimer un sourire. Il faisait bon rentrer chez soi.

Paris avait été une parenthèse enchantée. Désormais, entre les enfants et son projet, elle n'aurait plus une minute à elle. Mais elle était dans une bonne dynamique, prête à se retrousser les manches et à aller de l'avant.

Mille pensées se bousculaient dans sa tête quand elle entra dans la maison, lorsque soudain quelque chose la fit sursauter : elle n'était pas seule !

— C'est toi, Paul ? Qu'est-ce que tu fais là ? Je t'ai pris pour un cambrioleur !

— J'ai pris ma journée.

D'autorité, il saisit sa valise et la lui monta à l'étage. Eileen promena son regard dans la chambre : elle était parfaitement rangée, le lit était fait. La maison respirait l'ordre et la propreté. Paul avait effacé toute trace de son séjour.

— Tu as fait des progrès en ménage, dis donc ! le complimenta-t-elle.

Ils se tenaient l'un en face de l'autre, comme deux vieilles connaissances que le temps a éloignées. Cela faisait à peine six mois qu'ils ne vivaient plus sous le même toit, mais Paul était déjà comme un étranger pour elle. De fait, Eileen elle-même se sentait comme une nouvelle personne depuis sa métamorphose parisienne.

— Tu veux du thé ? lui proposa-t-il.

— Euh, non, merci, dit-elle, un peu surprise de se voir traitée en invitée dans sa propre demeure.

— Bon, fit Paul. Félicitations pour ton diplôme, au fait !

Son malaise était palpable. Bon sang, mais que faisait-il encore ici ? Il avait son appartement à New York, sa copine, sa vie ! Eileen ne savait pas comment le mettre gentiment à la porte.

— Tu dois être soulagé, supposa-t-elle. Tu n'auras plus à faire la navette, désormais.

Sur ce, elle entreprit de défaire sa valise.

— En fait, lui répondit Paul, je crois que ça va me manquer. Pas les transports en commun, bien sûr, mais les enfants. C'était chouette de passer autant de temps avec eux.

Un silence s'installa.

— On peut parler cinq minutes ? demanda-t-il alors.

Fatiguée par le long voyage, Eileen n'en avait aucune envie.

— OK, céda-t-elle dans un soupir. Viens.

Ils se rendirent dans le bureau.

— Alors ? lança-t-elle. De quoi veux-tu parler ? C'est les enfants ? Il y a un problème ?

Eileen avait eu de leurs nouvelles tous les jours, mais peut-être lui avaient-ils caché quelque chose de crainte de gâcher son séjour à Paris.

— Les enfants vont bien, la rassura cependant Paul. C'est de nous qu'il s'agit.

Allons bon. Il veut causer divorce maintenant..., songea Eileen.

— On est obligés de faire ça tout de suite ? Je ne me suis même pas encore douchée...

Les papiers d'Eileen étaient signés, prêts à être envoyés à l'avocat de Paul sitôt qu'il lui en communiquerait les coordonnées, mais ils n'étaient pas à la minute près ! Peut-être Olivia lui mettait-elle la pression ?

— J'ai tout réglé de mon côté, dit-elle à Paul. Ça ne devrait pas traîner.

Il la fixait sans comprendre.

— De quoi parles-tu ? Oh. Du divorce. En fait, je... Ce n'est pas ce que je souhaite, lâcha-t-il. J'aimerais qu'on refasse un essai, toi et moi, si tu es d'accord. Pendant ton absence, je me suis rendu compte de la

234

valeur qu'avait notre famille, notre couple. J'ai fait une grosse bêtise, mais c'est fini, je sais où j'en suis, maintenant.

— Tiens donc. Et Olivia ?

— On a rompu à son retour de Paris.

Eileen n'aurait pas su expliquer pourquoi, mais elle avait la certitude que la décision ne venait pas de lui. Elle se rappela l'impression que lui avait faite Olivia chez Castel. Ainsi, son intuition ne l'avait pas trompée.

— Et pour quelle raison ? s'enquit Eileen sans rien laisser paraître de ses soupçons.

— C'était... juste une amourette, elle et moi. Un coup de folie. C'est ma famille que je veux, Eileen, pas une gamine. Je n'ai pas envie de tout recommencer de zéro. Je veux qu'on se retrouve.

S'il s'était fait quitter, il n'y avait rien d'étonnant à ce qu'il cherche à se replier dans le confort de son foyer, avec sa routine bien rodée et une épouse aux petits soins. Oui, c'était bien ça : plaqué par Olivia, Paul cherchait un refuge où panser ses plaies.

— Olivia t'a dit qu'on s'était croisées ? Elle est superbe, commenta innocemment Eileen.

— Oui, mais toi aussi. Et puis, toi et moi, on se complète. Les enfants ont besoin de nous deux. On était bien, ensemble...

Eileen ne sourcilla pas. Il avait peut-être besoin d'elle, mais la réciproque n'était plus vraie. Elle avait acquis chèrement sa liberté et n'y renoncerait pour rien au monde, et surtout pas pour lui. D'autant qu'il ne lui manquait en aucune façon ! Ces trois derniers mois, elle avait tourné la page. Son regard se portait vers l'avenir, pas vers le passé.

— C'est impossible, Paul, déclara-t-elle. Il est trop tard.

— Mais ça ne fait que quelques mois... On pourrait consulter un thérapeute de couple...

— Il y a un an, il y a six mois, j'aurais peut-être accepté. Et encore, je ne sais pas si ça aurait été une bonne idée. Aujourd'hui... Même si tu avais réellement quitté Olivia... Mais n'insiste pas : c'est non.

— Mais je l'ai quittée !

Il mentait. Eileen ne pouvait pas le prouver, mais elle le connaissait par cœur. De toute façon, qu'il lui mente ou qu'il lui dise la vérité, cela ne lui faisait plus ni chaud ni froid. Pendant dix-huit ans, elle lui avait tout passé. C'était terminé.

— Je ne te crois pas, affirma-t-elle calmement. Et ça m'est bien égal. Je suis navrée que ça n'ait pas marché entre vous, mais je ne suis pas ton lot de consolation, Paul. Cela fait six mois que je remonte la pente, lentement mais sûrement. Ma nouvelle vie, j'y tiens. Je ne reviendrai pas en arrière. On aurait dû divorcer il y a des années. Ton Olivia, je lui dois une fière chandelle. Sans elle, on n'aurait pas eu le cran de se quitter. Ensemble, on étouffait, on mourait à petit feu. Maintenant, j'ai à nouveau des rêves, des projets. Je me sens vivante, Paul ! Pas toi ? Tu serais prêt à renoncer à ça ?

Paul, lui, se sentait éteint, brisé. Il regardait Eileen comme un naufragé sa bouée de sauvetage.

— J'étais « chiante », lui rappela gentiment Eileen.

— Pas du tout, protesta-t-il faiblement. Je t'aime...

— Tu resteras toujours quelqu'un d'important pour moi, ne serait-ce que parce qu'on a une famille. Mais tu ne m'as jamais vraiment pardonné d'être tombée enceinte. Et moi, par sentiment de culpabilité, je me suis interdit de vivre. Je ne recommencerai pas, ça me tuerait.

— Je t'en prie.

Quand il se mit à pleurer, Eileen se troubla. Mais il n'avait pas le droit de l'implorer, et elle ne se laisserait pas ébranler. Il pouvait bien sangloter tant qu'il voulait, elle ne le reprendrait jamais. Leur histoire était biaisée depuis le départ. Il était temps que ça cesse.

— Je demande le divorce dans le courant de la semaine, décréta-t-elle. Il faut qu'on tire un trait sur tout ça. C'est ta rupture avec Olivia qui te met dans tous tes états. Tu t'en relèveras. Elle était trop jeune pour toi, de toute façon. Mais tu retrouveras quelqu'un qui te correspond ! Nous ne formions pas un couple solide...

— Mais si ! s'obstina-t-il comme un enfant en plein caprice.

À le voir ainsi, Eileen en reçut la confirmation : elle ne l'aimait plus.

— Réfléchis à ma proposition, insista-t-il.

— J'ai eu des mois pour réfléchir, Paul. Toi et moi, c'est fini. Il ne reste plus qu'à officialiser notre rupture et reconstruire nos vies.

— Pourquoi ne pas la reconstruire ensemble ?

— Parce que je veux divorcer.

Cette fois, au moins, le message était clair !

— Et les enfants ? Ils ont besoin d'un couple parental uni. C'est bon pour eux !

Il tentait le tout pour le tout. Mais Eileen ne fléchit pas.

— Pennie quitte la maison dans quelques mois, les garçons dans six ans. Je ne vais pas m'arrêter de vivre jusque-là ! J'ai déjà donné. En plus, les parents épanouis font les enfants heureux. Et je le suis, épanouie ! C'est ça qui est bon pour eux.

Elle se leva, espérant couper court à la discussion.

— Je te laisse, j'ai du boulot, conclut-elle d'une voix douce mais ferme.

— Pense à nous, Eileen, je t'en supplie.

— C'est toi qui aurais dû y penser ! l'interrompit-elle, cinglante. Si Olivia voulait encore de toi, tu ne serais pas là. Il est hors de question que je joue les bouche-trous jusqu'à ta prochaine « amourette ». Entre nous, c'est fini, terminé, basta. Et maintenant, s'il te plaît, rentre chez toi.

Il tressaillit et sortit sans mot dire, dévalant les marches du perron avec la délicatesse d'un ours en colère. Eileen résolut de faire changer les serrures.

Cinq minutes plus tard, son portable vibra. Un SMS de Paul :

Sale garce !

Eileen serra les dents. Dire qu'il lui avait fait le numéro de l'amoureux transi ! Heureusement qu'elle n'était pas tombée dans le panneau. Qu'il se débrouille, dorénavant. Elle avait d'autres chats à fouetter.

Elle était aux fourneaux quand les enfants rentrèrent. Il flottait dans la maison un fumet délicieux.

— Maman ! s'écrièrent les garçons en lui sautant au cou.

Il ne manquait plus que Pennie. Tandis qu'ils l'attendaient, Eileen reçut un nouveau SMS de Paul. Ça avait le mérite d'être laconique :

Désolé.

Eileen s'était bien gardée de répondre à son insulte, et elle n'accusa pas non plus réception de ses excuses. Il était temps de lâcher du lest. Paul était un grand garçon. Il s'en sortirait. Bientôt, il y aurait une nouvelle femme dans sa vie, sans doute, mais il ne s'agirait pas d'Eileen.

Le lendemain, sitôt les enfants partis pour l'école, Eileen appela son avocat pour mettre la machine en branle. Les documents allaient être envoyés à Paul l'après-midi même. Ensuite, elle fit venir un serrurier. Paul n'était plus chez lui ici. Eileen s'en voulait un peu de l'avoir embrouillé en l'obligeant à revivre sous son ancien toit, mais le mal était fait, et elle ne voyait pas comment ils auraient pu s'arranger autrement sans qu'elle renonce à sa formation. Le soir, elle annonça le divorce aux enfants. Ils furent un peu tristes, mais guère étonnés. Pennie profita d'un moment d'absence des jumeaux pour dire à sa mère à quel point elle approuvait sa décision.

— Merci, ma puce. Je crois vraiment que c'est pour le mieux.

Elle la serra dans ses bras. Tout allait bien.

Pour Pennie, en revanche, le stress était à son comble. Ses courriers d'admission devaient arriver d'un jour à l'autre. Elle avait déjà été acceptée à l'université de New York et à Columbia, qui n'étaient pas ses premiers choix. Elle attendait des nouvelles de Harvard, Yale et Princeton, mais également, avec moins d'impatience peut-être, de Dartmouth et de Duke (cette dernière université était située en Caroline du Nord, où la jeune fille ne se voyait pas passer les quatre prochaines années ; quant à Dartmouth, c'était un foyer d'athlètes accros aux endorphines et Pennie doutait de s'y sentir à sa place). Tous les jours, elle retenait son souffle jusqu'au passage du facteur.

On devinait les bonnes nouvelles à l'épaisseur de l'enveloppe. En effet, les candidats admis recevaient habituellement une liasse de formulaires à renvoyer. Les enveloppes plus fines ne renfermaient en général qu'une lettre imprimée (rien de très original : « Cher Untel, malgré les nombreuses qualités que présente votre dossier, nous sommes au regret de vous informer que... »). Plusieurs camarades de Pennie en avaient déjà reçu et, chaque fois, l'angoisse de la jeune fille augmentait d'un cran.

Un jour, sa mère lui téléphona alors qu'elle se trouvait au lycée : elle venait de trouver dans la boîte aux lettres un courrier de Princeton. Pennie se rua à la maison.

— Je suis trop contente que tu sois rentrée ! s'exclama Pennie. Te voir ici c'est quand même mieux que par Skype.

— Oh que oui ! renchérit Eileen, émue.

Pennie décacheta l'enveloppe... et poussa un cri de joie.

— Je suis prise, maman ! Je suis prise ! s'exclama-t-elle en sautant au cou de sa mère.

Elle s'en était doutée (l'enveloppe était épaisse), mais on ne savait jamais.

— Tu vas y aller, alors ? lui demanda sa mère en se dégageant doucement.

— J'attends de voir si je suis admise à Yale, et surtout à Harvard.

Il lui restait jusqu'à mai pour se décider. Ensuite, faute d'avoir répondu dans les délais, sa place se verrait offerte à l'un des élèves inscrits sur liste d'attente.

Pennie téléphona à son père, qui la félicita.

Le lendemain, elle reçut le courrier de Duke : son premier rejet. Les effectifs étaient déjà trop importants et l'université était au regret de devoir refuser l'admission à quantité de candidats brillants. Pennie n'en prit pas ombrage.

Arriva ensuite la réponse de Dartmouth : un autre non. Mais Pennie s'en moquait puisqu'elle avait Princeton !

Yale l'avait également placée sur liste d'attente en raison d'un nombre excessif de candidatures. Il ne restait plus que Harvard, son premier choix. Et, cinq jours après le retour de sa mère, un samedi matin, l'enveloppe tant attendue arriva. Pennie ne la trouva qu'à 18 heures, après une réunion au lycée qui avait traîné en longueur – sa mère ne l'avait pas avertie, préférant lui réserver la surprise. Quand la jeune fille pénétra dans la cuisine, alléchée par des odeurs divines, sa mère se contenta de tendre le doigt vers la table de la cuisine. L'enveloppe y était posée. Pennie écarquilla les yeux et retint sa respiration.

— Je fais quoi ? souffla-t-elle.

— Ma foi, rien, plaisanta sa mère. On l'encadre telle quelle. Pour préserver le mystère.

Pennie déglutit. L'enveloppe était plutôt épaisse, mais on ne pouvait jurer de rien. Sa déception serait trop grande si elle se faisait une fausse joie.

Elle prit l'enveloppe, la soupesa, et la décacheta. Puis elle ferma les yeux.

— Pour l'amour du ciel, Pennie, rouvre les yeux ! s'impatienta sa mère. Le suspense est insoutenable.

Pennie obéit et se mit à lire. Elle fut vite fixée : le premier mot du courrier était... « Félicitations ! ». Bouche bée, les yeux ronds, elle se figea avant de pousser un hurlement de triomphe. Ses frères, affolés, accoururent juste à temps pour voir leur sœur aînée soulever leur mère et la faire tournoyer dans les airs.

— Qu'est-ce qui se passe ? demanda Seth, hors d'haleine.

— Je suis prise ! Je suis prise à Harvard ! Je suis prise !

Mark leva les yeux au ciel.

— On a cru que maman s'était tranché le doigt avec ses nouveaux couteaux, ou qu'elle avait fait une crise cardiaque !

— C'est bien, Harvard ? demanda Seth.

— C'est le top du top ! piailla Pennie, euphorique.

Son frère lui décocha un sourire ravi, Mark la gratifia d'une tape dans la main, et Eileen, au milieu, essuya une larme du coin de son tablier.

Pennie sortit téléphoner à son père et à ses amis, puis elle envoya un SMS à Tim, qui lui répondit instantanément pour la féliciter. Ensuite, la jeune fille appela son conseiller pédagogique afin de le remercier pour son soutien et sa lettre de recommandation.

— Tu ne dois ton succès qu'à toi-même, lui rappela sa mère quand elle eut raccroché. Tu as travaillé dur. Souviens-toi de toutes les invitations que tu as déclinées parce que tu préférais préparer tes devoirs d'admission. Tu es formidable, ma chérie. Tu peux être fière de toi. Moi, je le suis.

Elle se remit à pleurer et à rire à travers ses larmes.

Pennie remplit toute la documentation le soir même, y compris la demande d'hébergement sur le campus et les formulaires de refus à adresser aux autres universités. Le lundi matin, elle posta le tout et partit à l'école le cœur léger pour la première fois depuis des mois. Au lycée, on ne parlait que des résultats d'admission. Certains élèves, comme Pennie, exultaient, d'autres déchantaient, mais tous étaient désormais fixés. Ce fut une journée douce-amère : ils allaient bientôt se quitter après avoir traversé l'adolescence ensemble. Pennie repensa à Tim, au bébé, à la fausse couche... Que sa vie aurait pu être différente !

Depuis le drame, elle avait mis sa vie sentimentale en suspens. Elle n'avait pas accepté un seul rencard de toute l'année, et entendait même bouder le bal du lycée. Si elle repoussait aussi systématiquement ses prétendants, c'était parce qu'elle redoutait qu'une nouvelle relation ne débouche sur une autre catastrophe. Il suffisait de si peu... Même en prenant la pilule, il y avait des risques. Le jeu n'en valait pas la chandelle. L'abstinence, c'était encore le plus sûr. Tim, de son côté, avait sans doute une petite amie, mais Pennie ne tenait pas à le savoir et se gardait bien de l'interroger à ce sujet dans les SMS qu'elle lui envoyait.

Au milieu de ce déferlement d'émotions, la joie prédominait cependant. Son rêve s'était réalisé. Elle partait étudier à Harvard ! Plus que cinq mois et elle y ferait ses premiers pas, comme son père avant elle ! Elle n'avait jamais éprouvé pareil sentiment de plénitude et de jubilation.

Le samedi soir, elle sortit fêter ça avec quelques amis qui avaient également été admis dans l'université de leur choix.

Le dimanche, Eileen emmena les enfants dîner au restaurant « en l'honneur des résultats de Pennie ». Elle hésita une fraction de seconde à inviter leur père, mais se ravisa. Ils ne s'étaient pas reparlé depuis qu'il l'avait successivement suppliée et insultée à son retour de Paris. En outre, Paul avait dû recevoir sa demande de divorce : ils seraient amenés à interagir bien assez tôt. À la place, elle invita Jane. Elles avaient beaucoup papoté au téléphone depuis le retour d'Eileen (Jane voulait tout savoir !) mais c'était la première fois qu'elles se revoyaient.

— Ma parole, tu as rajeuni de dix ans ! s'exclama Jane en l'admirant après avoir félicité Pennie. Oublie la chirurgie : il faut t'installer à Paris !

De fait, Eileen rayonnait. Maintenant que sa fille était promise à un bel avenir, elle avait l'esprit libre pour se consacrer à son entreprise. Elle plaça une petite annonce sur un site de recherche d'emploi spécialisé : « Traiteur débutant recrute assistant pour monter son business. Expérience et connaissance de la gastronomie française appréciées. » Elle pensait faire chou blanc, mais les CV se mirent à pleuvoir dans sa boîte mail. Eileen commença par faire un premier tri et, le soir même, elle avait finalement retenu trois candidatures. Elle devinait leur âge, à la louche, grâce à leurs parcours respectifs. Tous avaient travaillé dans des restaurants et l'un avait été l'assistant d'un traiteur pendant six mois. Cependant, la collaboration semblait s'être terminée de façon abrupte, ce qu'Eileen trouvait suspect. Elle décida de rencontrer les trois candidats afin de s'en faire une idée. Elle leur donna rendez-vous, chacun son tour, dans un café du centre de Greenwich.

Elle rencontra d'abord une jeune femme qui avait une solide expérience. Elle avait travaillé comme sous-chef dans deux excellents restaurants français de Boston. Elle présentait aussi l'avantage d'être chaudement recommandée. En revanche, elle était couverte de piercings de la tête aux pieds – oreilles, sourcils, nez, lèvre, langue ! –, et des tatouages barbouillaient intégralement ses avant-bras. Si Eileen voulait consacrer une part importante de son activité à des mariages et autres événements huppés, cela détonnerait sans doute un peu trop.

Le deuxième candidat, un homme d'âge mûr, avait été dans sa jeunesse cuisinier à la chaîne avant de se lancer dans la pâtisserie. Il n'était pas très amène, mais il avait un CV en béton armé. Cependant, il pérora une demi-heure sur l'art et la manière de diriger une équipe et Eileen sentit le malaise la gagner vers le milieu de l'entretien : le courant ne passait pas. Or il était essentiel qu'elle s'entende avec son futur partenaire. Eileen soupira. Peut-être avait-elle placé la barre trop haut. Elle cherchait la perle rare : quelqu'un qui inspire confiance aux clients, qui ne soit ni revêche ni intimidant, quelqu'un qui présentait bien, en somme, mais qui savait aussi gérer d'une main de maître les prestataires : loueurs et fournisseurs, serveurs, hôtesses d'accueil, fleuristes, grossistes... Il fallait en sus s'y connaître en cuisine, avoir du goût, être à même d'interagir avec le client dans l'éventualité où Eileen serait indisponible.

Car elle avait de l'ambition. Bien menée, son affaire pouvait se révéler très lucrative. Lorsque la jeunesse dorée de Greenwich se mariait, les parents ne regardaient pas à la dépense. Cependant, pour s'emparer de ce marché, il faudrait qu'Eileen ait plus d'une corde à son arc. Les mets raffinés ne faisaient pas tout ! Aussi dévorait-elle des livres spécialisés sur le métier d'organisateur de mariages, étudiant la composition florale, l'art de la table, la décoration, etc.

Le troisième candidat, un Italien, dut annuler deux fois de suite sa venue ; il prenait un mauvais départ. Dans le métier, la ponctualité et la fiabilité étaient cruciales ! Au téléphone, le type avait l'air sympathique et ses excuses (d'abord la grippe, puis un passage aux urgences vétérinaires pour son chien) semblaient crédibles, mais cela sentait le manque de professionnalisme. Et si un incident survenait le jour d'un mariage ? L'agence qui avait envoyé ce candidat à Eileen le lui avait vendu comme « un excellent chef doté d'une forte personnalité » : « Il a un petit côté don Juan, avait reconnu l'employée, mais vous verrez, il est irrésistible. » Massimiano Salvi – tel était son nom – avait travaillé en France dans un hôtel de luxe puis comme chef privé dans un château de famille où il était resté longtemps, ce qui attestait son sérieux ; en général, les chefs se lassaient vite de cuisiner dans l'ombre, préférant mettre en vitrine leurs talents dans de grands restaurants où ils pouvaient briller. Eileen, qui n'avait pas d'autre candidat à recevoir pour le moment, consentit donc à lui donner une troisième chance.

Il se présenta au rendez-vous avec dix minutes de retard. Il s'était soi-disant trompé de sortie sur l'autoroute, à la suite de quoi il s'était perdu. Le dernier emploi listé sur son CV était un poste chez une riche famille de Long Island. Eileen la connaissait de nom : elle faisait partie de la jet set locale, le père avait été dans la finance à Wall Street, et l'on avait pu suivre autrefois leurs frasques dans la presse à scandale.

— Mais Monsieur a aujourd'hui 93 ans et il est atteint de la maladie d'Alzheimer, précisa Massimiano de sa voix délicieusement chantante. Madame aimait recevoir, mais elle est malheureusement décédée. Cela me désole pour Monsieur, mais je ne souhaite pas être payé à préparer des plateaux-repas pour lui et ses infirmières.

Eileen hocha la tête, muette. Massimiano Salvi ne correspondait pas du tout à l'image qu'elle s'était faite de lui. Plus grand que la moyenne, il avait un air solennel qui masquait un sens de l'humour corrosif – Eileen éclata de rire plusieurs fois pendant l'entretien. Il avait du charme à revendre, un regard pétillant, un style irréprochable. Elle comprenait qu'il ait du succès auprès des femmes !

La conversation prit vite un tour plus personnel. Milanais d'origine, le jeune homme avait grandi près de Florence, où ses parents possédaient un hôtel ; son enfance avait été bercée par l'amour de la gastronomie. Par chance, il avait sa *green card*, son titre de séjour permanent qui lui permettait de vivre et travailler aux États-Unis en toute légalité.

— Une amie a bien voulu contracter un mariage blanc, expliqua-t-il sans gêne aucune. Nous avons divorcé entre-temps, mais tout est en règle côté papiers.

Il précisa qu'il avait 33 ans et préférait qu'on l'appelle Max. Eileen le trouvait dynamique, soigné, éloquent. Sa maîtrise de l'anglais était telle qu'il aurait presque pu passer pour un natif de langue anglaise, et il parlait en outre l'italien, évidemment, mais aussi le français et l'espagnol.

— Vous comprenez bien, j'espère, que le poste proposé n'est en aucun cas aussi prestigieux que ceux que vous avez occupés par le passé ? s'assura Eileen. Je débute dans le métier. Tout est à construire ! À terme, je vise, certes, l'organisation d'événements de haut standing et la cuisine sera raffinée, mais il reste du chemin à parcourir avant d'y arriver.

— C'est tout à fait le genre de projet qui m'inspire, affirma Max, serein.

— Vous êtes polyvalent ? insista Eileen. Travailleur ? Organisé ? On va devoir jongler entre les clients, les fournisseurs, les serveurs, les commis... Ce ne sera pas de tout repos.

Max opinait tranquillement du chef.

— Le travail ne me fait pas peur.

Enfin, ils parlèrent salaire. Eileen lui proposa un fixe sans doute bien inférieur à ce qu'il avait gagné jusque-là, plus un pourcentage sur les profits de chaque événement. Mais Max ne sourcilla pas.

A priori, Eileen aurait préféré embaucher une femme, mais il y aurait des avantages à pouvoir compter sur un homme, ne serait-ce que pour la manutention.

— Nous allons devoir assurer sur tous les tableaux, ajouta Eileen. Pas seulement aux fourneaux. De nos jours, les traiteurs sont pratiquement tous devenus aussi des pros de l'événementiel.

— Parfait, approuva Max. C'est l'aspect du métier que je préférais chez Madame. Lorsqu'elle donnait des bals masqués, il fallait transformer le château en palais vénitien. Pour les noces de sa petite-fille, elle m'a fait reproduire Versailles ! Mais il y avait aussi les galas de charité... Quand Monsieur a commencé à décliner, nous avons réduit la voilure. Puis Madame est morte et il n'y a plus eu de fêtes... Quelle tristesse ! C'était une femme merveilleuse.

Il paraissait sincèrement ému. Un peu trop, peut-être. Dans le milieu, il fallait du sang-froid pour ne pas craquer au moment du coup de feu.

— Je pense qu'ensemble, nous irons loin, déclarat-il cependant. Enfin, si vous le voulez bien.

Il était tentant de l'engager sur-le-champ, mais Eileen préférait se donner le temps de la réflexion. Elle avait envisagé quelqu'un de moins flamboyant, une sorte d'aide de camp discret et vaillant. Max avait trop d'expérience, il risquait de vouloir mettre son grain de sel partout. En revanche... pourquoi ne pas le prendre à l'essai ? Il était motivé, c'était un sacré plus, et il plairait à coup sûr aux notables de Greenwich, cœur de cible d'Eileen...

L'entretien touchait à sa fin et elle penchait de plus en plus en sa faveur.

— Comment ferez-vous connaître votre affaire, le moment venu ? s'enquit-il.

— Je comptais sur le bouche à oreille. Il suffit de quelques événements pour se faire une réputation...

— Bien ! Mais il faudra arroser large, envoyer des e-mails à tout votre carnet d'adresses. Et soigner la communication, bien sûr. La rendre accrocheuse, tout en finesse et élégance. Il faut faire parler de vous ! La presse locale doit avoir envie de vous consacrer une demi-page, donc j'espère que vous êtes prête à copiner avec les journalistes. Le but, c'est qu'à terme les clients vous supplient d'organiser leurs événements, et pas l'inverse.

Eileen hocha la tête. Elle sous-estimait certainement cette dimension du métier. Elle allait avoir besoin de l'aide d'un bon coéquipier.

— Max, le poste est à vous si vous l'acceptez, déclara-t-elle.

— Je suis enchanteur ! dit-il, butant sur le mot.

Amusé par sa propre méprise, il bafouilla :

— Pardon ! Ma langue a fourché, je voulais dire : j'en suis enchanté.

Eileen rit de bon cœur.

— Quelque chose me dit que vous êtes un peu enchanteur, à vos heures.

— Je préfère vous prévenir : je suis légèrement maniaque sur les bords. Quand tout n'est pas parfait, il m'arrive d'être un peu grognon.

— Moi pas, mais le perfectionnisme, je connais.

— Je suis sûr que nous nous entendrons bien alors.

Ils se levèrent. Max, aux anges, lui serra la main avec poigne.

— Je commence quand ?

— Maintenant. Enfin, dès que possible ! Lundi matin.

— Quand vous voulez ! D'ici là, je peux dresser des listes de fournisseurs et bosser sur notre campagne de communication. Quand les appels commenceront à arriver, je pourrai faire standardiste. J'ai quelques missions d'intérim à assurer ces deux prochaines semaines mais, après, je suis tout à vous.

Ils échangèrent leurs coordonnées – il habitait un studio à proximité –, et ils convinrent de se revoir dès le lendemain, chez Eileen. De nouveau, ils se serrèrent la main, puis Max s'éloigna au volant d'une antique Fiat.

Chez elle, Eileen eut une idée, qu'elle soumit à Pennie quand celle-ci rentra du lycée. La jeune fille cherchait un petit boulot pas trop accaparant pour son dernier été à Greenwich.

— J'ai pile ce qu'il te faut, lui annonça Eileen. Tu voudrais être ma standardiste avant ton départ pour Boston ? Enfin, si on reçoit des appels...

— Oui, super !

— Cet été, j'espère avoir de petites missions à te confier sur les événements. Mais d'abord, il me faut une ligne et une adresse e-mail professionnelles, un site Internet, une brochure...

Elle avait du pain sur la planche. Elle monta se mettre au travail.

Dans le courant de l'après-midi, elle reçut un e-mail de Max : il la remerciait de lui accorder sa confiance. Jane, qui appela quelques instants plus tard, voulut savoir s'il était « beau gosse ». Eileen rit :

— Tu es incorrigible !

Voilà. Eileen s'était lancée. Elle avait un assistant et une standardiste. Il ne manquait plus que les clients ! Et aussi...

— Un nom ! glapit-elle soudain.

Elle y réfléchit une heure durant, armée d'un calepin et d'un crayon, et finit par opter pour le plus simple : Eileen Jackson Événements. C'était sobre et sans ambiguïté. Elle contempla les trois mots soigneusement tracés de sa plume et un sourire étira ses lèvres.

Son rêve était en train de se réaliser.

14

Olivia passa trois semaines à New York, submergée par le travail, ne s'interrompant que pour dîner avec sa mère, sa grand-mère ou quelques amis qu'elle n'avait pas vus depuis longtemps – entretenir une liaison avec un homme marié, c'était chronophage, et la clandestinité l'avait isolée. Mais elle respirait, à présent. Elle n'avait plus à se rendre disponible à tout instant au cas où Paul aurait soudain une heure à lui consacrer. Elle n'avait plus à se cacher. Elle était libre.

Au début, Paul lui manqua. Mais, chaque fois que le manque se faisait sentir, elle se rappelait qu'elle avait rompu pour de bonnes raisons. La transgression, d'abord grisante, lui avait laissé un goût amer. Plus jamais ça ! En outre, Olivia recevait tous les jours des nouvelles de Jean-Pierre. Leurs échanges portaient essentiellement sur leur entreprise commune – Jean-Pierre s'astreignait au professionnalisme le plus strict (à tel point que la jeune femme se demandait parfois si l'intérêt qu'il lui avait témoigné à Paris n'était pas le fruit de son imagination !), mais il n'empêche que cela mettait du baume au cœur.

Elle fixa la date de son prochain voyage à Paris trois semaines exactement après son retour. Cette fois-ci, elle prévoyait d'y séjourner plus longuement, jusqu'à un mois si cela s'avérait utile. Elle n'avait pas d'obligations à New York, hormis l'expo de sa grand-mère au MoMA ; cela lui laissait de la marge. Jean-Pierre l'avait prévenue : « C'est un peu spécial, le mois de mai, en France. » Il parlait des fameux ponts qui nuisaient parfois à la bonne marche des affaires. Mais, selon lui, ce serait le moment idéal pour finaliser l'installation des bureaux et en préparer l'ouverture. Jean-Pierre ne chômait pas. Il avait notamment « volé » à son père une employée de la galerie pour en faire son assistante : Suzanne, une Française très compétente malgré son jeune âge, et parfaitement bilingue, ainsi qu'Olivia put le constater au téléphone.

À la mi-avril, Olivia était dans les starting-blocks. Elle avait besoin de changer d'air. À New York, tout lui rappelait Paul. Il n'avait pas tenté de la contacter depuis la rupture, mais il lui trottait dans la tête. Eileen avait dû rentrer et Olivia ne pouvait pas s'empêcher de se demander s'il s'était remis avec elle. Elle aurait parié que oui. Après tout, les enfants méritaient d'avoir une famille unie. Mais, parfois, dans son grand appartement, Olivia se sentait seule.

Quand Paul avait réceptionné les papiers que lui avait adressés l'avocat de sa femme, il lui avait fallu la journée pour s'en remettre. Ainsi, Eileen avait franchi ce cap ! À la colère avaient succédé la peine et l'humiliation. Quel mois épouvantable ! Il s'était fait rejeter non pas par une femme, mais par deux ! Le confort de sa vie de famille rangée à Greenwich lui manquait cruellement. Il se fustigeait de sa propre lâcheté. Voilà ce qui arrivait quand on passait un an à tergiverser en tâchant de garder un pied dans chaque camp ! Paul en voulait à Olivia. Ils auraient pu être si heureux ensemble ! Elle aurait fini par s'habituer à son rôle de belle-mère. Elle se serait attachée aux enfants, si toutefois elle avait fait un petit effort ! Certes, la première rencontre avait été un fiasco, mais avec le temps, on aurait oublié l'épisode ! Décidément, Olivia était immature, inconstante et égoïste. Elle n'avait même pas tenu jusqu'au retour d'Eileen, alors qu'ils touchaient au but ! Quant à cette dernière, Paul était intimement persuadé qu'elle ne demandait le divorce que dans un esprit de revanche, pour lui faire payer son infidélité. Sans personne avec qui discuter de la situation, Paul s'enfermait dans sa propre interprétation des faits.

Paul était en effet très seul. Depuis son départ de Greenwich, il avait été invité à assister à quelques matchs des garçons, mais uniquement en l'absence d'Eileen. D'après Pennie, celle-ci « travaillait ». « Toutes les femmes de ma vie tournent la page, et moi, on m'abandonne ! », se lamentait-il. La faute à Olivia, trop volage pour l'attendre, à Eileen, trop orgueilleuse pour lui pardonner. Que ces dames étaient donc impitoyables, sous leurs charmes ! Le divorce lui pendait au nez. Jamais il n'aurait cru que cela lui arriverait, à lui qui avait toujours cherché à être réglo. Quand Eileen s'était retrouvée enceinte, il l'avait épousée ! Il avait sacrifié sa carrière pour elle ! Et en guise de remerciement, voilà qu'elle le congédiait ! Paul fulminait.

Un jour qu'il regagnait son appartement impersonnel et déprimant (et boudé à l'unanimité par ses enfants) après avoir emmené les jumeaux assister à un match des Yankees, une idée se mit à germer dans sa tête. Plus rien ne le retenait à New York. Paul avait envie de se rapprocher des garçons. S'il prenait un appart à Greenwich, il les verrait grandir ces six prochaines années. Il passerait un certain nombre d'heures dans les transports en commun pour se rendre au travail, mais c'était sans importance. Un appart à Greenwich – oui, il s'y voyait. Et pourquoi pas une maison ? Paul cédait l'ancienne à Eileen, qui n'avait pas les moyens de lui racheter ses parts, afin qu'elle n'ait pas à déraciner les enfants. Les revenus de Paul le lui permettaient et c'était une façon d'enterrer la hache de guerre. D'ailleurs, Eileen avait eu l'élégance de lui envoyer un e-mail pour l'en remercier. Les termes du divorce prévoyaient que Paul verse en sus une copieuse somme à Eileen en guise de pension alimentaire ; quant aux enfants, ils avaient depuis la naissance des comptes d'épargne à leur nom destinés au financement de leurs études.

Paul poursuivit sa rêverie. S'il habitait Greenwich, les garçons pourraient passer le voir à vélo le week-end… De retour chez lui, il appela immédiatement un agent immobilier et demanda à visiter des biens.

Le samedi suivant, les visites commencèrent. Il y avait trois maisons à vendre dans le quartier qu'il convoitait. Mathilde, la femme que Paul avait eue au téléphone, se révéla être une belle brune élancée au sourire chaleureux. Avec sa queue-de-cheval, sa marinière, son jean et ses baskets, elle lui parut familière. Peut-être l'avait-il déjà croisée dans la rue au temps où il habitait à Greenwich.

La première maison, mise aux enchères après le décès des propriétaires, rebuta Paul : vieillotte, dans son jus, elle n'avait pas été rénovée depuis les années 1950. Il aurait fallu tout refaire, et Paul ne s'en sentait pas le courage. Il avait envie de neuf, de fraîcheur, de gaieté. Il s'agissait de plaire aux enfants !

La deuxième était présentable, mais ce ne fut pas le coup de foudre.

Mathilde, qui connaissait son métier, avait gardé le meilleur pour la fin. Le plus cher, aussi. Toutefois, quand Paul franchit le seuil, il comprit pourquoi. La troisième maison était en parfait état, refaite à neuf quelques années plus tôt. Il y avait du parquet, de grandes baies vitrées, une excellente exposition, une cuisine dernier cri, un grand salon, un bureau. Au premier étage, Paul découvrit trois grandes chambres à coucher décorées avec goût – les rideaux étaient vendus avec la maison ! –, deux salles de bains modernes d'inspiration méditerranéenne. Au sous-sol se cachait une gigantesque salle de jeux avec un *sound system* dernier cri. Et dehors, cerise sur le gâteau, il y avait un jardin et une piscine, ainsi qu'un très grand garage.

— Waouh ! lâcha Paul, admiratif. C'est magnifique. Mais pourquoi vendre ? C'est une opération immobilière ? En tout cas, les propriétaires avaient un excellent architecte. Ils vont faire une belle plus-value.

— Vous n'y êtes pas. Il s'agit d'un divorce. Les propriétaires ont acheté la maison il y a seulement trois ans. Et on dit que le mari aurait fauté avec la nounou suédoise… La femme est déjà repartie vivre sur la côte Ouest – les meubles que vous voyez, c'est de la mise en scène, ça aide le potentiel acheteur à se projeter. Pour ne rien vous cacher, les propriétaires sont pressés de vendre. Ils savent qu'ils ne récupéreront sans doute pas l'intégralité de leur investissement, mais si vous leur faites une offre raisonnable, elle ne devrait pas être rejetée. Il leur tarde de tourner la page.

Paul opina du chef – l'anecdote trouvait en lui un écho tout particulier. Décidément, il se félicitait de ne pas avoir cherché à revendre sa propre demeure – c'eût été ajouter l'insulte à l'injure, pour Eileen.

Mathilde et lui discutèrent un moment du prix et de ce que les propriétaires entendaient par « offre raisonnable ». Paul rechignait un peu à exploiter un drame familial, mais les affaires sont les affaires !

— L'annonce n'est en ligne que depuis quelques jours et nous avons déjà eu beaucoup de visites, lui glissa Mathilde. Il faut se décider rapidement. C'est un bien rare à la vente, sur ce secteur. Faites une offre, et nous verrons bien ce que les propriétaires en penseront ! Comme ils sont partis...

— Lui aussi ?

— Oui, il s'est installé à New York.

— Avec la nounou ? ne put se retenir de demander Paul.

— Pour autant que je sache. Ces histoires se terminent rarement par un *happy end*. Bref : la maison ne va pas rester longtemps sur le marché.

Paul resta songeur un instant. Ainsi, chez d'autres, les ruptures étaient rapides, nettes, irrévocables. Et, que les intéressés y aient gagné une nouvelle conquête ou un cœur brisé, ils allaient de l'avant.

Paul s'assombrit. Dans son histoire avec Eileen et Olivia, nul ne semblait avoir gagné au change, de son point de vue. Mais Eileen n'était peut-être pas d'accord.

— Je vais faire une offre, déclara-t-il.

Mark et Seth seraient fous de joie en découvrant la piscine et le home cinéma. Ils viendraient sans doute souvent l'été. Et c'était bien là le but recherché.

— Je m'occupe de la communiquer aux propriétaires dans le courant de la journée, répondit Mathilde, tout sourire.

— On peut rédiger l'offre ensemble, maintenant ? suggéra Paul.

Ils s'installèrent côte à côte à la table de la salle à manger.

Paul fit une offre juste en dessous du prix demandé. Il s'agissait de faire preuve de doigté, sans quoi les propriétaires risquaient de se vexer et de rejeter définitivement son dossier. Il signa, fit un dernier tour de la maison et du jardin. Dehors, il posa à Mathilde la question qui lui brûlait les lèvres :

— On s'est déjà vus quelque part, non ?

Il rougit. Sa question pouvait être interprétée comme une manœuvre d'approche.

Mais Mathilde sourit.

— Oui, à l'école. Mon deuxième est en cours avec vos jumeaux. J'ai un grand garçon en troisième et un petit en CP.

— Ah, je ne suis donc pas fou ! s'exclama Paul, soulagé. Cela fait une demi-heure que je me creuse la cervelle. Bon, je ne vous le cache pas, je suis vraiment conquis par la maison. Je m'y verrais bien avec les garçons...

Il hésita avant d'ajouter :

— Nous sommes en plein divorce, nous aussi. Ma femme garde la maison. Enfin, mon ex.

— Je suis désolée pour vous, lui dit aimablement Mathilde. Je sais bien à quel point c'est douloureux...

— Merci. Enfin, ce sont des choses qui arrivent.

Il étudia Mathilde avec intérêt. Il se rappelait entre-temps l'avoir saluée de loin à l'école. Son look naturel lui plaisait. Ce n'était pas un top model, mais elle était jolie. Paul lui donnait 40 ans, voire un peu moins. Il eut soudain envie de l'inviter à prendre un café, voire à déjeuner, mais le contexte ne s'y prêtait pas.

— Peut-être que nos fils pourraient jouer ensemble, à l'occasion, hasarda-t-il timidement.

Elle lui dévoila un sourire parfait.

— Bonne idée !

Paul, qui crut comprendre que Mathilde était elle aussi divorcée, eut une vision subite d'une famille recomposée. Cinq garçons ! D'autres auraient blêmi en imaginant le tableau, mais Paul sourit, charmé.

— Bon, je vous appelle dès que j'ai le retour des propriétaires, conclut Mathilde.

Ils se serrèrent la main et elle lui adressa un petit signe enjoué tandis qu'il s'éloignait au volant de sa voiture, plus optimiste qu'il ne l'avait été depuis un mois.

Paul profita de son passage à Greenwich pour rendre visite aux enfants. Pennie et Seth étaient sortis mais il paya une glace à Mark, puis regagna son appartement.

C'est là qu'il se trouvait, un carton à pizza sur les genoux et un match de foot à la télé, quand son portable vibra. Il décrocha précipitamment sans regarder le numéro qui s'affichait, espérant encore entendre Olivia.

C'était Mathilde, de l'agence.

— Je ne vous dérange pas ? lui demanda-t-elle de sa voix chantante. J'ai une bonne nouvelle : l'offre est acceptée. Le seul hic, ce sont les rideaux. Je vous ai dit qu'ils étaient inclus dans le prix mais il semble qu'il y ait eu un malentendu. Madame en exige 5 000 dollars. J'ai réussi à lui faire baisser son prix de moitié. Je crois que cela est très sentimental pour elle. Mais sinon, la maison est à vous.

— Banco ! s'exclama Paul sans hésiter. C'est vrai qu'ils sont beaux, ces rideaux. Au fait, je pourrais revenir jeter un coup d'œil au mobilier ? Je vais devoir me meubler.

Et sans l'aide d'Eileen, cette fois, pensa-t-il au fond de lui.

— Bien sûr, quand vous voudrez. Bon, je les rappelle. Toutes mes félicitations ! C'est une superbe maison, je suis sûre que vous y serez très bien.

— Merci ! J'ai hâte de la montrer aux enfants. Ma fille part faire ses études en septembre, mais j'espère que la piscine lui donnera envie de revenir me voir ! Vos fils sont également les bienvenus...

— Oh ! C'est adorable, ils vont être enchantés, conclut Mathilde, un peu timide.

Paul raccrocha, euphorique et sous le charme. Il était l'heureux propriétaire d'une splendide demeure ! Quant à Mathilde, comment se pouvait-il qu'il ne l'ait pas remarquée plus tôt ? Sans doute n'avait-il pas été dans le bon état d'esprit. Mais il était célibataire à présent, et il avait les idées claires.

Le lendemain, il se rendit à Greenwich pour annoncer la nouvelle à Eileen et aux enfants. Ceux-ci se déclarèrent ravis d'avoir leur père à proximité. Paul les emmena admirer la façade, et leur joie redoubla. Même Eileen souriait quand il déposa les enfants au retour. Elle approuvait. De fait, Paul était en proie à un sentiment qu'il n'avait pas éprouvé depuis longtemps : il était fier de lui.

De son côté, Eileen ne chômait pas. Max passait chez elle tous les jours pour l'aider à préparer leur lancement. Eileen avait passé tout son carnet d'adresses au peigne fin, triant sur le volet ses connaissances, retenant celles qui étaient susceptibles d'organiser des fêtes, des réceptions ou des galas de charité de plus ou moins grande envergure. Au total, elle comptait près de 600 noms – incroyable ! Elle se félicitait d'avoir mené une vie sociale et associative aussi riche que ses diverses obligations le lui permettaient, car elle avait rencontré de la sorte quantité de clients potentiels. Ensuite, elle rédigea encore et encore le texte qui serait partagé à tout le monde pour annoncer la création de son entreprise. Max le mit en pages sur l'ordinateur à l'aide de logiciels qu'il maîtrisait nettement mieux qu'elle. C'était plutôt amusant. Max se révélait une perle rare. Lorsqu'Eileen était trop concentrée pour s'interrompre, il leur bricolait de quoi déjeuner. Parfois même, il préparait un goûter maison pour les enfants – c'était un remarquable pâtissier.

— Tu es très doué, le complimenta Eileen un jour qu'ils comparaient leurs répertoires culinaires respectifs afin d'élaborer une première mouture de menus à proposer à leurs futurs clients.

— Tu ne te défends pas trop mal, lui rétorqua-t-il, un sourire en coin.

Le temps filait sans qu'ils s'en aperçoivent. Et c'est ainsi que, deux semaines après l'entretien d'embauche de Max, Eileen cliqua sur « envoyer ». L'e-mail était parti. Voilà que l'entreprise Eileen Jackson Événements était officiellement lancée !

Max et elle laissèrent éclater leur joie, si bien que Pennie déboula dans le bureau, intriguée. Sa mère lui montra le site internet. Il ne restait plus qu'à remplir, au fur et à mesure, la rubrique « Galerie » avec des photos d'événements.

Trois jours plus tard, le téléphone sonna. C'était une certaine Sandra Melling. Eileen se rappelait son nom, mais Mme Melling dut lui rafraîchir la mémoire :

— Nous avons fait connaissance lors d'un gala de bienfaisance pour les victimes de violences conjugales. Votre e-mail tombe à pic : ma fille se remarie au mois de juin et tous les traiteurs du Connecticut sont complets jusqu'à la rentrée ! Or ma fille refuse de repousser le mariage. Elle voulait faire ça le premier week-end du mois, j'ai réussi à négocier le 27. Ce qui nous laisse huit semaines pour tout organiser, et attention, ma fille voit grand, pas moins de 300 invités. Et j'oubliais, elle a imposé un code couleur : le rose ! Ce serait dans vos cordes ?

Elle parlait si vite qu'Eileen en avait le tournis. Mais la mémoire lui revenait : Mme Melling était la veuve nantie d'un riche industriel. Leur domaine était somptueux. Ce serait le cadre idéal pour un mariage. Pour une première expérience, un service de 300 couverts pouvait être intimidant, mais Max, qui lisait ses notes par-dessus son épaule, souriait jusqu'aux oreilles et lui adressait de grands signes enthousiastes.

— Vous avez de la chance, dit posément Eileen à son interlocutrice. Nous sommes encore libres le 27 juin.

— Oh, Dieu merci ! Appelez-moi Sandy. Quand pouvons-nous nous rencontrer ?

— Dès demain, si vous le souhaitez.

— Parfait ! Je ne sais pas par où commencer... Le premier mariage de ma fille a eu lieu à Palm Beach, mais cette fois, elle veut faire ça dans le coin.

— Tout va bien se passer, Sandy.

Elles convinrent de l'heure du rendez-vous, Eileen prit ses coordonnées et raccrocha. Aussitôt, Max l'attrapa et la fit tournoyer dans leur petit bureau.

— On a un client ! pépia Eileen, sidérée. Ça a marché !

— Surtout, on ne s'engage à rien demain, lui rappela Max, reprenant son sérieux. On discute et on lui fait un devis.

Il était tellement plus expérimenté qu'elle ! Eileen se demandait parfois qui des deux était vraiment le patron. Max était plein d'idées et de bonne volonté, et ils s'entendaient à merveille, mieux qu'elle n'aurait pu l'espérer.

Heureusement, d'ailleurs, parce qu'ils n'avaient que quelques semaines pour organiser un mariage de luxe !

— Je t'ai dit le thème, au fait ? se souvint Eileen. Tout doit être rose.

Max se décomposa.

— Quoi ? Non. Un mariage, ce n'est pas rose. C'est blanc.

— Le client est roi, lui rappela Eileen. Si la mariée veut un mariage vert ou même noir, on s'exécute ! Au moins, on aura de quoi remplir notre galerie photo. Et peut-être que ce sera mignon, qui sait ?

— Notre marque de fabrique, c'est l'élégance, dit Max avec dédain. Pas la mignonnerie !

— Trois cents clients, Max. Trois cents !

— Hum. Tu as raison. Le rose, c'est une très belle couleur, pas vrai ?

— Une très, très belle couleur, approuva Eileen.

Elle éclata de rire, et ils se mirent à l'ouvrage.

Olivia avait hâte d'arriver. Ces dernières semaines, à New York, elle n'avait pas arrêté. Jean-Pierre l'attendait à l'aéroport ; il lui avait proposé de la déposer au Ritz après son long voyage. Elle se réjouissait de le revoir. Il avait, disait-il, « une tonne de nouvelles idées » à lui soumettre, et la jeune femme avait hâte de les entendre.

À midi, elle était dans sa chambre. Elle se fit monter une collation, éplucha sa boîte mail, fit quelques longueurs dans la piscine de l'hôtel, puis s'offrit un massage au spa. Quand elle regagna sa chambre, à 16 heures, douze roses rouges l'attendaient dans un vase, accompagnées d'une carte, rédigée en français.

Bienvenue à Paris.
À ce soir.
Jean-Pierre.

Olivia sourit.

Elle se remit au travail, répondit à quelques e-mails, prit un bain puis, vers 18 h 30, elle commença à se préparer pour le dîner. Elle choisit une jupe noire qui mettait ses jambes en valeur, une veste Chanel beige et des escarpins aux talons vertigineux. Sa crinière flamboyante illuminait son teint de pêche et ses yeux verts scintillants.

À 20 heures, Jean-Pierre passa la prendre dans une Ferrari noire rutilante. Olivia le savait déjà beau, elle le découvrait maintenant sexy – mais peut-être était-ce l'effet de la voiture de course !

— Elle est à mon père. Il me l'a laissée ce soir pour t'impressionner, avoua-t-il, un peu penaud, ce qui ne le rendit que plus attachant aux yeux de la jeune femme.

Il y avait chez lui une candeur qui la touchait. Elle le remercia pour les fleurs et la conversation coula de source entre eux, comme s'ils s'étaient quittés la veille. Certes, ils s'étaient parlé souvent au téléphone depuis la fois précédente, mais Olivia s'en étonna néanmoins. Malgré cette question qui restait en suspens entre eux, ils étaient parfaitement à l'aise ensemble. On aurait dit qu'ils se connaissaient depuis des années.

Ils dînèrent au Voltaire, dans le 7ᵉ arrondissement. Ensuite, lorsqu'ils remontèrent à bord de la Ferrari, Jean-Pierre se jeta enfin à l'eau.

— Quand tu es repartie, la dernière fois, tu allais rompre avec le mari de la blonde rencontrée chez Castel, je crois.

Olivia hocha la tête.

— Oui, dit-elle simplement.

— C'est fait ? lui demanda-t-il en plongeant ses yeux dans ceux de la jeune femme.

À l'intensité de son regard, on devinait que la question l'avait obsédé durant trois longues semaines.

— Oui, répéta Olivia en repensant fugacement à la fureur de Paul.

Jean-Pierre se dérida.

— Tant mieux ! lâcha-t-il. Sinon, la Ferrari de mon père se serait transformée en citrouille et moi en souris blanche.

Elle éclata de rire.

Ils roulèrent, cap sur la rive Droite, s'enivrant de la splendeur de Paris sous la lune : la Seine alanguie sous les ponts, Notre-Dame... Jean-Pierre gara la voiture. La lune dans le ciel était presque pleine.

— On marche un peu ? proposa le jeune homme à Olivia.

Elle opina. Ils déambulèrent sur le parvis de la cathédrale. On aurait dit une carte postale.

Il prit sa main, l'attira dans la rue du Cloître-Notre-Dame et, dans l'ombre du majestueux monument, il l'embrassa comme s'il se retenait depuis le tout premier instant. Olivia n'attendait que ça. Il voulait que ce baiser ait lieu dans un endroit spectaculaire, dont ils se souviendraient tous les deux. Il voulait que ce soit différent, et lui faire comprendre qu'à compter de cet instant, ils seraient à jamais ensemble.

— Je veux qu'on se rappelle cette soirée, lui chuchota-t-il.

Il l'embrassa une seconde fois. Soudain, il y eut à proximité un envol de ballons blancs qui montaient droit vers les étoiles.

— C'est un signe, murmura Jean-Pierre.

Olivia eut une pensée amusante. Elle sourit. Puis elle pouffa.

— Quoi ? lui demanda Jean-Pierre, intrigué.

— Rien. J'imaginais la tête qu'aurait faite ton père si tu lui avais ramené une citrouille à la place de sa Ferrari.

Jean-Pierre rit.

— Tu es diabolique ! la taquina-t-il.

Qu'il faisait bon être jeune, insouciant et amoureux dans la Ville lumière ! Olivia le comprit : c'était pour Jean-Pierre qu'elle s'était libérée. Cette fois-ci, c'était le bon.

15

Olivia prolongea son séjour à Paris aussi longtemps qu'elle le put, mais il lui fallut bien rentrer à New York : elle avait promis à sa grand-mère d'être présente pour l'ouverture officielle de son exposition. Jean-Pierre et elle avaient bien travaillé, formant la nouvelle assistante, finalisant le site internet, contactant les clients... En dehors des heures ouvrées, ils s'étaient enivrés l'un de l'autre. Jean-Pierre avait emmené Olivia en week-end à Saint-Tropez, où un ami lui avait prêté sa villa. Hors saison, la station balnéaire resplendissait tout particulièrement. Les amoureux avaient marché, main dans la main, dans les ruelles, bu des verres sur des terrasses intimes avec vue sur la mer et fait l'amour passionnément, en prenant tout leur temps. De retour à Paris, Jean-Pierre avait partagé plusieurs nuits la chambre d'Olivia au Ritz. Ils ne faisaient pas que s'aimer : ils se parlaient, se racontaient, se découvraient l'un l'autre. Ils se confiaient leurs peurs, leurs ambitions, leurs envies, leur passé. Ils nageaient dans le bonheur. Leur entente était si harmonieuse que, pour quiconque les voyait ensemble, cela sautait aux yeux : ces deux êtres étaient faits l'un pour l'autre.

Le père de Jean-Pierre fut l'un des premiers à leur en faire le commentaire. Il se réjouissait pour son fils : Olivia lui plaisait.

— Tâche de ne pas la laisser s'envoler, glissa-t-il à Jean-Pierre.

— J'y travaille, lui répliqua ce dernier, une lueur de malice dans le regard.

Mais le temps filait et Olivia était attendue à New York.

Lorsqu'elle le rappela à Jean-Pierre, timidement, il lui demanda si elle accepterait qu'il l'accompagne.

— J'aimerais rencontrer ta mère et ta grand-mère. Mais je ne veux pas te forcer la main.

— Tu plaisantes ? Au contraire ! s'exclama Olivia. Par contre, je te préviens, ma grand-mère peut être un peu brute de décoffrage. C'est une personne à la fois très directe et excentrique.

— Les artistes excentriques, j'en ai côtoyé un paquet, lui signala Jean-Pierre. Et à son âge, elle a le droit de dire ce qu'elle pense sans y aller par quatre chemins. Si on ne peut pas se lâcher à 92 ans, alors quand ?

— Federico est à moitié défiguré, ajouta Olivia. Dans la famille, on a fini par s'y habituer, mais ça peut choquer, au début. Il a refusé de faire de la chirurgie esthétique. Il a eu la moitié du visage arrachée par une mine au Vietnam.

C'est ainsi que les tourtereaux voyagèrent côte à côte l'avant-veille de l'ouverture de l'exposition de Gabrielle Waters.

Jean-Pierre faillit tomber à la renverse devant les œuvres inestimables qui ornaient les murs de chez Olivia. Les Warhol, notamment, le laissèrent sans voix. Olivia aurait souhaité présenter son amoureux avant le grand jour, mais aussi bien sa mère que sa grand-mère avaient un agenda bien chargé. Gabrielle était accaparée par les derniers préparatifs au MoMa et dut décliner.

— C'est du solide, entre vous ? s'enquit-elle toute-fois au téléphone.

— Ça se pourrait. On se connaît depuis deux mois seulement, mais je le sens bien.

Olivia venait de fêter ses 28 ans et un déclic s'était opéré en elle. Pour la première fois, elle avait envie d'une relation sérieuse. Elle était lasse de vivre au jour le jour. Son histoire avec Paul l'avait sevrée !

Gwen, qui venait de signer son premier contrat depuis longtemps, n'était pas plus disponible que sa mère. Grâce au soutien du producteur, le scénario qui l'avait tant enthousiasmée avait trouvé un réalisateur de renom ainsi qu'un casting éblouissant. Le tour-nage devait débuter en septembre, et Gwen se sentait renaître de ses cendres. Comme un bonheur n'arrive jamais seul, on lui avait d'ores et déjà proposé un second projet intéressant. Quoi qu'il en soit, Olivia ne put pas non plus lui présenter son nouvel amoureux en avant-première.

Le jour J, Olivia et Jean-Pierre, arrivés pile à l'heure, furent saisis d'admiration en franchissant la porte de l'immense salle d'exposition. Avec l'aide du conservateur du MoMA, Gabrielle avait sélectionné ses œuvres les plus spectaculaires et avait participé à la scénographie. Le résultat était remarquable. Olivia fit les présentations et Jean-Pierre parut subjugué, aussi bien par l'œuvre, qu'il connaissait déjà grâce à son père, que par l'artiste loufoque et géniale au halo de cheveux blancs. Gabrielle le lorgna en plissant les yeux, puis un sourire fendit son visage fripé.

— Eh bien, voilà qui est mieux ! laissa-t-elle tomber avant de lui débiter tout un babil en français.

Jean-Pierre était adoubé et Gabrielle le présenta à Federico, qui fut heureux d'apprendre qu'il aimait son travail et possédait certaines de ses photos. Federico prit quand même un malin plaisir à lui exposer sa face balafrée :

— Vous avez vu, jeune homme ? Je suis la Belle et la Bête à la fois !

Il s'esclaffa.

Un peu plus tard, un brouhaha parcourut la foule et Olivia comprit que sa mère venait d'arriver. On se poussait du coude, montrant la star du doigt. Olivia soupira et, Jean-Pierre sur les talons, se dépêcha d'aller aider sa mère à affronter ses fans. Prévenu par

Olivia, Jean-Pierre s'efforça de traiter Gwen comme une femme ordinaire, mais il bredouillait, fasciné par son aura et sa beauté. Il était plus aisé de faire abstraction des cicatrices de Federico que de la célébrité de Gwen Waters !

— Olivia vous ressemble beaucoup, remarqua-t-il enfin après quelques balbutiements.

— En effet, acquiesça Gwen, amusée. Vous êtes fin observateur, Jean-Pierre. La plupart des gens s'arrêtent à notre différence de taille et de couleur de cheveux.

Elle lui sourit et il se détendit un peu.

Tandis qu'ils bavardaient, Gabrielle et Federico se joignirent à eux.

— Ça y est, déclara Gwen à l'intention de sa mère. J'ai signé pour le deuxième long-métrage. Tu as eu du flair, maman. Tu savais que ma carrière trouverait un second souffle. Moi, je n'y croyais plus ! À mon âge...

— Oh, mais arrêtez de nous casser les bonbons avec l'âge ! lui répliqua sa mère. L'âge, c'est un chiffre, rien de plus. Les chiffres n'ont aucune prise sur nous, que je sache ! On peut passer à côté de sa vie à tout âge, mais il n'est jamais trop tard pour vivre. La vérité, c'est qu'on n'est jamais ni trop jeune ni trop vieux pour quoi que ce soit ! L'âge, c'est dans la tête. Tout le reste, c'est une machination inventée pour nous filer les pétoches ! On ne va tout même pas laisser de vulgaires nombres nous donner des complexes, que diable !

277

Sur ce, elle tourna les talons et s'en fut saluer un hôte de marque que le conservateur souhaitait lui présenter. Quelle femme ! Elle était digne et intemporelle, magnifiquement parée d'une robe de satin pourpre ras de cou, de chaussures noires et d'un splendide sautoir de perles hérité de sa propre grand-mère.

Ils dînèrent tous ensemble à La Grenouille, avec le directeur et le conservateur du musée. Jean-Pierre, dans son élément, brilla tout au long du repas.

Gabrielle évoqua les talents de peintre de sa fille. Gwen eut un gloussement modeste.

— Je mets la touche finale à ma dernière toile et je range mes pinceaux ! Je reprends du service, grâce à Dieu !

Olivia expliqua à Jean-Pierre qu'elle avait connu un petit passage à vide. Il ne lui cacha pas son incrédulité. Pour sa part, il devait lutter pour ne pas la dévisager en permanence, bouche bée, les yeux ronds d'admiration.

— Comment c'était de grandir avec une mère si... extraordinaire ? demanda-t-il discrètement à Olivia.

— Extraordinaire ? répéta la jeune femme. Pour moi, elle ne l'était pas. C'était maman, et puis voilà ! Elle venait me chercher à l'école quand elle ne travaillait pas, elle me préparait mon goûter... Elle n'a rien d'une diva, tu sais. Ni ma grand-mère, d'ailleurs.

— Ce qui explique ta propre simplicité.

Jean-Pierre lui sourit. Elle buvait ses compliments comme du petit-lait. À l'en croire, elle était facile

278

à vivre, intéressante, douée pour les affaires. Olivia exultait.

Après le dîner, Gwen rentra chez elle en taxi.

Elle étudiait d'un œil critique sa toile en cours quand le téléphone sonna. À cette heure avancée, cela ne pouvait être qu'Olivia.

Un coup d'œil à son portable lui apprit qu'elle se trompait. C'était sa mère.

— Tout va bien, maman ? s'enquit Gwen, son cœur s'emballant.

— Non ! Federico... Il n'arrive plus à respirer ! Je crois qu'il fait une crise cardiaque. J'ai appelé le Samu, qui ne devrait pas tarder. Je dois te laisser. Je t'envoie un message plus tard.

Gwen n'eut pas le temps de réagir : sa mère avait déjà raccroché.

Dix minutes plus tard, Gwen apprit par SMS qu'elle se trouvait dans l'ambulance, en route pour l'hôpital. Gwen n'avait pas attendu ces nouvelles pour se changer. En jean et ballerines, elle dévala l'escalier tout en réservant un Uber sur son téléphone et, trois minutes plus tard, elle fonçait rejoindre sa mère aux urgences. Elle se mordilla la lèvre pendant tout le trajet. Malgré ses 84 ans, Federico était robuste et vigoureux, si bien qu'on en oubliait qu'à son âge tout pouvait basculer en un instant. Gabrielle était plus âgée que lui, mais elle n'avait pas fait le Vietnam ; cela aidait.

Federico venait d'être admis lorsque Gwen arriva. Elle prétendit être sa fille et, sans doute aidée par sa renommée, fut autorisée à accéder à la salle d'attente. Même aux urgences, elle faisait sensation. Ignorant les regards obliques, Gwen poussa la porte à double battant.

Sa mère, toujours en robe de soirée, attendait dans le couloir, livide et droite comme un i.

— Que s'est-il passé ? lui demanda Gwen en la prenant par l'épaule pour la faire asseoir.

— Je n'en sais rien ! Il était en pleine forme quand soudain, il s'est plaint d'une douleur à la poitrine et de difficulté à respirer. Je sais bien qu'il devrait lever le pied sur le vin rouge et les plats en sauce... Mais que veux-tu, faire bonne chère, c'est son péché mignon ! Il a peut-être un peu abusé ce soir, mais je pensais qu'après une petite indigestion, ce serait oublié...

Gwen hochait la tête en silence. Si Gabrielle perdait Federico, s'en remettrait-elle ? Ils étaient tellement épris, tellement soudés, tous les deux ! Au bout de quatorze ans, leurs vies étaient pareilles à deux lianes entrelacées. Leurs cœurs ne faisaient plus qu'un.

Vingt minutes s'écoulèrent. Enfin, le médecin sortit et leur annonça qu'ils allaient procéder à une angiographie. Federico aurait peut-être besoin qu'on lui pose un stent. Gabrielle et Gwen pénétrèrent dans la salle d'examen.

Federico était hirsute, échevelé et, sans ses lunettes, il ressemblait à un savant fou de film d'épouvante. À sa vue, toutefois, Gabrielle s'illumina. Il avait repris des couleurs et il respirait mieux.

— Pardon, ma Gaby, lui dit-il. Je me porte comme un charme, je ne demande qu'à rentrer à la maison...

— Pas question ! lui rétorqua-t-elle. Pas tant qu'on ne sait pas ce que tu as.

— Mais j'ai du travail demain matin ! Mon expo qui approche... Je ne peux pas rester ici.

Il fit mine de se lever. Gabrielle le repoussa fermement sur son lit.

— Ne m'oblige pas à employer la manière forte, Banducci, menaça-t-elle.

Il gloussa. Sur le seuil, Gwen plaisanta :

— Je vous préviens, je suis à deux doigts d'appeler les flics pour leur signaler des violences conjugales !

Les médecins emmenèrent Federico. Restée seule avec Gwen dans la salle d'attente, Gabrielle s'assombrit.

— Si je le perdais, je ne sais pas ce que je ferais, marmonna-t-elle, les larmes aux yeux. Je n'en connais pas deux comme lui. C'est l'homme le plus doux à avoir foulé cette terre...

— Pourquoi ne vous êtes-vous jamais mariés ? lui demanda Gwen, curieuse.

Gabrielle lui retourna un regard interdit.

— Nous marier, pour quoi faire ? Je ne veux plus d'enfants ! Et l'amour sincère se passe de cérémonie. Federico et moi, on est aussi étroitement liés que si je l'avais fait moi-même. Je ne vois pas ce qu'un bout de papier officiel pourrait nous apporter que nous n'ayons déjà.

Gwen s'attendrit. Sa mère avait toujours eu des idées très arrêtées sur la question.

— Il est croyant, pourtant, souligna-t-elle. Peut-être que pour lui, ce n'est pas qu'un bout de papier, mais un sacrement.

— Je préfère continuer à vivre dans le péché, s'entêta Gabrielle. Comme ça, on ne s'encroûte pas, et puis c'est plus romantique. Si on se mariait, on deviendrait deux petits vieillards pantouflards...

À l'entendre, on lui aurait donné cinquante ans de moins. L'âge, c'était vraiment dans la tête pour Gabrielle Waters !

Mère et fille patientèrent deux heures. Quand le médecin reparut, il était 2 heures du matin. L'angiographie s'était révélée rassurante, mais Federico allait rester une nuit en observation.

— Comment va son cœur ? lui demanda Gwen.

Elle vit le médecin prendre sur lui pour la traiter comme une patiente lambda.

— Mieux que le mien, sans doute ! badina-t-il. Il fait une indigestion doublée d'une grosse crise d'angoisse. Il était nerveux ou stressé, ces derniers temps ? Il a fait un effort physique inhabituel ?

— Federico prépare une rétrospective de son œuvre, répondit Gabrielle. Je crois qu'il a transporté des cartons de négatifs. C'était peut-être un peu lourd pour lui...

— Il va devoir se reposer ces prochains jours. Il peut lever le pied et se faire aider ?

— Vous n'y pensez pas ! se récria Gabrielle, faisant sursauter le médecin. Ces négatifs, il est le seul à avoir le droit de les manipuler !

— Bon, mais qu'il souffle tout de même deux ou trois jours.

— C'est cette expo, bougonna Gabrielle. Chaque fois, c'est pareil : il se met dans tous ses états...

— Vous pouvez passer le voir, si vous le souhaitez. Mais pas trop longtemps ! Il doit dormir.

— Je ne peux pas rester auprès de lui ? Je me ferai toute petite...

— Je vais faire apporter un lit pliant dans sa chambre. C'est prévu, pour les couples mariés.

Gwen sourit, mais ne pipa mot.

— Tu peux rentrer, ma chérie, lui glissa Gabrielle.

— D'accord, mais ne t'épuise pas, maman, promis ? Je ne tiens pas à avoir à revenir pour toi.

— Aucun risque ! Moi, l'angoisse, connais pas ! Quelle petite nature, mon Federico... C'est son sang italien.

Elle leva les yeux au ciel et Gwen rit. Sa mère avait un sacré caractère !

— Dors bien, si tu y arrives, conclut Gwen, et embrasse Federico pour moi !

Quand Gabrielle pénétra dans la chambre, Federico reposait sur son lit d'hôpital, une poche de glace sur l'aine, là où l'infirmière avait posé le cathéter pour l'angiographie. Elle grimaça. L'opération n'avait pas dû être une partie de plaisir.

— Comment te sens-tu ? lui demanda-t-elle comme l'infirmière s'éclipsait.

— Très bien. Rentrons chez nous, insista-t-il.

Mais il avait les traits tirés et il paraissait chétif sur son grand lit blanc. Avec sa crinière, ses gros pulls, ses lourds godillots de travail, on en venait à oublier qu'en dessous, il était devenu frêle. Gabrielle frissonna.

— Le médecin dit que tu pourras sortir demain matin.

— Bon. Alors rentre, et dors. Désolé de t'avoir fait peur.

— Il faut toujours que tu sois le centre de l'attention ! le taquina-t-elle.

— C'est à cause de ce gamin, tout à l'heure, dit-il, un rictus aux lèvres, en parlant de Jean-Pierre. Je t'ai vue le reluquer. Tu crois que je suis aveugle ? Femme volage !

— Quoi ? Tu as simulé une crise cardiaque pour t'assurer de mon amour ? C'est malin ! Tu sais bien que je n'aime que toi.

— Vraiment ? lui demanda-t-il d'un filet de voix.

Le cœur de Gabrielle se serra. Qu'il paraissait donc vulnérable en cet instant !

— Bien sûr, gros bêta ! Si je pouvais, je te rejoindrais sous les draps.

— Qu'est-ce que tu attends ? lui lança Federico, ragaillardi. Viens, on va choquer les infirmières, ça sera drôle !

Il écarta les couvertures et tapota le matelas. Gabrielle le reborda.

— Tu as besoin de quelque chose ?

— Oui, dit-il, la mine penaude.

— Quoi donc ?

— Je pense qu'on devrait se marier, répondit-il gravement.

— Toujours la même rengaine ! Allons, à notre âge, on ne doit plus rien à personne.

— Soit. Rectification : je *veux* t'épouser.

— Quel intérêt ? Qu'est-ce que ça changerait ? Mariés, on l'est déjà...

— Pas au regard de la loi. Tu as une dent contre le mariage, je sais. Petite rebelle...

Gabrielle sourit fièrement.

— Eh bien oui, admit-elle. Je trouve que le mariage est une institution bourgeoise complètement démodée. On vaut mieux que ça ! Nous, on est libres...

— Le mariage n'empêche pas d'être libre, insista Federico.

Tel avait été son mantra des années durant, mais il n'avait jamais servi sa cause. Gabrielle campait sur ses positions. Le mariage, très peu pour elle ! D'ailleurs, elle avait déjà donné ; si c'était pour finir à nouveau veuve... Non, on ne l'y reprendrait pas.

— Tu ne devrais pas refuser, dit Federico d'un air coquin. Je pourrais refaire une crise d'angoisse...

— Ah, pas de chantage affectif ! Allons, il faut dormir, maintenant, si tu veux que les médecins te laissent sortir demain.

— Qu'ils essaient seulement de m'en empêcher ! fanfaronna Federico.

Il tendit le bras vers Gabrielle. Ils restèrent si longtemps assis en silence, main dans la main, que tous deux finirent par s'endormir, lui dans son lit et elle dans le fauteuil.

Les infirmières, venues s'assurer que tout allait bien, se retirèrent sur la pointe des pieds.

— Si ce n'est pas de l'amour, chuchota la première, je ne sais pas ce que c'est !

— Ils sont trop chou, renchérit la seconde. Je suis presque jalouse de son mari, tiens !

— Je crois bien qu'il faut attendre qu'ils soient centenaires pour qu'ils deviennent comme ça !

Elles pouffèrent. Mais leur échange ne dérangea nullement le sommeil des amants. Gabrielle et Federico ne s'éveillèrent qu'au matin, main dans la main.

16

Le tout premier contrat d'Eileen Jackson Événements fut un triomphe. Les trois immenses tentes de réception avaient été soigneusement choisies afin que les convives puissent profiter en même temps que la cérémonie, le repas et la fête des jardins luxuriants des Melling.

Ils travaillèrent d'arrache-pied pour respecter les délais et les attentes des clients. Eileen fit même mieux en dénichant la robe de la mariée, une création à longue traîne en organdi rose poudré signée Oscar de la Renta – et elle avait eu le nez creux car, malgré son physique assez quelconque, la mariée resplendissait.

Pour faire danser les invités, pas moins de douze musiciens et deux chanteurs avaient été engagés – le plancher de la salle de bal était bien sûr peint... en rose ! –, ainsi qu'un photographe et un vidéaste afin d'immortaliser cette journée fabuleuse. Un fleuriste renommé avait confectionné d'innombrables bouquets raffinés, dans des teintes dragée ou fuchsia, ainsi que des guirlandes de fleurs roses piquées de brins de muguet. Ici et là, on avait également placé quelques arbres d'ornement.

Des lustres en cristal avaient été chinés pour l'occasion et, avec l'argenterie et les flûtes à champagne, le barnum scintillait. La table était de toute élégance : serviettes en lin, petits cadeaux pour chaque convive – dont des vide-poches en forme de cœur en argent de chez Tiffany & Co., gravés aux initiales des mariés, qui ravirent les dames. Au centre de chaque table trônaient d'autres créations florales exquises qui, grâce au génial Max, n'avaient coûté qu'un dixième du prix du marché.

Et surtout, avec les talents conjoints de Max et d'Eileen, le repas fut succulent. Le gâteau de mariage, réalisé par Max, fut un vrai chef-d'œuvre à l'américaine. Eileen avait apporté sa touche en le décorant de petites sculptures en sucre et de fleurs fraîches.

Mme Melling avait déboursé pour l'événement une véritable fortune, mais elle paya rubis sur l'ongle. « C'est le prix de ma tranquillité d'esprit ! » arguat-elle, et, de fait, elle n'eut pas à lever le petit doigt et la journée se déroula sans la moindre anicroche.

Si sa cliente avait vu l'envers du décor ! Max et Eileen avaient dû faire des pieds et des mains afin d'obtenir les meilleurs fournisseurs et les produits les plus fins pour elle et ses 300 invités. Avançant que la noce serait l'occasion d'assurer leur publicité, Eileen avait réussi à faire casser les prix à plusieurs prestataires. Surtout, elle avait soigné son travail, étudiant le moindre détail trois fois sous tous les angles, sans relâcher la pression une seule seconde durant les semaines de préparation. Avec Max, ils avaient tout donné, et le résultat était à la hauteur de leur investissement.

— C'est carrément mieux que la dernière fois ! s'extasia même la principale intéressée, dont le premier mariage avait pourtant été assuré par des organisateurs chevronnés qui leur avaient facturé trois fois plus.

Sa mère se confondit elle aussi en remerciements. Eileen, pour sa part, ne manqua pas de noter tout ce qui était susceptible d'être amélioré en vue de prochains événements. Mais elle avait respecté le cahier des charges : un mariage rose, le mauvais goût en moins. Si bien qu'à la fin de la soirée, l'entreprise Eileen Jackson Événements avait quatre nouveaux contrats dans les tuyaux : trois mariages et un anniversaire. Pour ses 50 ans, l'un des convives voulait une fête « en or » : verres, couverts, assiettes, serviettes, piste de danse, tentes de réception, tout devait être doré ! En somme, l'entreprise d'Eileen démarrait sur les chapeaux de roues !

Les derniers fêtards se retirèrent vers 4 heures du matin. Il ne restait plus qu'à tout remballer et à rapporter le matériel. Sous la houlette de Max et Eileen eux-mêmes, les prestataires se montrèrent efficaces. Eileen n'excluait pas de déléguer un jour cette tâche mais, dans un premier temps, elle préférait tout superviser en personne afin d'éviter la moindre fausse note.

Elle avait fait une belle marge sur l'événement. Max toucha une généreuse commission, lui aussi, mais, plus que l'argent gagné, c'était la satisfaction d'un travail parfait de bout en bout qui les grisait.

— On a assuré, commenta Eileen en regardant s'aligner dans la rue les camions venus emporter les barnums géants et le reste.

Elle s'assit sur la caisse qui renfermait l'un des précieux lustres en cristal. Alentour, des hommes en salopette blanche s'affairaient, manipulant avec soin les fauteuils rose et argent et les quelque 800 coussins d'assise réalisés spécialement pour l'occasion. Un rayon de soleil sur la joue, Max sourit à Eileen. Il ne semblait pas fatigué par sa nuit blanche : comme Eileen, il était dopé à l'adrénaline.

— Tu as été incroyable, affirma-t-il. Tu *es* incroyable ! Si tu as pu atteindre ce niveau pour ton premier événement, je te prédis des succès qui dépasseront tes rêves les plus fous. Tu verras !

Son enthousiasme ne semblait pas feint. Eileen se rengorgea. Effectivement, c'était comme si plus rien ne pouvait l'arrêter. Elle était méthodique, sérieuse, exigeante, et elle savait garder son calme en toute situation (contrairement à Max, qui piquait parfois des crises d'anthologie, soi-disant à cause de son « sang latin »).

Il vint s'asseoir à côté d'elle. Sur le papier, elle était la patronne et lui son employé mais, dans les faits, ils se comportaient comme des associés. Ils s'étaient investis à mesure égale pour épater leur premier client, sautant des repas et veillant jusque tard dans la nuit pour que tout soit parfait.

— Ta pièce montée était... Je n'ai jamais rien vu de plus réussi de ma vie, le complimenta à son tour Eileen. Et quelle bonne idée d'en faire congeler un étage pour que les mariés puissent le déguster dans un an, pour leurs noces de coton !

— Ma pièce montée ? protesta Max. Ce sont tes créations en sucre qui lui donnaient tout son attrait ! Je suis fier de nous. On a bien travaillé.

— Tu l'as dit, approuva Eileen en s'appuyant contre lui.

Maintenant que la tempête était passée, toute la fatigue accumulée au cours des semaines précédentes lui tombait dessus d'un seul coup. Max noua un bras autour de ses épaules, pivota vers elle... et l'embrassa sur la bouche.

Eileen crut d'abord à une nouvelle manifestation de son « sang latin », mais le baiser se fit plus ardent, et elle se surprit à le lui rendre.

— C'était quoi, ça ? bafouilla-t-elle, troublée, quand Max s'écarta.

— *Un bacio*, lui dit-il le plus naturellement du monde. Un baiser.

— Mais, euh, tu l'as fait exprès ? demanda Eileen, qui ne savait pas sur quel pied danser.

Sans lui laisser le temps de réagir, il l'embrassa de plus belle, fougueusement cette fois. Plus de doute : c'était un acte délibéré.

— Max ! Qu'est-ce que tu fais ? s'enquit Eileen, hors d'haleine, à la fin du baiser.

— Je t'embrasse, parce que tu es la créature la plus remarquable que j'aie jamais rencontrée. Tu es forte comme un homme, douce comme une femme, courageuse, inventive, talentueuse, et j'ai envie de passer mes jours avec toi.

Il la couvait d'un regard amoureux et son discours ne laissait aucune place à l'ambiguïté. Eileen, décontenancée, ne savait pas quoi répondre.

— J'ai 40 ans, Max, et toi tu as encore la trentaine devant toi...

— Tu cherches à me faire fuir ou à m'impressionner ?

— Euh... Les deux, mon capitaine !

Ils rirent.

— Je me fiche de ton âge, affirma Max. Je suis un homme et tu es une femme, on travaille bien ensemble et, pour faire décoller ton business, je bosserai jusqu'à m'user les doigts. Tu me donnes envie de te rendre heureuse, Eileen. Qui prend soin de toi ? Pendant que tu t'occupes des autres, qui veille sur toi ? Je vois tout ce que tu fais. Toujours au service d'autrui. Tu t'oublies. Moi, je veux te choyer comme tu le mérites.

Eileen le considéra et réfléchit. Elle appréciait sa compagnie. Il la faisait rire. Avec lui, rien ne paraissait impossible. Il ne renonçait jamais, ne s'avouait jamais vaincu...

— Arrête de me regarder comme ça ! s'exclama Max. Cela fait combien de temps qu'un homme ne t'a pas dit qu'il t'aimait ?

— Honnêtement... je ne me souviens plus, murmura Eileen.

Mais si on lui avait dit que le prochain à le faire serait un bel Italien de sept ans son cadet, elle ne l'aurait pas cru !

Les manutentionnaires vinrent récupérer la caisse sur laquelle ils étaient assis. Ni une ni deux, Max souleva Eileen et la porta jusqu'à sa voiture.

Et le plus surprenant fut qu'Eileen se laissa faire.

Max s'installa derrière le volant, mit le contact, se tourna vers elle et lui sourit.

— *Dove andiamo, principessa ?* On va où, princesse ?

Elle réfléchit. Les enfants passaient le week-end chez Paul. Elle avait la maison pour elle.

— Euh... Chez moi, répondit-elle, mutine.

Elle n'en revenait pas. C'était la conclusion idéale à un week-end parfait.

Il s'exécuta, gara la Fiat dans le garage et en ferma soigneusement la porte pour que nul ne soupçonne rien. Ce qu'elle trouva très élégant de sa part.

Eileen était si fatiguée qu'elle eut de la peine à descendre de voiture. Quand elle franchit le seuil de la maison, il la suivit et ils eurent tous les deux, dans l'épuisement et la joie de ce qui était en train de se passer, le même sourire aux lèvres.

Olivia passa le plus clair du mois de juin à travailler à New York. Jean-Pierre en faisait autant à Paris. En juillet, elle le rejoignit en France. Et pas de chambre au Ritz, pour une fois : cette fois-ci, ils sillonnèrent Saint-Tropez, la Corse et la Sardaigne, tantôt en amoureux, tantôt chez des amis à lui. Début septembre, elle devait regagner ses pénates pour reprendre le travail. L'avenir serait fait de vols transatlantiques, à n'en pas douter – mais c'était bon pour les affaires, et c'était bon tout court.

Le week-end du 4 juillet était synonyme de grand départ pour nombre d'Américains car il s'agissait de la fête nationale. Gwen était seule dans cette immense ville étonnamment désœuvrée, ce qui ne fut pas pour lui déplaire. Aussi décida-t-elle d'achever sa dernière toile.

Les mois à venir s'annonçaient studieux. Elle allait devoir se plonger corps et âme dans le scénario et effectuer des recherches. Il n'y avait rien de tel pour se mettre dans la peau de son personnage avant d'attaquer un film d'époque, et, si l'on voulait que tout sonne juste, mieux valait avoir fait ses devoirs ! En l'occurrence, le rôle de Gwen était exigeant et elle tenait à donner le meilleur d'elle-même. Elle allait boucler ce tableau et ranger ses pinceaux. Ainsi, elle aurait quelque chose à offrir à sa mère pour ses 93 ans. Elle venait de donner le dernier coup de pinceau à une partie compliquée de son paysage italien quand elle reçut un appel de Federico. C'était surprenant en soi : il détestait le téléphone. Mais, en plus, il parlait à voix basse.

— Je me fais du souci pour ta mère, dit-il. Surtout, ne lui dis pas que je t'ai appelée ! Elle traîne un sale rhume depuis une semaine et je voudrais qu'elle voie un médecin, mais tu la connais, elle s'y refuse. Si tu entendais comme elle tousse... J'ai peur que ça ne vire à la bronchite, ou pire. Tu pourrais lui téléphoner, histoire de prendre de ses nouvelles ? Et quand elle se met à tousser, tu l'envoies chez le docteur ?

Gwen le remercia de l'avoir prévenue et, une demi-heure plus tard, elle composa le numéro de sa mère. Gabrielle fut prise d'une longue quinte de toux à peine après avoir décroché.

— Maman, mais tu es malade ! s'exclama Gwen, feignant la surprise. Tu as vu le médecin ?

— Ah, tu ne vas pas t'y mettre ! rouspéta sa mère.

Gabrielle se méfiait des médecins et des médicaments qui, selon elle, tuaient plus qu'ils ne guérissaient. Elle les évitait autant que possible.

— J'ai le rhume des foins, affirma-t-elle. On ne consulte pas pour si peu.

Mais sa toux était caverneuse et semblait lui fracasser la poitrine.

— Il ne faudrait pas que ça dégénère en pneumonie, insista Gwen. Tu as peut-être besoin d'antibiotiques...

— Les médicaments, c'est pour les enfants ! Et je ne suis pas une enfant, asséna Gabrielle.

C'était une autre de ses devises.

— Bon, je te rappelle demain pour voir comment ça va. Si ton état ne s'est pas amélioré d'ici là, je suis navrée mais il faudra consulter. En attendant, évite l'air conditionné. C'est traître, en été, surtout quand on est enrhumé...

— Tu as fait médecine ? ironisa sa mère.

— ... et dis-moi si je peux faire quoi que ce soit pour toi, conclut Gwen.

— Oui, fiche-moi la paix !

Rien ne mettait Gabrielle Waters aussi en rogne que de se sentir affaiblie. Pour elle, c'était un affront personnel.

Le lendemain matin, Federico téléphona de nouveau à Gwen. L'état de santé de Gabrielle s'était encore dégradé. Elle était clouée au lit par une forte fièvre. Alarmée, Gwen décida de se rendre sur place.

Federico lui ouvrit et elle gravit précipitamment l'escalier qui menait au loft. Dans son lit, Gabrielle frissonnait, les yeux vitreux. Entre deux violentes quintes de toux, elle somnolait. Gwen et Federico échangèrent un regard, puis Gwen alla s'asseoir au chevet de sa mère.

— Maman, il va falloir te conduire à l'hôpital, lui annonça-t-elle. Je ne veux pas que ton état empire.

Gabrielle opina faiblement. Elle semblait dériver à des lieues de là et sa docilité alarma sa fille plus encore que sa température. Gwen et Federico l'aidèrent à se lever et à enfiler une robe de chambre. Gabrielle, grelottante, ne paraissait qu'à moitié lucide. Une couverture sur les épaules, elle se laissa faire lorsque sa fille lui enfila ses chaussures comme à une enfant et ne s'opposa à rien.

Dix minutes plus tard, ils s'entassaient tous les trois à l'arrière d'un taxi et fonçaient à l'hôpital le plus proche. Gwen se garda bien de le dire, mais elle avait peur. Elle procéda à l'admission, remplit les papiers. Alors débuta l'attente. Quand, une heure plus tard, un médecin emmena Gabrielle pour l'examen, Federico avait les larmes aux yeux. Gwen n'en menait pas large, elle non plus.

L'interne, un grand costaud barbu, ausculta Gabrielle. Le diagnostic ne tarda pas à tomber : elle avait une pneumonie, il fallait l'hospitaliser. L'interne ne s'adressa pas une seule fois à sa patiente : il ne communiquait qu'avec sa fille.

— Elle a toute sa tête ? lui demanda-t-il comme si l'intéressée était sourde.

— Quoi ? Mais bien sûr ! Ma mère est malade, pas démente.

— On va la placer en soins intensifs. La pneumonie, si ce n'est pas bien pris en charge, ça peut être fatal, surtout à son âge, lâcha l'indélicat.

Ensuite, il pria Gwen de le suivre dans le couloir. Celle-ci jeta un coup d'œil à sa mère. Federico la couvait comme un nourrisson et lui susurrait que tout allait s'arranger. Gwen sortit.

L'interne ne mâcha pas ses mots.

— Une pneumonie, à 92 ans, c'est très grave. Je ne veux pas vous faire peur mais il faut vous préparer au pire. Les statistiques ne sont pas bonnes. Je vais lui administrer des antibiotiques, mais je ne peux rien vous garantir.

— On ne peut rien faire de plus ?

— Il y a l'assistance respiratoire... Mais je doute que ça fasse beaucoup d'effet dans ce cas précis.

— Je vous demande d'essayer. Faites comme si vous aviez affaire à une patiente plus jeune. Une septuagénaire, une sexagénaire, même. Ma mère est coriace.

— Nous ferons de notre mieux, lui répliqua l'interne sans conviction.

Gwen brûlait de téléphoner au médecin traitant de sa mère, mais elle ne connaissait pas son nom.

— Quand elle sera en soins intensifs, reprit l'interne, je lui enverrai le gérontologue...

— Le quoi ? l'interrompit Gwen, craignant le pire.

— Le médecin chargé d'intervenir auprès des personnes âgées.

— Ouh là ! Si ma mère l'apprend, elle va faire un esclandre.

Mais sa mère dormait quand elle regagna la salle d'examen ; d'après Federico, elle avait sombré sitôt que Gwen avait franchi la porte avec l'interne.

Il l'implorait du regard. Gwen se sentait impuissante, particulièrement après son échange avec le médecin.

— Qu'a-t-il dit ? demanda Federico.

— Il va la placer en soins intensifs, la mettre sous antibios, et il pense à une assistance respiratoire. Ils font venir, euh, un spécialiste, dit-elle avec diplomatie.

Gabrielle s'agita et fixa sur sa fille un regard fébrile. Gwen en profita.

— Maman, qui est ton médecin traitant ?

— C'est le docteur Palmer, coassa Gabrielle. Il est mort l'an dernier.

Gwen blêmit. Ce n'était même pas la peine de lui demander si elle avait cherché à le remplacer. Elle se tourna vers Federico.

— Et toi ?

Il secoua la tête. Gwen réfléchit. Son propre généraliste n'était pas particulièrement sympathique, et de toute façon il fallait s'y prendre quinze jours à l'avance pour obtenir un rendez-vous avec lui.

— Comment est-elle tombée malade ? demanda-t-elle à Federico en désespoir de cause.

— Aucune idée ! Au début, ce n'était qu'un rhume... C'est hier que ça s'est dégradé...

Une heure plus tard, Gabrielle, déjà sous perfusion, fut transférée dans l'unité de soins intensifs. On lui avait entre-temps fait une prise de sang dont on attendait les résultats. Les infirmières étaient aux petits soins et Gwen se calma quelque peu.

Elle passa les heures suivantes au chevet de sa mère. Federico, dans le fauteuil, dormit une bonne partie de la journée. L'infirmière leur annonça que la fièvre avait baissé. Vers 17 heures, le gérontologue se présenta et Gwen, qui l'avait pris en grippe avant même de le rencontrer, fut étonnée de découvrir en lui un homme amène et séduisant. La cinquantaine, il était particulièrement bien soigné. Ses cheveux gris étaient propres et coupés court. Il portait même une cravate ! De fait, sans sa blouse blanche, on aurait aisément pu le prendre pour un banquier d'affaires, songea-t-elle.

Jeremy Stubbs – c'était son nom – examina Gabrielle puis attira poliment Gwen dans le couloir.

— Comme vous le savez, la pneumonie, à l'âge de votre maman, ça peut être délicat, lui dit-il avec bienveillance. Le labo vient de nous envoyer ses résultats d'analyses...

Le cœur de Gwen cessa de battre. Mais le docteur Stubbs s'empressa de la rassurer :

— Elle est en excellente forme ! Pas de problèmes de cholestérol, un cœur de jeune fille. Foie, reins : tout fonctionne... Elle n'a pas de soucis de santé en particulier ?

— Non.

— Pas d'arthrose ? De vertiges ? De pertes de connaissance ?

— Non. Elle passe ses journées à manier le fer à souder, juchée sur une échelle. Elle est sculpteuse. Elle vit dans son atelier. Pas d'arthrite ni de douleurs chroniques à signaler.

— C'est une chance. C'est rare d'être ainsi épargné par les années ! Elle est encore active, vous dites ? Le travail, ça conserve...

— Elle expose en ce moment au MoMA, affirma Gwen non sans fierté.

— J'ai eu affaire à quelques forces de la nature telles que votre maman au cours de ma carrière. Lorsque la maladie finit par les rattraper, beaucoup de mes confrères sont d'avis que c'est terminé, qu'il est inutile de lutter. Ce n'est pas mon opinion. Vu ses analyses, votre mère pourrait vivre encore dix ou douze ans. Mais pour cela, nous allons devoir vaincre cette pneumonie. Je vais augmenter ses doses d'antibiotiques. Cela risque d'engendrer quelques troubles intestinaux, mais c'est notre meilleure option.

— Bien sûr, docteur, approuva Gwen, follement soulagée. Merci. J'ai tellement peur...

— Pour le moment, il n'y a pas lieu de s'affoler. Autre chose : dès qu'elle s'en sentira capable, je veux qu'elle se lève et qu'elle s'active. Quand on confine les patients de son âge dans un lit, c'est le début des ennuis. Je vais vous envoyer l'infirmière avec l'oxygène.

Gwen rejoignit Federico dans la chambre.

— Alors ? lui demanda-t-il aussitôt, l'air hagard.

— On est tombés sur un bon médecin. Il va forcer les doses d'antibiotiques. D'après lui, il lui reste peut-être plus de dix ans à vivre !

Endormie, Gabrielle Waters paraissait centenaire. Mais juste à cet instant, elle ouvrit les yeux.

— Maman ! Comme ta fièvre est retombée, le médecin préconise que tu te lèves pour te dégourdir les jambes...

— Quoi, mes jambes ? Elles vont très bien, mes jambes ! Je tousse, mais je ne suis pas infirme.

— Exactement ! C'est justement pour ça que le médecin te demande de t'en servir.

— Je suis fatiguée, râla Gabrielle. Je me dégourdirai les jambes plus tard.

Cependant, Gwen ne céda pas : la vie de sa mère dépendait peut-être de cette promenade. Avec l'aide de Federico, elle enveloppa Gabrielle dans la robe de chambre. Cette dernière se leva, cramponnée à sa perche à perfusion, et tous trois s'engagèrent lentement dans le couloir. Gabrielle toussait toujours, mais en marchant, elle reprit des couleurs.

— Je veux rentrer chez moi, déclara-t-elle.

Gwen retrouvait la Gabrielle Waters qu'elle connaissait !

— Pas tout de suite, lui répliqua-t-elle. On doit d'abord te débarrasser de ta toux.

— J'ai du travail.

— Justement, il faut que tu te refasses une santé.

Le docteur Stubbs apparut au bout du couloir, et sourit à Gabrielle.

— Ah ! Madame Waters, ravi de vous voir sur pied. L'exercice physique, c'est la clé de la guérison. Je vais vous soigner en vitesse. Il faut qu'on libère votre lit pour les vrais malades.

Gabrielle écarquilla les yeux.

— Vous sous-entendez que je simule, docteur ?

Il éclata de rire.

— Si je découvre que c'est le cas, je vous mets à la porte. Ce n'est pas un hôtel, ici ! Alors, c'est vous qui exposez ces immenses sculptures au MoMA ?

— C'est moi. Vous avez vu l'expo ?

— Pas encore, mais j'irai.

— Il n'y a pas beaucoup de pièces, dit-elle modestement.

— Pas besoin qu'il y en ait beaucoup !

Gwen, qui assistait à l'échange, avait envie de prendre le médecin dans ses bras. Il avait tout compris à Gabrielle Waters : pour l'aider, il suffisait de la traiter comme un être humain, et pas comme un vieux débris.

Gabrielle regagna sa chambre et se recoucha sans protester, exténuée. Elle dormait mal depuis des jours et combattre la maladie l'épuisait. Une infirmière l'aida à enfiler le masque à oxygène tandis qu'une autre changeait sa poche d'antibiotiques.

Le médecin repassa avant son départ.

— Je reviens vous voir demain matin. Dans l'intervalle, en cas d'urgence, vous pouvez me joindre à ce numéro.

À Gwen, il précisa :

— Si on continue sur cette voie, votre maman devrait être tirée d'affaire dans un jour ou deux. Mais il faut à tout prix qu'elle bouge !

— Je ne sais pas comment vous remercier, dit Gwen en serrant sa carte de visite comme un trésor.

— Ce genre d'approche ne fonctionnerait pas sur n'importe quel patient, mais, pour votre mère, c'est ce qu'il y a de mieux à faire. Avec le bon traitement, son organisme viendra à bout de l'infection, affirma-t-il.

— Je l'espère, murmura Gwen.

— Les visites sont strictement contrôlées dans cette unité, précisa le médecin, mais j'ai prévenu les infirmières que Mme Waters avait besoin de ses coachs sportifs. Vous pouvez rester autant que vous le souhaitez ! L'essentiel, c'est que votre mère reste active. Pas pendant les heures de sommeil, bien sûr ! Mais qu'elle fasse au moins trois promenades quotidiennes.

Pour les repas, on ne s'inquiète pas ; de toute façon, avec les antibiotiques, sa digestion sera perturbée. Ne vous en faites pas, avec la perfusion, elle ne dépérira pas.

Gwen le remercia une fois de plus. Il lui décocha un sourire radieux et s'engouffra dans l'ascenseur.

L'aide-soignant apporta le plateau-repas. Gabrielle y toucha à peine. Elle s'endormit avant 21 heures et Gwen et Federico la quittèrent afin de rentrer se reposer, eux aussi.

— Je reviens demain à la première heure, promit Gwen. Ne te ronge pas trop les sangs, Federico. J'ai l'impression qu'avec le docteur Stubbs, maman est entre de bonnes mains.

— Il a l'air compétent, admit Federico, incertain. Mais tu crois qu'elle va s'en sortir ?

— J'en suis sûre, affirma Gwen.

Il ne restait plus qu'à laisser les professionnels faire leur travail – et croiser les doigts.

Ils partagèrent un taxi. Federico avait décidé de rentrer dormir quelques heures et de regagner aussitôt le chevet de sa bien-aimée. Quant à Gwen, elle se réveilla en sueur plusieurs fois cette nuit-là et, chaque fois, elle téléphona à l'infirmière de garde pour s'assurer que l'état de sa mère était stable.

Elle rejoignit Gabrielle et Federico à 9 heures du matin. Sa mère venait à peine de se réveiller. Elle toussait toujours et ne paraissait guère plus en forme que la veille, mais elle n'avait plus de fièvre, et les infirmières semblaient optimistes. Vers 10 heures, le docteur Stubbs passa.

— J'ai jeté un coup d'œil à votre travail, confia-t-il à Gabrielle en l'examinant. Impressionnant !

— Je fabrique mes moules moi-même, au fer à souder, se vanta Gabrielle. Ensuite, ils partent à la fonderie ! C'est tout un art, vous savez...

— Je n'en doute pas. Il faudra me faire visiter votre atelier.

— Si vous promettez de ne toucher à rien, bougonna Gabrielle.

Gwen pouffa. En réalité, sa mère jubilait.

— Vous savez, mon amoureux se débrouille pas mal en photographie, ajouta Gabrielle. Federico Banducci. Regardez sur Internet, vous verrez !

— Je regarderai, promit le médecin d'un ton à la fois respectueux et taquin.

Quand il sortit, il fit signe à Gwen de le suivre.

— Vous avez de mauvaises nouvelles ? s'alarma-t-elle.

— Non, au contraire. La pneumonie persiste, mais les antibiotiques devraient bientôt commencer à faire effet. Je voulais vous dire... Je me sens bête. Je ne vais jamais au cinéma, alors... Ce sont les infirmières qui m'ont appris qui vous étiez. Même un inculte comme moi connaît votre nom ! Mais j'ai dû vous paraître un peu rustre.

— Vous plaisantez ? J'ai beaucoup apprécié que vous vous concentriez exclusivement sur ma mère, au contraire.

L'anonymat lui manquait. Quand on ne voyait que la star, on niait la personne, et Gwen en souffrait souvent.

— Je vous remercie de ne pas m'avoir reconnue, déclara-t-elle, solennelle.

Le médecin eut un petit rire gêné.

— Ma foi... J'imagine que la célébrité, ça peut être lourd à porter, reconnut-il.

— Et comment ! Je vous remercie aussi du fond du cœur pour tout ce que vous faites pour ma mère. Certains de vos confrères se montrent, disons, moins empressés que vous auprès des personnes âgées.

— J'en ai conscience, et c'est un véritable fléau dans nos sociétés modernes. On se doit de respecter nos aînés, n'est-ce pas ? Mais non, je constate souvent qu'on les met au rebut, on les déshumanise. Alors qu'ils ont tant à nous apporter ! Prenez votre mère : c'est une vraie légende dans le monde de l'art ! Et elle produit encore ! Avouez que ça force le respect. Certains de mes patients devraient en prendre de la graine. Bien sûr, tous n'ont pas eu la même chance qu'elle à la loterie génétique, mais l'activité, ça conserve.

Lorsque le docteur Stubbs repassa en fin d'après-midi, Gabrielle s'était dûment acquittée de ses trois promenades quotidiennes, elle respirait mieux, toussait moins, et elle avait bonne mine.

— J'ai faim, déclara-t-elle. Et ma digestion va très bien, merci !

Gabrielle était décidément solide comme un roc. Le docteur Stubbs, rassuré, ne s'attarda guère.

Le lendemain, Gabrielle commença à s'impatienter. Son travail l'attendait et elle perdait un temps précieux. Elle eut une longue discussion à ce sujet avec le médecin, achevant de le convaincre qu'elle était sur la voie de la guérison. Le soir venu, elle semblait pleinement rétablie.

— C'est presque gagné, madame Waters, constata le docteur Stubbs après avoir écouté ses poumons au stéthoscope. On touche au but.

— Bien. Dans ce cas, qu'on me laisse rentrer chez moi.

— Pas tout de suite. Prudence est mère de sûreté. On n'est jamais à l'abri d'une rechute.

Gwen, en l'interrogeant dans le couloir, apprit que sa mère resterait vraisemblablement hospitalisée jusqu'à la fin de la semaine.

— Quelle femme ! lâcha le docteur Stubbs en s'éloignant, hilare. Et quel caractère !

Gwen gloussa.

Federico resta plus longtemps auprès de sa chère et tendre, ce soir-là. Il avait prié Gwen de leur laisser un peu d'intimité et la jeune femme s'était éclipsée sans poser de questions.

La mine grave, il fixa Gabrielle.

— J'ai quelque chose à te demander, annonça-t-il avec cérémonie.

— Quoi donc ?

— D'après ton médecin, tu as encore dix à douze ans devant toi. Si c'est le cas, je veux que nous les passions ensemble, et je veux que nous soyons mariés. Cela fait quinze ans que tu me le refuses. J'en ai assez ! L'infirmière m'a demandé si j'étais ton mari, et j'ai dû lui répondre que j'étais ton... ton « bon ami » ! C'est humiliant, à la fin !

— Je vois, murmura Gabrielle. Tu as raison.

— Ah ? s'étonna Federico. Vraiment ?

— Quand j'étais malade, expliqua Gabrielle, j'ai... Ça m'a fait peur. C'est d'accord, je veux bien t'épouser.

— À la bonne heure ! s'exclama Federico.

Lui qui avait préparé tout un arsenal d'arguments pour la persuader ! Il se pencha au-dessus d'elle et l'embrassa.

— Je fais venir l'aumônier ? suggéra-t-il.

— Pour qu'il m'administre l'extrême-onction ? Pas question ! Cela fait cinquante-huit ans que je ne me suis pas mariée, je ne vais pas bâcler ça en chemise de nuit dans un mouroir ! Je veux une belle robe et tout le tralala.

Federico pouffa.

— Bon, on fait ça quand, alors ? insista-t-il.

Il s'agissait de fixer une date avant que Gabrielle ne se défile une fois de plus !

— Ma foi... Pourquoi pas en août ? Ça nous laisse le temps de nous organiser.

Il acquiesça.

— Pour la lune de miel, en revanche, il fera trop chaud. Et en septembre, j'ai mon expo... On n'aura qu'à partir en octobre, décida Federico. Où aimerais-tu aller ?

— Là où nous nous sommes rencontrés, bien sûr : à Paris ! Ensuite... Venise, pourquoi pas ? Pour revenir à tes racines...

Elle semblait soudain redevenue une jeune fille, si bien que Federico l'embrassa de plus belle.

— Je te préviens, lui glissa-t-il, cette fois, pas d'entourloupe ! Tu m'as dit oui !

— Je n'ai qu'une parole, s'indigna Gabrielle, qui était aussi fière et têtue que lui. Bon, tu es content ? La prochaine fois qu'une infirmière voudra savoir qui tu es, tu pourras lui répondre que tu es mon fiancé.

Quand ils annoncèrent la nouvelle à Gwen le lendemain, celle-ci leur proposa d'organiser la cérémonie chez elle, et les fiancés n'y virent pas d'objection.

— Vous connaissez la dernière ? lança Gabrielle au docteur Stubbs peu après. Federico et moi, nous allons nous marier ! Près de soixante-cinq ans après notre rencontre, aux Beaux-Arts de Paris. Quand je pense qu'on avait la vingtaine ! Nous étions des

310

gosses… Puisque je vous dois la vie, je tiens à vous inviter à la noce.

— Quand on fait des projets d'avenir, c'est qu'on est tiré d'affaire ! la félicita le médecin.

C'était là une bien meilleure nouvelle que celles auxquelles il était habitué dans son travail.

17

Gwen commanda des guirlandes de roses blanches pour orner les cadrans de porte et les escaliers, et disposa sur les tables et les buffets des bouquets de muguet et d'orchidées papillon au parfum entêtant. Gwen avait fait dresser dans sa salle de réception cinq grandes tables rondes. Gabrielle et Federico n'avaient invité qu'une petite cinquantaine de leurs plus proches amis et tous avaient répondu présents : artistes, galeristes, conservateurs, acteurs, plus ou moins connus, tous âges confondus.

La cérémonie se déroula à la perfection. Gabrielle descendit les marches en robe de dentelle champagne, un bouquet d'orchidées rose thé à la main, ses longs cheveux blancs relevés en un élégant chignon banane. Federico, le prêtre et l'assemblée l'attendaient dans le salon.

Olivia avait interrompu ses vacances pour l'occasion. Jean-Pierre à son bras, elle admira sa grand-mère. Elle-même resplendissait, et pas seulement parce qu'elle avait bronzé au soleil d'Italie sur le pont du yacht de son beau-père. Amoureuse, Olivia n'avait jamais été aussi épanouie.

Gwen, très digne en tailleur de soie marine de chez Chanel, n'était pas en reste. Elle avait invité quelques amis du monde du cinéma qui prêtaient à la fête une touche de glamour. Quant à son cavalier, il n'était autre que... Jeremy Stubbs, le médecin à qui sa mère devait la vie ! Il l'avait invitée à dîner peu après que Gabrielle était sortie de l'hôpital et comme le courant passait bien entre eux, ils avaient remis ça deux ou trois fois.

Mais dans la salle, nul ne rayonnait autant que Federico. Quand il vit sa fiancée descendre les marches, pleine de grâce, et le rejoindre devant l'autel, il parut transi de joie. Il avait fière allure avec son pantalon rayé, sa jaquette et son brin de muguet à la boutonnière. À près de 85 ans, il se mariait pour la première fois, pour son plus grand bonheur ! Quand vint le moment de l'échange des anneaux, des larmes luisaient dans ses yeux. Lorsque le prêtre les déclara mari et femme, il cessa de les retenir.

Le champagne coula à flots. Les invités se restaurèrent au buffet, puis un groupe de jazz remplaça le quatuor à cordes dont les performances avaient accompagné la cérémonie et le vin d'honneur, et l'atmosphère devint réellement festive. L'appartement de Gwen était un véritable thé dansant.

— Cela me rappelle ma jeunesse ! gazouilla Gabrielle en tournoyant dans les bras de son mari.

Les invités dansèrent jusque tard dans la nuit. Les mariés, pour leur part, s'en furent passer leur nuit de noces au Four Seasons.

De retour au loft, le lendemain, Gabrielle se remit au travail. Federico, lui, se contenta ce jour-là d'admirer celle qu'il pouvait désormais en toute légitimité appeler sa femme.

Pendant ce temps-là, à Greenwich, Eileen s'apprêtait à prendre la route avec Pennie et les garçons : il était temps pour la jeune fille de s'installer à Harvard. Eileen avait loué un monospace et Max était même du voyage. Il avait fallu quelque temps aux enfants pour se faire à l'idée que leur mère était amoureuse, mais Max y avait mis du sien : il était tellement attachant que même les jumeaux l'avaient adopté.

L'été avait été fructueux pour Eileen Jackson Événements, avec deux mariages et plusieurs dîners. Un gala de bienfaisance se profilait. Tout Greenwich ne bruissait que d'Eileen et de Max et de leur entreprise qui montait.

— Dis donc ! Maintenant que tu es un cador des affaires, tu n'as plus de temps pour moi ! se plaignait Jane en riant, heureuse pour son amie.

Paul devait rejoindre Pennie et Eileen sur le campus après un week-end à Cape Cod avec Mathilde ; Mark et Seth feraient le chemin du retour avec eux. Grâce à l'école, ils connaissaient déjà les fils de Mathilde, et ils s'amusaient comme des fous, tous les cinq, dans la piscine de Paul. Le divorce serait officiellement prononcé six semaines plus tard et tous, d'Eileen à Paul en passant par les enfants, s'en réjouissaient. Le moment était venu de tirer un trait sur le passé.

Ils arrivèrent à Harvard à 11 heures. Pennie s'était vu assigner une chambre dans l'une des meilleures résidences, tout près de Harvard Yard. Elle avait rencontré sur Skype ses deux colocataires et il lui tardait de faire plus ample connaissance avec elles. Dans les couloirs déambulaient des hordes de filles et de garçons (la résidence était mixte, à la consternation de Paul), et Pennie remarqua quelques jeunes gens à son goût. Tim lui avait envoyé un SMS adorable ce matin-là pour lui souhaiter une bonne installation ; Pennie et lui s'étaient revus durant l'été en toute amitié. Dire que douze mois plus tôt, ils envisageaient de se marier et d'avoir un bébé ! Quand Pennie y songeait, cela lui paraissait inconcevable. Décidément, la vie était pleine de surprises.

Paul aurait pu en dire autant. Olivia n'était plus pour lui qu'un lointain souvenir. Mathilde était la femme idéale à ses yeux.

Eileen et Max filaient le parfait amour et son nouveau business marchait très bien.

Pennie allait au-devant d'une grande aventure.

La roue avait tourné.

La journée fut harassante. Il y avait des malles à déballer et tout un tas de formulaires à remplir... Mais on en vint à bout. Max s'occupa de l'administratif, Pennie et sa mère jouèrent les décoratrices d'intérieur et les jumeaux explorèrent le parc du campus. Paul monta une bibliothèque, brancha un mini frigo puis tâcha de seconder Max qui bataillait avec la connexion Wifi.

Pennie leur faussa compagnie pour aller assister à une réunion de rentrée, puis toute la famille et ses pièces rapportées firent ensemble un grand pique-nique. Bientôt arriva l'heure de se séparer.

Pennie serra fort sa mère dans ses bras. Elles échangèrent un regard d'une rare intensité. La mère voyait son enfant déployer ses ailes. Dans son for intérieur, elle lui souhaita un bon vol.

Puis Pennie embrassa son père, remercia Max et Mathilde, pourchassa ses petits frères pour les couvrir de baisers et s'engouffra dans l'édifice où son avenir l'attendait.

Les jumeaux s'installèrent à bord de la berline de leur père et ils partirent.

Max prit le volant du monospace, maintenant vide, et Eileen se mit à pleurer.

— Ça va ? lui demanda Max avec un sourire attendri.

Elle hocha la tête, se moucha et sécha ses larmes. Son aînée venait de quitter le nid. C'était dans l'ordre des choses, mais...

— Elle va tellement me manquer !

— Elle reviendra. Plus souvent que tu ne le crois, lui assura Max. Tu vas lui manquer, toi aussi.

Eileen savait, cependant, que rien ne serait plus comme avant. Les années allaient filer et Pennie aurait désormais sa vie. Il y avait si longtemps que la jeune fille rêvait de prendre son indépendance !

Eileen se reposa sur Max pendant le trajet du retour. Sa présence était un baume pour son cœur de maman. Il était mûr et compréhensif en dépit de son âge.

— Je peux te dire quelque chose ? hasarda-t-il pendant qu'ils patientaient dans un embouteillage, encerclés par les véhicules d'autres parents à la gorge nouée. Paul a l'air sympa mais, sans vouloir te vexer, je ne vous vois pas du tout ensemble. Vous êtes tellement différents !

— C'est vrai ! On n'aurait jamais dû se marier. Ou alors il aurait fallu qu'on divorce il y a longtemps. Il est bien plus heureux maintenant, et moi aussi !

— Il a l'air bien avec Mathilde, acquiesça Max, songeant qu'elle était plus zen, plus douce qu'Eileen sans doute. Et toi ? Tu es bien avec moi ?

— Très bien, affirma Eileen, resplendissante de bonheur, avant de l'embrasser.

Elle secoua la tête, éberluée. Qui aurait pu prédire cet étonnant revirement ? L'été précédent, sa fille tombait enceinte, son couple volait en éclats et elle redoutait le couperet de son quarantième anniversaire. Mais Eileen s'était reprise en main, et l'avenir ne lui avait jamais paru si radieux. Elle se demandait parfois ce qu'était devenue Olivia, comment les choses avaient tourné pour elle.

— On est au point pour mardi ? lui demanda Max.

— Je crois. J'ai tout passé en revue trois fois.

Elle avait été contactée par le *New York Magazine* : ils voulaient les interviewer. Eileen en avait le tournis. Le gala de bienfaisance allait achever d'asseoir leur réputation. L'argent commençait à rentrer et, si Max et Eileen faisaient la couverture du numéro du mois d'octobre, en toque et veste de cuisinier, ce serait le jackpot ! Qui eût cru que ce serait aux fourneaux qu'Eileen s'épanouirait ?

— Tu as déjà songé à ouvrir un restaurant ? lui demanda Max en accélérant sur la bretelle d'autoroute.

— Ma foi... Un jour, pourquoi pas. Mais pas pour le moment ! Je m'amuse bien trop avec nos événements.

Dire qu'elle s'était imaginée en traiteur pour de petites réceptions sans prétention ! La réalité avait dépassé ses rêves les plus audacieux.

— Quand je serai plus vieille, peut-être, ajouta-t-elle.

Son rapport à l'âge aussi s'était modifié. L'an passé, approchant de la quarantaine, elle s'était jugée bonne pour la poubelle. Maintenant, il lui semblait vivre une seconde jeunesse, et quand elle contemplait l'horizon, il lui paraissait plein de promesses.

— D'accord, dit Max. Je te repose la question dans quelques années. Quand on sera grands. Si tant est qu'on grandisse un jour !

Ils rirent en chœur.

18

L'article sur Max et Eileen sortit en octobre, comme annoncé. Le gala de bienfaisance avait été une réussite de bout en bout et le duo qui posait dos à dos en couverture du *New York Magazine* respirait la compétence et le succès. En conséquence de quoi, les commandes et les contrats affluaient.

La même semaine, Eileen reçut les papiers du divorce, qu'elle signa machinalement, presque sans y penser. À peine éprouva-t-elle un minuscule pincement au cœur avant de passer à autre chose. Elle s'était attendue à un déluge d'émotions, mais non ! La page était tournée.

Elle se faisait doucement à l'absence de Pennie. La jeune fille lui donnait régulièrement de ses nouvelles. Elle se plaisait beaucoup à Harvard et avait recommencé à sortir et s'amuser. Plus qu'une semaine et ses proches iraient la voir à l'occasion du traditionnel week-end d'intégration qui conviait les familles des étudiants.

Le temps filait.

Sur le tournage de son nouveau film, Gwen renouait avec sa vraie passion : le cinéma. Elle appela sa mère qui était sur le départ pour sa lune de miel. Paris les attendait ! Gabrielle et Federico avaient même prévu de dîner avec Olivia et Jean-Pierre.

Gwen avait promis de passer les voir avec son amoureux. Car elle fréquentait toujours le docteur Stubbs. Celui-ci s'était même retrouvé malgré lui dans les pages de la presse à scandale : un cliché flatteur des tourtereaux en train de déjeuner avait été pris, et le journaliste avait titré « Le mystérieux inconnu de Gwen Waters ». Gwen et Jeremy s'en amusèrent beaucoup, mais résolurent de se montrer plus discrets à l'avenir. Ils tenaient à leur intimité.

Gabrielle et Federico trinquèrent au champagne dans l'avion en parlant de leurs expositions passées et à venir. Ils dormirent pendant presque tout le vol et, à leur arrivée, une belle journée d'automne les attendait, fraîche et ensoleillée. Ils avaient établi avant le départ la liste des lieux qu'ils avaient fréquentés dans leur jeunesse et qu'ils souhaitaient revisiter.

À l'aéroport, le douanier se figea, perplexe, le passeport de Gabrielle à la main. Il pointa du doigt la date de naissance.

— 93 ans ! Bravo, Madame, lâcha-t-il, incrédule.

Gabrielle haussa les épaules, un petit sourire aux lèvres.

— L'âge, c'est dans la tête, lui rétorqua-t-elle.

Puis, juste pour le plaisir de décontenancer le pauvre homme, elle précisa en désignant Federico :

— Nous sommes en lune de miel !

Federico se rengorgea. Gabrielle en avait des étincelles dans les yeux.

— Tous mes vœux de bonheur ! s'esclaffa le policier en leur rendant leurs papiers.

Et il regarda les jeunes mariés s'éloigner d'un pas vif pour aller récupérer leurs bagages. Ils étaient manifestement impatients d'entamer leur vie conjugale.

Très chers lecteurs,

J'espère que vous avez pris autant de plaisir à lire ce roman que j'en ai eu à l'écrire !

Et je suis très heureuse de vous rappeler tous nos rendez-vous de 2023.

Les voici.

— *Royale*, le 5 janvier 2023
— *Les Voisins*, le 2 mars 2023
— *Ashley, où es-tu ?*, le 4 mai 2023
— *Jamais trop tard*, le 29 juin 2023
— *Menaces*, le 24 août 2023
— *Les Whittier*, le 9 novembre 2023

Je vous remercie pour votre fidélité.

Très amicalement,

ROYALE

Été 1943. Le roi et la reine décident d'envoyer leur plus jeune fille, la princesse Charlotte, loin de Londres et de la guerre. Dans l'anonymat, à la campagne, une nouvelle existence commence pour elle. Des drames vont s'en mêler.

Vingt ans plus tard, des secrets remontent à la surface. Une jeune princesse se révèle.

LES VOISINS

Après un violent tremblement de terre à San Francisco, Meredith, ancienne star hollywoodienne qui vit à l'écart du monde, ouvre les portes de sa grande et belle maison à ses voisins. Dans cette nouvelle intimité inespérée, des amitiés et des relations se nouent, des secrets sont révélés.

ASHLEY, OÙ ES-TU ?

Melissa Henderson a abandonné sa carrière d'auteure à succès. Elle mène désormais une vie tranquille dans le Massachusetts. Après un incendie et un appel de Hattie, la sœur qu'elle n'a pas vue depuis des années, elle comprend qu'il est temps de rouvrir l'un des plus douloureux chapitres de sa vie.

JAMAIS TROP TARD

Eileen Jackson n'a jamais regretté d'avoir mis de côté ses rêves pour élever ses enfants et se consacrer pleinement à sa famille. Avec son mari, ils ont construit une vie simple mais heureuse dans le Connecticut. Quand elle découvre que son mari la trompe, Eileen comprend que ce bonheur n'était qu'un mirage, et sa vie un mensonge.

À 40 ans, sera-t-il trop tard pour tout recommencer ?

MENACES

L'hôtel Louis XVI est depuis toujours l'un des plus chics de Paris. Récemment rénové, il est prêt à rouvrir ses portes pour accueillir anciens et nouveaux clients – et leurs vacances, drames, rendez-vous romantiques ou secrets politiques. Mais le danger plane dans l'hôtel.

LES WHITTIER

Âgés de 20 à 40 ans, les enfants de Preston et Constance Whittier se retrouvent dans le manoir familial de Manhattan après la mort tragique de leurs parents. Désormais orphelins, les six héritiers sont à un carrefour de leurs existences. D'âges et de caractères différents, ils doivent trouver une solution pour réussir à vivre de nouveau ensemble dans cette maison pleine de souvenirs dans laquelle ils ont grandi.

ŒUVRES DE DANIELLE STEEL
AUX PRESSES DE LA CITÉ (Suite)

Colocataires
En héritage
Disparu
Joyeux anniversaire
Hôtel Vendôme
Trahie
Zoya
Des amis proches
Le Pardon
Jusqu'à la fin des temps
Un pur bonheur
Victoire
Coup de foudre
Ambition
Une vie parfaite
Bravoure
Le Fils prodigue
Un parfait inconnu
Musique
Cadeaux inestimables
Agent secret
L'Enfant aux yeux bleus
Collection privée

Magique
La Médaille
Prisonnière
Mise en scène
Plus que parfait
La Duchesse
Jeux dangereux
Quoi qu'il arrive
Coup de grâce
Père et fils
Vie secrète
Héros d'un jour
Un mal pour un bien
Conte de fées
Beauchamp Hall
Rebelle
Sans retour
Jeu d'enfant
Scrupules
Espionne
Royale
Les Voisins
Ashley, où es-tu ?

Vous avez aimé ce livre ?
Si vous souhaitez avoir des nouvelles de Danielle Steel,
devenez membre du
CLUB DES AMIS DE DANIELLE STEEL.

Pour cela, rendez-vous en ligne, à l'adresse :
https://bit.ly/newsletterdedaniellesteel
Ou retrouvez Danielle Steel sur son site internet :
www.danielle-steel.fr

La liste des romans de Danielle Steel publiés aux Presses de la Cité se trouve au début de cet ouvrage. Si vous ne les avez pas déjà tous lus, commandez-les vite chez votre libraire !

Au cas où celui-ci n'aurait pas le livre que vous désirez, vous pouvez (si vous résidez en France métropolitaine) nous le commander à l'adresse suivante :

Éditions Presses de la Cité
92, avenue de France
75013 Paris

Composition et mise en pages
Nord Compo à Villeneuve-d'Ascq

MARQUIS

Québec, Canada

Imprimé au Canada